小学館文庫

教誨

柚月裕子

JN148088

小学館

目次

プロローグ

かげろう橋の真ん中に立つと、冷たい川風が吹いた。

あたりの樹々《きぎ》が、音を立てて揺れる。

風の冷たさに、腕を身体《からだ》に巻きつけた。

身を縮ませながら、うえを見た。季節は春だが、この時期は夕暮れが早い。空はすでに薄墨色で、細い月が浮かんでいた。

遠くに目をやると、山が見えた。いくつかの岳が繋《つな》がっている、連山だ。山脈と呼ぶには低すぎるし、丘と呼ぶには高すぎる中途半端な山だ。

山の手前には、白と茶色のまだらの土地が広がっている。このあたりは田んぼや畑がほとんどで、日当たりが悪いところはまだ雪が残り、陽《ひ》があたるところは土が見えていた。

山向こうの空は、まだ明るかった。残る陽を背にし、山々が影絵のように浮かび上がっている。

次第に闇に沈んでいく景色を見ていると、鼻の奥がつんとして、胸の奥がざわざわしてきた。

――この気持ちはなんだろう。

考える。わからない。

――会いたい。

誰に。やはり、わからない。

――帰りたい。

どこへ。なにも、わからない。

すべてがわからなかった。どうしてこんなに寒くて、暗くて、寂しいところにいるのか。どうしてこんなに気持ちがざわめくのか。

ここまでの記憶を辿《たど》る。家を出て車に乗った。まだライトが必要なほど暗くはなかったが、安全のために点《つ》けた。途中、山裾《やますそ》のあたりを通るときセンターラインが見えづらく、ライトを点けていてよかった、と思ったことを覚えている。

かげろう橋に着くと、車をたもとに停《と》めて外へ出た。すぐに帰るつもりだったから、エンジンはかけたままだったと思う。車を降りたあと、橋を歩き出した。

そこまでは覚えているが、その先が思い出せない。

ざざ、と大きな川音がした。

びくりとして、欄干《らんかん》から下をのぞき込む。橋の下には、川が流れている。白比女川《しらひめがわ》だ。岩木山《いわきさん》が源流で、雪解け水が流れ込むこの時期は水量が多い。いつもなら大人の膝くらいだが、いまは腰丈まである。

闇のなかで、川水のしぶきが白く光った。ずっと見ていると吸い込まれそうで、怖くなる。

どこへ行けばいいかわからないけれど、ずっとここにいるわけにはいかない。

歩き出したとき、ああ、と後ろで声がした。ため息のような、つぶやきのような小さい声だ。

振り返る。

誰もいない。月明かりに照らされた欄干が、ぼんやりとあるだけだ。

耳をそばだてる。
絶え間ない川の流れと風の音のほかは、なにもしない。
一気に、闇が濃くなったような気がした。
足元から、怖気《おぞけ》が駆けあがってきた。踵《きびす》を返し、駆け出す。
足がもつれて、転びそうになった。前のめりになりながら、走り続ける。
ああ、という小さな声が、耳から離れない。
――助けて。
心で叫ぶ。
――ごめんなさい。
誰かに詫《わ》びる。
走る。
やみくもに、闇を駆ける。
頬を、涙が流れた。

第一章

応接室に通された吉沢香純《よしざわかすみ》は、部屋のなかを見渡した。簡素な応接セットと、壁際に置かれた書棚のほかはなにもない。書棚には法律関係の書籍が並んでいた。

「寒くありませんか。今日は冷えますから」

案内してくれた女性の職員が、香純に訊《たず》ねる。

香純は首を横に振った。

「大丈夫です」

本当は少し寒かったが、厚かましいことは言えない。

三月に入り、関東は暖かい日が続いていたが、今日は朝から冷え込んでいた。

「いま、担当の者を呼びますので、座ってお待ちください」

そう言い残し、女性の職員が部屋を出ていく。

ひとりになった香純は、窓のそばに立ち外を眺めた。

広い敷地を挟んだ向こう側に、大きな建物が見える。収容者たちが暮らしている収容棟だ。黒ずんで見えるのは、曇り空のせいだけではない。収容棟の窓側に、ルーバーと呼ばれる、目隠し用の細長い板が取りつけられているからだ。

香純は東京拘置所を訪れていた。

死刑囚――三原《みはら》響子《きようこ》の遺骨と遺品を受け取るためだ。

重い空を眺めていると、ドアがノックされた。

男がひとり、入ってきた。紺色の制服を着ている。いま三十二歳の香純と、そうかわらない年齢に見える。

「吉沢香純さんですか。三原響子さんの身元引受人の――」

香純は男に向かって、姿勢を正した。深くお辞儀をする。

男は刑務官の小林《こばやし》と名乗った。

小林は台車で運んできた荷物を、部屋に運び込んだ。

白い布に包まれた箱のようなものと、小振りの段ボールをふたつ、応接セットのテーブルに置く。

小林は香純にソファを勧めた。香純が腰を下ろすと、自分もテーブルを挟んだ向かいのソファに座った。

小林が言う。

「こちらがお引き取りいただくものです。ご確認いただけますか」

小林は白い布に手を伸ばし、結び目を解《ほど》いた。なかにあった木箱から、白い壺《つぼ》を取り出す。

「三原さんの遺骨です」

骨壺は、香純が想像していたより小さかった。テレビでは大柄に見えたが、実際は小柄だったのかもしれない。

「こちらが遺品です」

小林は脇に置いていたファイルケースから、書類を取り出した。領置調確認書とある。

「三原さんが所持していたもののリストです。段ボールの中身と照らし合わせて、間違いないようなら遺留品受領書に署名をお願いします」

響子の遺留品は、肌着や洗面道具といった日用品と、本と手紙などだった。

本は古典と呼ばれる小説が三冊、詩集と日本の寺院の写真集が二冊ずつ。ノートが一冊あった。

小林が言うには、ノートは響子がつけていた日記だという。これまでにもつけていた日記はあったようだが、一年ごとに本人が処分していたらしい。いま目の前にある日記は、今年に入ってからつけはじめたものだった。

目録と段ボールの中身に間違いはない。香純は確認用の書類に名前を書く。

香純がペンを置くと、小林が言う。

「吉沢さんは、たしか埼玉にお住まいでしたね」

香純の家はさいたま市の大宮《おおみや》だった。

「ここへは、なにでいらっしゃったんですか」

電車です、と答えると、小林は少し思案するような顔をした。

「となると、帰りも電車ですよね」

東京拘置所がある小菅《こすげ》から大宮までは、車で一時間ほどかかる。タクシーを利用したら、かなりの額になる。

「どうやって運びます？」

小林は、響子の遺骨と遺留品を眺めた。

ここに来るまで、響子の持ち物がどれくらいあるか見当がつかなかった。わずかならば持ち帰るが、そうでなければ宅配業者を使うつもりだった。

「遺骨は持ち帰ります。ほかのものは発送してもらいたいのですが――」

本当はすべて送ってもらったほうが楽だが、遺骨を荷物として扱うのは気が引けた。

遺留品の引き渡しを、小林は何度も経験しているのだろう。ファイルケースから手際よく、宅配便の送り状を取り出した。

「ここに、送り先を記入してください」

さいたま市の自宅の住所を書く。小林に渡したとき、ドアがノックされた。

「どうぞ」

小林が返事をすると、ひとりの男が入ってきた。小林と同じように、紺色の制服を身に着けている。

男を見た小林は、ソファから立ち上がり一礼した。

部屋に入ってきた男は、小林に着席するよう手で指示する。

「遅れてすみません。急に手が離せない用件が入りまして」

男はソファに腰を下ろし、香純に名刺を差し出した。東京拘置所処遇部長、橘《たちばな》昭《しよう》一郎《いちろう》とある。

小林は橘が座るのを待ち、隣に着席した。

「遺留品の照合を終え、いま、荷物の配送手続きが済んだところです」

「配送――」

小林が、香純が電車でここまで来たことを伝える。

「帰りも電車を利用されるそうなので、遺留品を宅配でお送りすることにしました。遺骨は今日、お持ち帰りになるそうです」

「そうか」

橘はそう言い、香純を見た。

「身元引受人の件を、ご存じなかったとか。連絡がいったときは、さぞ驚かれたでしょう」

響子の刑が執行されたのは、三日前だった。

香純の母親――静江《しずえ》に東京拘置所から連絡があったのは、その日の午後だ。

東京拘置所の職員と名乗る者から自宅に電話があり、響子の刑が執行されたことを告げられた。静江と香純が三原響子の身元引受人になっているから、遺体か遺骨、遺品を引き取りに来てほしい、という。

突然の連絡に、静江は驚いた。そんな話は聞いていない、なにかの間違いではないか、と訴えたが、職員は間違いなくふたりが身元引受人になっていると答えた。職員の説明によると、身元引受人を誰にするかは受刑者の自由だという。そんなことを言われても困る、と戸惑う静江に職員は、頼まれた者にも自由はあり、断ることもできる、と伝えた。

身元引受人の役割は、受刑者が出所したあとに責任をもって監督することだが、死刑囚の場合は遺体または遺骨、遺留品の受け取りが役割となる。身元引受人が拒否した場合、死刑囚の所持品は拘置所で処分され、遺骨は行政地区内にある墓地に、無縁仏として葬られるとのことだった。

静江にとって、響子は従姪《じゅうてつ》にあたる。響子の祖父と、静江の父親が兄弟だったからだ。三原の本家は、青森県相野《あいの》町にある。遠縁とはいえ、響子ともっと交流があったならば親しみも覚えただろう。しかし、静江は高校卒業と同時に故郷の青森を離れ、結婚後は埼玉に居を構えていた。

静江からしてみれば、他人同然のうえ、死刑囚である響子の遺体や遺骨、遺留品を受け取ることなどできない、そう思ったが、断り切れなかった。

他人同然とはいえ、響子と縁者であることに間違いはない。法事や墓参りで地元を訪れたとき、母である千枝子《ちえこ》にしがみついていた響子の姿も見ている。千枝子は自分から離れない娘に困りながらも、可愛《かわい》くてたまらない、というように頭を撫《な》でていた。そのときの幼い響子の姿が静江の頭から離れず、無縁仏にするのは気が引けた。それに、以前かかってきた千枝子からの電話を思い出したからでもあった。

何年も音信不通だった響子の母、千枝子から連絡があったのは、三年前だ。

仕事から帰った香純がダイニングで夕飯を食べていると、家の電話が鳴った。千枝子からだった。電話に出た静江は、突然の連絡に驚きつつも当たり障りのない話をしていた。その声が、いきなり大きくなった。

「無理です！」

香純はびっくりして、手にしていた箸を置き静江のそばへ行った。どうしたの、と口の動きだけで伝える。静江は、話を聞かせたくないとでも言うように、送話口を手で覆い香純に背を向けた。声を潜めながら、必死になにかを断り続ける。しばらく同じようなやり取りが続いたが相手が諦めたらしく、静江が電話を切った。

「誰？」

香純が訊ねると、静江は言いづらそうに答えた。

「千枝子さん」

「響ちゃんのお母さんだよね」

静江が頷《うなず》き、電話の内容を香純に伝える。響子が先日、収監されていた仙台拘置支所から異例の措置により、東京拘置所に移送されたという。これまでは千枝子が年に数回、面会に訪れていたが、いまは身体の具合が悪くて入院している。東京まで足を運ぶのは難しい。自分の代わりに響子の面会に行ってくれないか、という話だった。

「それ、断ったの？」

訊ねる香純に、静江は怒ったように言った。

「当たり前でしょう。どうしてそんなことをしなければいけないの。拘置所なんて行くだけでも怖いのに、人殺しに会うだなんて——無理よ」

言葉の最後は、聞こえないくらい小さかった。言ってから、自分は冷たい人間だ、と思ったようだが意思は変えなかった。

静江は香純に向かって、きっぱりと言った。

「この話はもうおしまい。あなたも忘れて。それから、もし私がいないときに千枝子さんから同じような電話があったら、できません、とだけ言って切りなさい」

香純は反対もできないが、心から頷くこともできず、黙って食卓に戻った。

千枝子が亡くなったのは、その電話の翌年だ。訃報は、青森市に嫁いでいる静江の姉の淳子《あつこ》から電話で聞いた。突然、三原の本家から電話があり、千枝子の死去を伝えられた。亡くなったときの様子や葬儀に関して訊ねたが、本家はなにも答えずそそくさと電話を切ったという。

三原の本家は静江の従兄にあたる当主の修《おさむ》が死去し、妻の寿子《ひさこ》がひとり暮らしている。修の父である正一《しょういち》も、鬼籍に入って久しい。

千枝子からの最後の電話が、静江の胸にずっと残っていた。もし、あのときに千枝子の命が残り少ないと知っても、きっと面会にはいかなかった。遺体は無理だが、ここで遺骨と遺留品の受け取りまで拒むのはあまりに冷たいし、響子が無縁仏として葬られたら千枝子は成仏できないだろう。一旦、遺骨と遺留品を引き取り、あとで本家に相談することにした。

事情を聞いた香純は、一緒に東京拘置所へ行こう、と静江に言った。死刑囚の身元引受人という大役を、母親ひとりに背負わせるのはかわいそうだった。静江もひとりでは不安だったらしく、素直に頷いた。

しかし、東京拘置所へは香純がひとりで出向くことになった。理由は、静江の腰痛だった。静江は一年前に、椎間板《ついかんばん》ヘルニアの手術を受けている。暖かい季節は調子がいいが、寒い時期になると痛みが出る。昨日から全国的に冷え込みが厳しくなり、静江の腰に痛みが出た。鎮痛剤を飲んでもよくならず、歩くこともままならないため、急遽《きゅうきょ》、香純ひとりで来たのだ。

橘がそっと、自分の腕時計を確認した。

それを合図のように、小林が言う。

「今日は遠いところお疲れ様でした。荷物は本日中に手配しますので、明日には――」

「あの――」

この場を締めようとする小林の言葉を、香純は遮《さえぎ》った。

「ひとつ、お訊ねしてもいいですか」

橘が頷く。

「どうぞ」

「響子さんの最期は、どんな様子でしたか」

判決で死刑が確定してから、刑が執行されるまで八年だった。五年間を宮城刑務所内にある仙台拘置支所で過ごし、そのあと東京拘置所へ移送されていた。

香純の問いに橘は、あらかじめ言葉を用意していたように即答する。

「厳粛に、刑は執り行われました」

橘は、刑が執行された流れを端的に説明した。

金曜日の午前八時に、響子は独房から出され、迎えに来た教育課長たちとともに教誨室《きょうかいしつ》へ向かった。そこでかねてから面会を続けていた教誨師と会い、執行室へ向かったという。

拘置所では収容者が、自分が信仰している宗教の教えを乞うことができる。キリスト教ならば神父や牧師、仏教ならば僧侶、神道ならば神職が収容者を教え諭《さと》す。

「響子さんは、なにか信仰していたんですか」

橘の横から、小林が答えた。

「仏教です。宗派は曹洞宗《そうとうしゅう》で、月に一度、僧侶が来て面会していました」

僧侶の名前は下間将人《しもままさと》、東京の小平市《こだいら》にある光圓寺《こうえんじ》の住職だという。

香純は信仰や宗教に、あまり関心がない。大学一年生のときに事故で亡くなった父親の仏壇には手を合わせるが、信仰心が強いわけではなく、亡き父を偲《しの》んでのことだった。

橘は死刑当日の説明を続ける。

今日、自分は死ぬ。そう知っても、響子が取り乱すことはなかったという。

「執行直前まで静かな態度でした。立派でしたよ」

小林が、橘の言葉を補足する。

「ここにいるあいだも、規則違反をすることはなく、真面目な人でした」

ふたりの命を奪った者を、立派とか真面目という言葉で表現することに違和感を覚えたが、口にはしなかった。

遺体は刑を執行したあと、法律によって二十四時間は火葬してはいけないことになっている。静江が引き取りを承諾しなかったため、響子の遺体は翌日、火葬場へ運ばれ茶毘《だび》に付された。

会話が途切れ、部屋に沈黙が広がる。

橘は香純に訊ねる。

「ほかになにか、お聞きになりたいことは」

香純は考え、橘に言う。

「響子さんが最期に、言い残したことはありますか」

橘と小林は、どちらが答えるか、と問うように顔を見合わせ、橘が口を開いた。

「約束は守った、と」

「約束？」

橘は隣にいる小林に確認した。

「そうだったな」

小林は頷く。

「遠くを見ながら、約束は守ったよ、褒めて、と。それが最期の言葉でした」

響子は誰かと約束をしていたらしい。

「その約束とはなんですか。誰と交わしていたんでしょう」

橘が首を横に振る。

「わかりません。最期の言葉がどのようなものであっても、立会人はなにも訊ねません」

命乞いをしても、恨み言を叫んでも、刑の執行は変わらない。どのような言葉でもただ受け止めることが、いまから死する者への恩情ということか。

響子が最期までこだわっていた約束とはなんなのか、気になる。しかし、ふたりに訊ねてもこれ以上の話は聞けそうにない。

香純はすっきりとしないまま、暇《いとま》を告げて退室した。

「遠いところ、お疲れ様でした。気をつけてお帰りください」

正門で小林に見送られ、香純は東京拘置所をあとにした。

最寄りの小菅駅まで、歩いて七分ほどだ。来たときと同じ道を辿る。

歩きながら、香純は腕に抱いている響子の遺骨を見た。

響子の享年は、三十八。

ふたつの事件の容疑者として響子が逮捕されたのは、いまから十年前だった。

ひとつ目は、響子の娘——三原愛理《あいり》ちゃんが死亡した事件。もうひとつは、当時、響子が暮らしていたアパートの近くに住んでいた勝俣栞《かつまたしおり》ちゃんが殺された事件だ。

愛理ちゃんが死んでいるのが見つかったのは、十年前の四月十五日。響子が暮らしている青森県相野町を流れる白比女川で、女児の遺体が発見された。

白比女川は、青森県の一級河川——岩木川の支流だ。岩木山が源流で、相野町と小《こ》島《じま》町を流れ、のちに岩木川と合流する。

見つけたのは青森市の男性会社員で、解禁になったばかりの渓流釣りを楽しむために、朝から相野町を訪れていた。

釣りのポイントを探していた男性は、川が緩やかに蛇行している内側で不審なものを見つけた。それが、愛理ちゃんだった。

男性はのちに週刊誌のインタビューで、発見したときひと目で死んでいるとわかった、と言っている。顔は血の気がなく、瞼《まぶた》は開いたままだった。

男性は自分の携帯電話から警察へ通報し、現場へ警察官が駆けつけた。

遺体の身元は、すぐに判明した。

三原愛理ちゃん、当時八歳だった。

愛理ちゃんは、前日の夕方から自宅に帰らず、母親の響子が午後八時すぎに警察へ捜索願を出していた。遺体が運びこまれた警察で身元確認を行った響子は、その場に泣き崩れたという。

警察は愛理ちゃんの死を、事故死と発表した。死因は溺死とされた。

理由は、響子の証言と愛理ちゃんの遺体の状況によるものだった。

響子は愛理ちゃんの遺体が発見される前日——捜索願を出した日、学校から帰った愛理ちゃんが、いつもの川へ遊びに行くと言って出て行った、と警察へ話している。その言葉を裏付けるように、愛理ちゃんの自宅からすぐの河原に、子供が遊んだと思われる石積みがあった。そして、遺体の衣服には乱れはなく、外傷もない。警察は、川遊びをしていた愛理ちゃんが誤って流され、死亡した、と断定した。

幼い子供が亡くなり、ざわめいた町が落ち着きを取り戻しはじめたころ、第二の事件が発生した。愛理ちゃんが死亡した翌月、再び相野町で、子供が行方不明になったのだ。

勝俣栞ちゃん、当時五歳。響子が住んでいるアパート近くの一軒家に、両親と二歳上の兄の四人で暮らしていた。

栞ちゃんの行方がわからなくなったのは、愛理ちゃんが遺体で発見されてからおよそ一か月後の五月二十日。

保育園から戻り、自宅周辺で遊んでいたはずの栞ちゃんの姿が見えなくなり、母親と近所の住人が協力して周囲を探した。しかし、栞ちゃんは見つからず、夕方に両親が警察へ通報。消防団員も協力し捜索したが、手掛かりは得られなかった。

栞ちゃんの遺体が発見されたのは、翌日の早朝だった。

白比女川には、川沿いのところどころに遊歩道がある。夏場は樹木の枝が心地よい木陰をつくり、住人たちから親しまれていた。

栞ちゃんの遺体が発見されたのは、その遊歩道から奥に入った林のなかだった。

発見したのは、早朝に犬の散歩をしていた六十代の男性で、連れていた犬が遊歩道の奥に強い興味を示し、離れようとしないのを不審に思い、林のなかを覗《のぞ》いた。そこに小さな女の子の遺体があった。栞ちゃんだった。

男性の通報で現場に駆けつけた警察官は、その場で他殺の可能性が高いと判断した。首に、なにかで絞め付けられたような跡があったからだ。司法解剖がその日のうちに行われ、首を絞められたことによる窒息死と断定された。

遺体が発見された翌日、所轄と県警の合同捜査本部が弘前東《ひろさきひがし》署に設置された。

東北の静かな町で起きた殺人事件を、マスメディアは大きく報道し、テレビのワイドショーは、連日、取り上げた。

事件が起きなければ、相野町を知らない人は多かっただろう。町は、ふたりの少女が連続して死亡した、という町民の誰もが望まない形で全国に知られることになった。

響子が、栞ちゃん殺害事件への関与で逮捕されたのは、栞ちゃんが遺体で発見された日から三週間後の六月十日だった。栞ちゃんの遺体に付着していた繊維片や毛髪の鑑定が、逮捕の決め手になった。

身近な人間が犯人だったことに、誰もがショックを受けた。しかし、驚きはこれだけで終わらなかった。

どんなに防ごうとしても、子供が亡くなる事件や事故は起きてしまう。しかし、同じ町で、たったひと月ほどのあいだにふたりの子供が相次いで亡くなるなど、不自然すぎる。

警察は、愛理ちゃんの死亡に関して再捜査をはじめた。すると、白比女川をよく知る地元の住人から、愛理ちゃんが事故死とは考えられない、という証言が出てきた。

緩やかに蛇行して流れる白比女川は、深いところと浅いところが混在している。愛理ちゃんが流されたとされる河原から遺体発見場所までは、浅瀬がいくつもあった。愛理ちゃんが浅瀬を通過したとすれば、川底の石や砂利に身体が擦《こす》れ衣服や遺体がかなり傷つくはずだ。遺体にほとんど損傷がないというのは不自然だ、というのだ。

この考えは、地元で暮らす一部の者のあいだでは、愛理ちゃんが発見されたときからささやかれていたものだと、のちにわかる。しかし、誰も警察には言わなかった。言えば警察は事件として調べはじめるだろう。調べが進み、あれはやはり事故だった、との結論になったら、あらぬことを口走ったと責められる、そう誰もが考えたのだ。

警察が改めて愛理ちゃんの死を調べはじめたところ、住人から新たな情報が寄せられた。

愛理ちゃんが行方不明になった日、かげろう橋で響子の車を見たという証言が出てきたのだ。

かげろう橋は相野町にある橋で、白比女川にかかっている。

相野町には、白比女川にかかる橋が、みっつある。

上流から順に、とんぼ橋、かげろう橋、つぐみ橋だ。

愛理ちゃんの遺体が発見された当初、愛理ちゃんはとんぼ橋とかげろう橋の中間にある川岸で、川に流されたとみられていた。

発見場所は、つぐみ橋から少し下流にあたる場所だ。

響子の車が目撃されたかげろう橋は、川幅が広い場所にかかっていて、みっつの橋のなかで一番長い。

住人の女性はこのかげろう橋のたもとに、愛理ちゃんの捜索願が出された日の夕刻、響子の車が停まっていた、と証言した。目撃した時刻は、午後六時十五分ごろとの話だった。

住人の勤務先は小島町にあり、午後五時半に勤務を終える。帰りの身支度を済ませて会社を出るのが、午後五時四十五分前後。小島町から相野町まで、車で三十分ほどかかる。

住人の自宅はかげろう橋の近くにあり、いつも家に着くのは六時十五分ごろだった。響子の車を見つけた時刻もそのころだという。

家に向かって車を走らせていた住人は、かげろう橋のたもとに一台の車が停車しているのを見つけた。白の軽自動車で、リアバンパーのうえにクマのキャラクターのステッカーが貼られていた。

狭い町では、車種や色などから誰が車の所有者かほぼわかる。相野町でそのステッカーを車に貼っているのは、響子しかいなかった。

警察は響子を、栞ちゃんの死体遺棄容疑だけではなく、愛理ちゃんの水死事件にも関わった疑いがあるとみて捜査を展開した。

響子は逮捕された当初、ふたつの事件への関与を否定していた。しかし、栞ちゃん殺害への関与は、遺体に付着していた証拠物を提示され、身柄拘束から一週間後には認めた。検察は響子を、栞ちゃんの殺害および死体遺棄で起訴した。

起訴されたあとも、響子は愛理ちゃんの死への関与は強く否定していた。

しかし、警察は粘り強く捜査を続けた。かげろう橋のたもとでの目撃情報をもとに、愛理ちゃんの死亡推定時刻の響子のアリバイを調べあげた。そして、響子の口から、愛理ちゃんを自分がかげろう橋へ連れて行った、との供述を引き出した。警察は最初の逮捕から三か月後の九月十三日に、響子を愛理ちゃんの殺害および死体遺棄容疑で再逮捕した。

響子の再逮捕は警察の権威失墜にかかわることだった。

事故死をのちに殺人事件として訂正することは、警察の初動捜査に問題があったことを意味するからだ。

再逮捕時の記者会見で県警の刑事部長は、響子の逮捕が遅れた理由を、物的証拠がなく、目撃者の証言などの状況証拠のみであったため確証が得られなかった、と述べている。明確に、初動捜査に問題があった、とは言わなかったが、暗に警察のミスがあったことを認めた。

検察が響子を愛理ちゃん殺害と死体遺棄の罪で起訴したのは、それからおよそ一か月後の十月半ばだった。

ふたつの事件の初公判が行われたのは、そこからおよそ一年後——翌年の十月だった。

裁判の争点は、愛理ちゃんに対する殺意と、栞ちゃん殺害事件に関する刑事責任能力のふたつに絞られた。

かつて裁判は、審判が下されるまでにかなりの年月を要していた。それが問題となり、平成十七年に公判前整理手続という制度が導入される。

公判前整理手続では、検察側と弁護側の双方が裁判所に提出する証拠を開示し、裁判の争点を確認しあう。争点が明確になることで、審理期間の大幅な短縮につながった。

実際、響子の公判は六回行われたが、およそ五か月という短さで判決に至っている。

公判で響子の弁護側は、ふたつの事件ともに、響子を殺人の罪には問えないと訴えた。愛理ちゃんについては、響子に殺意はなく過失致死だったとし、栞ちゃんについては殺害当時、響子は心神耗弱《しんしんこうじゃく》状態だったと主張した。

一方、検察側は、愛理ちゃんと栞ちゃん、ふたりに対して響子は明確な殺意を持って殺害しており、刑事責任能力はあったと訴えた。

検察側は論告で、死亡時の状況と、殺害現場であるかげろう橋の詳しい実況見分や現場検証の結果、愛理ちゃんは橋の欄干に乗せられ落とされた、とした。欄干は高さがあり、子供がひとりで登るには無理がある。響子が愛理ちゃんを抱き上げて欄干に乗せたのは明白で、殺意はあったと主張した。

弁護側は、愛理ちゃんが落下した経緯は、あくまで事故であると弁護した。響子の証言によれば、愛理ちゃんは家から小さな塩ビ人形を持ってきていた。それが、なにかの拍子に橋の縁に落ち、拾おうとして前かがみになり誤って川に落ちた、と訴えた。

殺意の有無をめぐり、響子はなぜ愛理ちゃんが落下してすぐに救助を求めなかったのか、が争点となった。

誤って落下したのであれば、自分が助けに行くか、誰かに救助を求めるはずだ。それなのに、響子は川に落ちた愛理ちゃんを助けもせず、救助の依頼もしていない。警察への捜索願を出したのも時間が経《た》ってからだった。それは、被告人に明確な殺意があったからだ、と検察は述べ、弁護側は、救助しなかったのも捜索願の提出までに時間がかかったのも、殺意があったわけではなく激しく混乱していたからだ、と反論した。

双方ともに主張を一歩も譲らず、裁判は結審までもつれた。

一審の判決は死刑。

弁護側は判決を不服とし、響子に控訴を強く促したが、本人は判決を受け入れ死刑が確定した。そして響子の刑は、三日前に執行された。

駅のホームには、誰もいなかった。

遺骨を膝に抱え、ベンチに座る。

少し高台にあるホームからは、あたりの様子が一望できた。

手前に広がる住宅地の向こうに、東京拘置所が見える。

駅の南側は、川が流れていた。一級河川の荒川《あらかわ》だ。

夕暮れの冷たい川風が吹き、香純は身を縮めた。

愛理ちゃんが死んだのは、四月だった。北国ではまだ寒いだろう。

香純は伏せていた顔をあげて、荒川のほうを眺めた。

響子が愛理ちゃんを殺害場所とされるかげろう橋に連れて行ったのは、こんな寒い日だったのだろうか。

ふたりの子供の命を――ひとりは我が子を殺害した響子の気持ちが、香純にはわからない。

膝に抱えている響子の遺骨に、目を落とす。

耳の奥に、小林が言った響子の最期の言葉が蘇《よみがえ》った。

――約束は守ったよ。褒めて。

ふたりを殺《あや》めた殺人犯が守りきった約束とは、なんなのだろう。

心で問うても、骨になった響子はなにも答えない。やがて、北千住《きたせんじゅ》行の電車がホームに滑り込んできた。


香純の帰りを待っていたのだろう。

家の玄関を開けると、静江はすぐに出迎えた。前置きをせずに訊ねる。

「どうだった。嫌な思いしなかった」

大丈夫、と香純は答えた。

「拘置所の人が対応してくれたけど、丁寧だったよ」

静江は香純が抱えている、響子の遺骨に目をやった。

「それが、響子ちゃん？」

「そう」

静江は怖いものでも見るような目で、遺骨を見つめた。沈黙がやけに重い。香純は暗い空気を振り払うように、意識して大きな声で言う。

「遺品は宅配便で送ってもらった。ねえ、響ちゃん、どこに置く？」

「こっち」

静江は、玄関を入ったすぐ横にある客間に向かった。八畳の和室で、亡くなった父親の仏壇がある。

和室の隅には、小さなテーブルが置かれていた。白い布がかけられ、両脇には仏花《ぶっか》が供えられている。

「急いで用意したから、あんな感じにしかできなくてね。父さんのそばに置くのは気がすすまないし、祭壇っぽくないけど、短い間だから我慢してもらおうね」

香純は響子の遺骨をテーブルに置き、静江に訊ねた。

「遺骨、どうするか決まったの」

静江は香純の隣に腰を下ろし、重い息を吐いた。

「それがね、三原の本家に何度か電話したんだけど、繋がらなくてね」

三原の本家とは、響子の父親の実家を指す。場所は、青森県相野町だ。響子の父親の名前は、三原健一《けんいち》。いまからおよそ三年前——千枝子が亡くなる前年に、病気で亡くなっている。まだ、六十代半ばだった。

健一は事件のあと前にも増して気性が荒くなり、外に出ず家で朝から酒を飲む日々を過ごしていたという。響子の面会にも、とうとう一度も行かないまま、この世を去った。

響子の遺品と遺骨を引き取ると決めてから、静江は何度も本家に電話を入れている。しかし、いまになっても連絡がつかなかった。

静江は響子の遺骨を眺めながら、重い息を吐いた。

「おかあさんも地元を出て長いから、本家以外の連絡先を知らないのよね」

静江は地元の高校を卒業したあと、東京の大学に進学した。大学を出たあとは、大宮の保険会社に勤め、知人の紹介で香純の父親——正克《まさかつ》と知り合った。家に遊びに来た父の友人の話では、互いにひとめぼれだったらしい。

静江は正克と結婚したあと、大宮に家を構えずっとここで暮らしている。自分の親がいるならば、静江はいまでも折を見て帰省していただろう。しかし、ふたりとも香純が大学生のときに他界した。そのあとは、地元に帰っていなかった。

静江の姉——香純の伯母にあたる淳子は、静江と同じ地元の高校を卒業したあと、青森市の小売業者に就職し、そこでいまの夫と知り合い結婚した。その後、子供ができたことを機に青森市内に家を建て、いまもそこで暮らしている。

三原本家と連絡がつかなくて困った静江は、淳子に電話をした。住んでいる地域は違うが、同じ県内にいるならば、なにがしか話を耳にしているのではないかと思ったからだ。

しかし、淳子もなにも知らなかった。静江と同じく、本家とは長く連絡をとっていなかった。

静江は事情を説明して、本家の様子を見てきてもらえないか、と頼んだ。青森市から本家がある相野町までは、二時間あれば行ける。しかし、無下《むげ》に断られた。響子に関することとは、一切かかわりを持ちたくないという。

三原家の人間は、響子が起こした事件により非常に肩身の狭い思いをしたが、それは淳子も同じだった。同じ県内に身を置く淳子は、静江以上に事件を当事者として感じていたようだ。悪いけど頼みはきけない、そう言って淳子は、静江との電話を切った。

受話器を置きながら、静江は肩を落とした。

「こんなことになるなら、三原の誰かと連絡をとっておけばよかった」

静江は響子の遺骨に目をやった。

「やっぱり、わからない」

「なにが」

香純は訊ねる。

静江はぽつりと答えた。

「人を殺す気持ちが」

香純も、響子の遺骨に目をやった。

「私だって、わからないよ」

「誰だって、誰かを憎んだり、あの人いなくなればいいのにって、思うことはある。でも、実行には移さないじゃない。まして我が子を手にかけるなんて、どんな理由があっても、私には理解できない」

静江は誰かに訴えるように、言葉を続ける。

「たしかに子供を育てるのは大変よ。言うこときかないし、自分の時間はなくなるし、ぜんぶ放り出して、ひとりになりたくなるときもある。それはみんな同じ。子供と一緒に泣いて、悩んで、なんとか育ててあげる。でも、響子ちゃんは、それができなかった」

香純はなにも言えなかった。

人を殺める気持ちがわからないのは同じだが、まだ子供がいない香純と、実際に子育てを経験した静江では、同じ言葉を並べても重みが違うように感じた。

空気の重さに耐えかねたのか、静江は話を切り替えた。

「会社のほうは大丈夫なの？」

香純は頷いた。

「いま、後任の子に引き継ぎをしてる」

香純は市内の会計事務所に勤めているが、今月——三月末に辞める。

会計事務所に勤めて十年になるが、職場に不満があったわけではない。しかし、充実していたわけでもなかった。

就職先に会計事務所を選んだのは、雇用条件がよかったからだ。会計の業務に関心があったわけではない。

毎日、なんとなく働き、一日が終わっていく。気がつけば十年が過ぎていた。

香純は今年、三十三歳になる。いままでにつきあった男性はいたが、結婚には至らなかった。

このまま、仕事にもこれからの人生にもなにも見えず時間だけが過ぎていくのだろうか。そう思ったら、急に強い焦りや虚《むな》しさを抱き、退職を決めていた。

転職先は、すぐに見つかった。

地元にある、経営コンサルティング会社だ。主な仕事内容は、いまと同じ税務会計だが、キャリアを積めば、融資や投資を伴った、企業支援アドバイザーの資格も得られる。

転職先には、五月一日付で社員として入社する。

いまの会社を辞めたら、すぐに働きたかったが、新しい勤め先の前任者が、雇用契約の都合で四月いっぱいまでは在籍する。香純は、前任者と入れ替わりで五月から、勤務することになった。

思えば香純は、就職してから長期の休みをとったことがない。新しい仕事に就くまでの一か月間は、神様がくれた休暇だと思ってゆっくりすることにした。

静江が腰を庇《かば》いながら、畳から立ち上がる。

「疲れたでしょう。夕飯の準備するから、食べて早く休みなさい」

静江が部屋を出ていく。

たしかに、疲れていた。心も身体も重い。静江のいうとおり、今日は早く休むことにする。

香純は和室を出るとき、灯《あか》りを消した。薄暗い部屋のなかで、白い布に包まれた響子の遺骨が、ぼんやり浮き上がって見える。その白さが香純に、響子と会った日のことを思い出させた。

その日は、青森の三原の本家で法事があった。静江の伯母か伯父の供養だったと思う。

香純は小学校三年生だった。前の日から静江の実家に泊まり、翌日、本家に赴いた。はじめて訪れた本家は、驚くほど広かった。台所は香純の家の茶の間より広く、一階の座敷は、大人が二十人集まっても余裕があるほど大きい。座敷では男たちが酒宴を開き、女たちはかいがいしく働いていた。

香純が一番心を弾ませたのは、庭だった。

静江の実家にも庭はあったが、比べものにならないくらい広かった。静江の実家の庭が花壇だとしたら、本家の庭は公園だった。大きな樹がいくつもあり、幹にとまった蟬《せみ》がわんわん鳴いている。庭の一角は畑になっていて、トウモロコシや茄子《なす》、きゅうりといった夏野菜が実っていた。

あたりは、夏の強い日差しに照らされていた。

香純が、庭で見つけたカエルを棒きれでつついて遊んでいると、後ろでがさがさと葉が揺れる音がした。

立ち上がって振り返ると、樹木の茂みに少女がいた。

響子だった。

香純と響子は六歳違う。当時、響子は十五歳——中学生だった。

紺色の制服姿で、長い髪を横でふたつに結んでいる。

目を見張るほど美しいわけではなく、スタイルがいいわけでもない。むしろ、見た目は地味だった。しかし、響子には人を惹《ひ》きつける、不思議な魅力があった。

もの悲しさや儚《はかな》さといった空気を、響子は纏《まと》っていた。それが、どことなくこの世の者とは思えない神聖さを感じさせた。

響子が口を開いた。

「かわいそう」

どこか懐かしさを感じる声だった。

意味がわからず立ち尽くしていると、響子は香純の足元を見た。そこには、香純が棒でつついていたカエルがいた。

「いじめないで」

香純は首を横に振った。いじめていたつもりはない。

響子は香純の足元にしゃがむと、カエルを手に乗せた。茂みのところまでいき、カエルを放す。

「これでいい」

響子は香純を振り返り、微笑《ほほえ》んだ。

「おばさんの子？」

よくわからなかったが、頷いた。

「名前は？」

「香純」

響子が微笑む。

「かわいい名前ね」

そのときになって気がついた。響子の声は、自分の声と似ていたのだ。細く、やわらかく、少し高いトーン。

香純も訊ねた。

「お姉ちゃんは？」

響子が答える。

「私、響ちゃん」

自分の名前にちゃんをつける幼さと、大人びた姿がちぐはぐで、香純は戸惑った。

響子は空を仰ぎ、額に手をかざした。

「暑いね」

細い手首の内側に、青白い血管が見えた。

風が吹き、響子の制服のスカートが揺れた。

大きくめくれるのも気にせず、響子はうえを見ている。

母屋から、香純を呼ぶ声がした。見ると、静江が香純を探していた。

「ここ」

返事をして、母屋に向かって駆けだした。

立ち止まり振り返ると、響子の姿はなく、白い庭があるだけだった。

それが、香純が響子を見た、最初で最後だった。

※

三原響子は、目が覚めた。

大きな音がしたとか、誰かに起こされたわけではない。自然な目覚めだった。

響子は布団に横たわったまま、窓に目を向けた。まだ薄暗い。どうやら、起床時間前に起きてしまったらしい。布団から起き上がり、窓の前に立つ。窓はスモークになっているため、なにも見えない。外の明るさがわかるだけだ。

ここ──東京拘置所は、約三千人が収容可能らしい。しかし、それほどの人がいるとは思えないほど、静かだ。

ここに収監されて三年になるが、この静寂に慣れることはない。いつも耳鳴りがして、頭が重い。

しかし、今日は耳鳴りがしない。頭もすっきりしている。こんなに気分がいいのは、いつ以来だろう。

目を閉じて、深く呼吸をする。

しばらくじっとしていると、耳の奥で小さな声がした。

――おかあさん。

振り返り、部屋のなかを見渡す。

ここは独房だ。自分以外、誰もいるはずがない。

刑が確定した八年前から聞こえはじめた空耳だ。

誰の声なのかは、わからない。

愛理のような気もするし、栞ちゃんのようにも思う。もしかしたら、父か母か。その誰でもないかもしれない。ただ、その声はとても懐かしい感じがする。

響子は目を閉じた。瞼の裏に、暮らしていた相野町の景色が浮かぶ。

遠くに見える連山や、蛇行して流れる白比女川。四季で表情をかえる自然は、どの季節も美しかった。

小島町にある生家も、よく覚えている。

一階には、広い茶の間と仏間、父の健一と母の千枝子の寝室、客間と台所のほかに、納戸があった。二階に洋室がみっつ。そのうちのひとつを、響子は自分の部屋として使っていた。

のちに、洋室がみっつあったのは、子供を三人望んでいたからだと知った。しかし、子供は響子ひとりだけだった。気が変わって作らなかったのか、授からなかったのかはわからない。

寒さを覚え、響子はふたたび布団に入った。

収容棟は、空調管理がされている。しかし、冬は寒い。首元から冷気が入ってこないように、掛け布団で覆う。

布団に横たわっていると、白いうなじが思い出された。きめ細かな皮膚に、柔らかな産毛がある。愛理のうなじだ。

ほかの親は自分の子供を思うとき、どこが頭に浮かぶだろう。多くは顔だと思うが、響子はうなじだった。

ある冬の夜、愛理が泣きながら目を覚ましたことがある。

泣いている理由を訊《き》くと、寒い、と言う。

愛理は言葉が遅く、三歳近くになってもほぼ単語しか話さなかった。食べる、寝る、嫌、という感じだ。バナナ食べる、お外行く、といった二語文が言えるようになったのは、三歳を過ぎてからだ。まだ単語しか話せなかった時期だから、愛理が二歳のときだと思う。

額に手を当てたが、熱はない。寝ているあいだに身体が布団から出て、冷えてしまったようだった。

山に囲まれている盆地は、風が吹きさらしの沿岸部や平野部より暖かい。相野町も盆地だが、冷え込みは厳しい。町のなかを白比女川が流れているからだ。冷たい川風が、町全体に吹き、温度を下げる。

響子は、部屋の隅にあるファンヒーターをつけようとした。しかし、電源が入らない。夕飯を食べたあとにファンヒーターが消えてしまい、給油しようとしたが灯油を切らしていたのだ。

すでに夜の九時を過ぎていた。

相野町にガソリンスタンドはみっつあるが、すべて夜の七時には閉めてしまう。実家がある隣の小島町なら、夜遅くまで開いているところもあるが、往復一時間もかけて買いに行く気にはならなかった。

実家に、届けてほしい、と頼もうかと思ったがやめた。父親の健一は準備を怠った響子を怒鳴るだけだし、母親の千枝子は夫に遠慮して動こうとはしない。明日、買いに行くことにして、早くに床に就いたのだが、まさか、愛理が寒くて目を覚ますとは思わなかった。

響子は、寒くて震えている愛理を、自分の布団に入れた。抱きしめて温めると、やがて愛理はすやすやと寝入った。

逆に、一度、目を覚ました響子は寝つけなかった。目を閉じて、眠気を待つが一向にやってくる気配はない。

響子は愛理を産んでから、睡眠導入剤を服用している。そのときどきで量の増減はあるが、薬が切れたことはない。

眠剤には、大きく分けてふたつの種類がある。効きは速いが作用が短時間のものと、効きは穏やかだが作用が長時間続くものだ。

愛理と暮らしていたころ、響子が服用していた眠剤は、寝つきをよくする効果が強く、短時間で作用が薄れるものだった。

効き目が長く続くタイプを服用したこともあるが、愛理が夜中に泣いても起きることができず、切り替えた。薬を変えてから起きられるようになったが、一度目を覚ますと、そこからなかなか眠れない。

響子は目を閉じて、必死に眠りを求めた。しかし、やはり眠れない。そんなときの布団は、まるで拘束衣だった。身体に重くのしかかり、動きを封じる。手も足も動くはずなのに、なぜか指一本動かせない。

ただ起きている時間が耐えられず、響子は身を起こした。

眠れないならいっそのこと起きて、テレビでも観《み》よう。だらだらしているうちに眠くなるかもしれない。

そう思い布団から出ようとすると、響子が起きる気配を感じたのか、愛理が寝がえりを打った。

目を覚ましたのかと思いびくりとしたが、愛理は起きなかった。静かな寝息を立てている。

ほっとして愛理を見つめると、柔らかな髪の隙間から、うなじが見えた。暗がりのなかで、そこだけ青白く浮かび上がっている。

響子はうなじに、そっと手を伸ばしたが、すぐにひっこめた。

愛理のうなじを見ると、いつも触れたくなる。しかし、いつもやめる。透明にも見える清らかな肌が、誰も触れてはいけない神聖なもののように思えたからだ。

幼いころに読んだ本に、ドラキュラがあった。吸血鬼のドラキュラが、十字架に触れて塵《ちり》になり消える話だが、その挿絵が響子は恐ろしかった。苦悶《くもん》の表情で足元から消えていくドラキュラの絵は、子供の心に深く刻まれた。

いまにして思えば、愛理のうなじに触れられなかった理由は、その絵にあったのだと思う。穢《けが》れた自分は愛理の清浄なうなじに触れると消滅する、そんな子供じみた恐れが心のどこかに残っていたのではないだろうか。

その清らかなものを、なぜ自分は失ってしまったのか。

響子は独房の布団のなかで、目を閉じながら思う。

愛理を失った日から、響子はずっと自問していた。刑事からも検察官からも、弁護士からも同じような質問をされた。

——どうして愛理ちゃんを川に落としたんですか。

——あなたは我が子を愛していましたか。

——愛理ちゃんが死んだのは、自分のせいだと思いませんか。

それらの問いにどう答えたのか、よく覚えていない。

警察の遺体安置所で、愛理の遺体を見せられたときもそうだった。

窓のない部屋で、ベッドに横たわっている遺体から白い布を取りながら、警察官は響子に訊ねた。

——三原愛理さんに間違いありませんか。

——姿が見えなくなってから、かわっているところはありませんか。

——遺体から、なくなっているものはありませんか。

そのときも、響子はどう答えたのか記憶にない。

目の前に横たわっている遺体の顔は、たしかに愛理だった。顔がいつもより白く、頬や額に擦り傷があることを除けば寝ているようだった。しかし、それは人間の愛理ではなく、精巧な作り物のように見えた。愛理を真似《まね》て作られた人形だ。人形にしか思えないものを、娘です、とは言えず立ち尽くしていると、警察官は苛《いら》立《だ》ったようになんども同じ問いを繰り返した。

――この子はあなたの娘さんですか。

――どうして答えないんですか。

――捜索願を出していた、愛理ちゃんではないのですか。

セーターの首についているタグを見ると、黒いペンで、みはらあいり、と書かれていた。自分の字だった。それを見てやっと、遺体が愛理だと受け止められた。

警察や検事たちとのやり取りは、すべて調書に記録されている。見れば、自分が質問にどう答えたのかわかるはずだ。しかし、響子は見せてほしいと頼んだことはない。見ても、意味がないからだ。

響子は嘘《うそ》をついたことはない。問われたことに、そのときに浮かんだ答えを正直に口にしている。しかし、彼らにとってはそれが、虚言、もしくは事実の隠蔽《いんぺい》と映ったようだ。響子の証言に、一貫性がなかったからだ。でも、人間はみんなそんなものではないか、と響子は思う。

行動や結果は、ひとつの理由で決まるわけではない。

一分前に右と思っていたが、直後に左を選ぶこともある。右と左だけではなく、上、下、斜め後ろ、などさまざまな考えが頭を駆け巡り、人は意図して、ときに意図せず、自分が進む道を決める。

頭がいい人なら、言葉を巧みに操り、自分さえもわからない己の感情を、他者が理解できる言葉で表現するだろう。しかし、響子にはできなかった。わずかな時間に抱いた多様な心の動きをひとつの答えで表せ、と言われても無理だった。

布団のなかでいろいろ考えていると、遠くで人が動く気配がした。

配膳係が収容者の朝食の準備をしているのだろう。まもなく起床時間だ。

響子は起きて布団を畳んだ。部屋にある洗面台で顔を洗う。

歯を磨いていると、フロアに刑務官の声が響いた。

「点検用意」

響子は急いで口をゆすぎ、扉の前に正座した。

目を閉じ、刑務官が来るのを待つ。

※

翌日、東京拘置所から、響子の遺品が届いた。

ふたつの段ボールを、響子の遺骨が置かれているテーブルの前に置く。

遺品が入った段ボールを見ながら、静江が香純に訊ねた。

「どうする」

香純は訊き返した。

「どうするって——」

静江は、重い息を吐いた。

「開くの、怖くない？」

実は、香純も同じ気持ちだった。拘置所で一度確認はしているが、じっくりとは見ていない。死刑の判決を受けた響子は、拘置所でなにを思い、過ごしていたのか。それを知るのが怖かった。しかし、このままにしてはおけない。本家に引き取ってもらうか、こっちで処分することになるのかはわからないが、中身を確認しておかなければ、どちらにせよ動けない。

香純は覚悟を決めた。

「開けよう」

響子の遺骨に手を合わせ、段ボールを閉じているガムテープをはがす。

気がすすまない作業を娘だけに押しつけてはいけないと思ったのか、静江はもうひとつの段ボールに手を伸ばした。中身を取り出し、畳の上に並べていく。

改めて、遺品と同梱《どうこん》されていた遺留品目録と、中身を照らし合わせた。遺品は、すべてそろっていた。

静江は恐る恐るといった様子で、響子が残した本を眺める。

「響子ちゃん、本が好きだったのかしら」

本の途中に、栞《しおり》が挟まっていた。続きを読むつもりだったのだろう。

香純は、そばにあった透明なビニールの袋を手にした。なかに、スニーカーが入っている。響子が使っていたものだ。色は白で、横に黒いラインが入っている。よく知られたメーカーのものだ。

前にテレビで、収容者の生活を追った番組を観た。収容者たちはみな、拘置所から支給された作業着とズックという格好だった。スニーカーは、響子が拘置所に収監されたときに、履いていたものだろう。十年近く拘置所が保管していたのだ。響子がこのスニーカーを履いて、出所する日はこない。そう知りながらも保管していた拘置所の職員は、どんな気持ちだったのか。

スニーカーを畳の上に戻した香純は、別の袋に目をとめた。洗面道具が入っているものだ。

タオル、洗顔せっけん、保湿クリーム、歯ブラシ、歯磨き粉がある。

拘置所で見たときは気がつかなかったが、歯磨き粉はふたつあった。残り少ない使いかけのものと、封を切っていないものだ。使っている歯磨き粉がなくなったら、新しいものを使うつもりで用意していたのだろう。

刑が執行されなければ、まだ響子が使っていたはずの品々を、香純は眺めた。

死は平等に訪れるとわかっているが、多くの人は日常のなかで、死をどこか遠い出来事のように思っている。響子も、それは同じだったはずだ。まだ続くと思っていた時間が絶たれるとわかったとき、響子はなにを思ったのか。

「香純」

名前を呼ばれ、我に返った。

静江は、遺品のノートを手にしていた。

「これ、読んだ？」

香純は、首を横に振った。

「まだ」

静江は開こうか開くまいか迷うように、しばらくノートを眺めていたが、やがて開かず畳に置いた。

「とても、読む気になれない。辛《つら》くなりそうで――」

死刑囚の日記を読んで、明るい気分になれるはずがない。

会話が途切れ、部屋のなかが静かになる。

静江は重い空気を吹っ切るように、威勢よく言う。

「とりあえず、今日はもうしまおう。これ、段ボールに戻しておいて。お母さん、本家に電話してくるから」

東京拘置所から連絡があった日から、静江はずっと本家に電話を入れていた。本家ならば、然《しか》るべき形で響子を供養してくれると思ってのことだが、いまだに連絡がつかない。

香純は、響子の日記を見つめた。

本家と連絡がつかなかったら、遺品は香純たちの手で処分することになる。自分が読まなければ、この日記は誰の目にも触れないまま燃えてしまうのだ。そう考えると、日記を読むことは、自分に課せられた義務のように思えてきた。

香純は日記を手に取り、表紙をめくった。

響子の字は、きれいだった。ひとつひとつが丁寧で、清書を思わせる。

日記は今年の一月一日――およそふた月前から書かれていた。

最初の一行は『今日から新しい一年がはじまります』だった。続いて『いつまで書けるのかわからないけれど、その日が来るまで書き続けます』とある。その日、とは刑が執行される日のことだろう。

日記はこのふた月のあいだで、十日分あった。気が向いたときに書いていたのだろう。曜日はばらばらで、週に一度のときもあれば、二度のときもあった。

内容は、その日の天気や食事の内容といった日常の出来事や、殺害した栞ちゃんと死なせてしまった愛理ちゃんへの謝罪。ほかには、なぜ栞ちゃんを殺してしまったのか、なぜ愛理ちゃんが死ななければならなかったのかといった、事件から十年が経過しても本人でさえわからない戸惑いが綴《つづ》られていた。

長さもまちまちで、数行で終わる日もあれば、一ページ近く費やしている日もある。

しかし、日記は必ず同じ文言で結ばれていた。『約束は守ります』だ。

香純は、処遇部長の橘と刑務官の小林が言っていた、響子の最期の言葉を思い出した。約束は守ったよ、褒めて。響子はそう言い残してこの世を去った。

香純は、日記に記されている『約束』の二文字を見つめた。

日記を手に考えていると、リビングから静江の声がした。

「ええ、そうです。ご無沙汰してます」

まさか。

急いでリビングへ行く。静江が電話をしていた。香純を見ると、声に出さず、本家、と口の動きだけで電話の相手を香純に伝えた。

ずっと繋がらなかった電話が通じたことに香純は驚いたが、一番驚いているのは静江のようだった。狼狽《うろた》えながら、しどろもどろといった態《てい》で見えない相手に頭を必死に下げている。

「ええ、こちらはなにも変わりありません。はあ、そうですか、それは大変でしたね」

本家と静江は、簡単に互いの近況を伝えあっている。それを終えると、静江は本題に入った。

「はい、もうご存じかと思いますが、響子ちゃんの刑が執行されて──」

刑の執行は、実名で報道される。

「そうですか、はい、それで遺骨と遺品の受け取り人が私になっていて、いま預かっているんです。でも、このまま置いておくわけにもいかないし、本家で引き取っていただけないかと思いまして──」

用件を伝える静江の顔が、見る間に曇っていく。どうやら受け取りを拒まれたようだ。

静江はしばらく粘っていたが、やがて静かに電話を切った。

「誰?」

香純が訊ねると、静江は短く答えた。

「本家のお嫁さんの寿子さん。姿は見えなくても、声が変わっていないからすぐにわかった」

寿子はいま、家にひとりで暮らしている。本家の跡取りだった夫の修は、四年前に脳溢血《のういっけつ》で他界していた。ふたりの子供は独立後、他県で暮らしているとのことだった。なかなか電話が繋がらなかった理由は、年明けに階段から落ちて足を骨折し、病院に入院していたからだという。

「寿子さん、今年で七十八歳になったんだって。歳《とし》をとると骨がくっつくまで時間がかかるっていうけど、寿子さんもそうだったみたい。二か月も入院してて、今日、退院してきたばかりだって」

「それで、響子ちゃんのこと、なんて言ってた？」

静江は目を閉じて、首を左右に振った。

「まったく駄目」

寿子は余計なことは言わず、ただひたすら響子の遺骨を三原の墓に入れることを拒み、電話を切ったという。

静江は、切れた電話を見ながらつぶやいた。

「ねえ、いっそのこと、遺骨も遺品も本家に宅配便で送ろうか」

「宅配便？」

考えてもいなかった方法に、香純は思わず訊き返した。静江が頷く。

「いまの電話で、本家に寿子さんがいることはわかった。本家の住所は知ってるから、送ることはできる。ちょっと強引だけど、手元に届けば寿子さんがなんとかしてくれるんじゃないかな」

「ちょっと、待って」

香純はとめた。

「そんなことしても、寿子さんが受け取りを拒否したら、またここに戻ってくるのよ。それに、遺骨を荷物みたいに扱うのはいくらなんでもひどいと思う」

もっともだ、と思ったのだろう。静江は申し訳なさそうに俯《うつむ》いた。

話は振り出しに戻った。手元にある遺骨と遺品は、どうしたらいいのか。

香純は、刑務官の小林が話していたことを思い出した。響子が拘置所にいるあいだ面会していた教誨師――東京の小平市にある光圓寺の住職、下間将人だ。なにかいい助言をくれるかもしれない。

香純がそう言うと、静江は少し考えてから、そうね、とつぶやいた。ほかに、いい考えが浮かばなかったのだろう。

下間住職へは、手紙を送ることにした。

いきなり電話をかけても、香純が響子の遠縁だと信じてもらえないかもしれない。まずは手紙で、今回の経緯と東京拘置所に引き取りにいった日付、対応してくれた刑務官と処遇部長の名前など、香純が間違いなく響子の関係者である旨を事前に伝えたほうがいい、と思ったからだ。

香純の提案に、静江も同意した。

手紙は香純が書いた。光圓寺の住所は、インターネットで調べた。文章の末尾には、手紙が届いたころに改めて電話を入れることと、自分の携帯番号を書き添えた。手紙は翌日、速達で投かんした。

下間住職から電話があったのは、手紙を出した翌日だった。

ちょうど昼休みに入ったとき、スマートフォンが震えた。画面には、昨日、インターネットで調べたときに知った、光圓寺の電話番号が表示されていた。

急いで電話に出た香純の耳に、男性の声が聞こえた。

「吉沢香純さんの電話でよろしかったかな。私、光圓寺の住職の下間と申します。お手紙をいただきご連絡したが、いま、大丈夫かな」

住職の声は明るく、口調も気さくな感じだった。教誨師という厳粛な仕事をしていることから、話し方も重々しいものと勝手に思い込んでいた。

香純は慌てて答えた。

「手紙を差し上げた吉沢です。こちらからご連絡すべきところ、お電話いただきありがとうございます」

住職はすぐ、本題に入った。

「三原響子さんの遺骨と遺品の件で、お困りとのことですが」

香純は手短に、響子の身元引受人になっていた経緯を伝えた。

「私たちも迷ったんですが、一旦、遺骨と遺品を受け取りました。あとで本家に引き取ってもらおうと思ったんですが、断られてしまい、ご住職ならなにかいい形を教えていただけるのではないかと思いご連絡しました」

「なるほど、わかりました」

住職はそう言うと、一度、寺に来ないか、と香純に訊ねた。

「どうも、電話で簡単に済ませられる話じゃないようだ。あなたのご都合がいいときにお会いしたいが、いかがかな」

住職は、急な葬儀がない限り寺にいる、と言う。

香純は、次の土曜日はどうか、と訊ねた。光圓寺がある小平市まで、香純が住んでいるさいたま市から、電車で一時間半はかかる。仕事が終わってからではかなり遅くなってしまう。

住職は、いまのところその日は予定がない、とのことだった。香純は午後の二時に寺へ行く約束をして電話を切った。

帰宅して次の土曜日に光圓寺に行くことを伝えると、静江は同行すると言いだした。

静江の腰の痛みは少し楽になっていたが、無理をしてまた痛んだら困る、いまは大事をとってゆっくりしていてほしい、と言うと、そうなったら、もっと娘に迷惑をかけると思ったらしく、静江は渋々、頷いた。

光圓寺は、小平駅から歩いて十五分くらいのところにあった。

門を入って左手に鐘楼《しょうろう》があり、その奥に禅堂と思《おぼ》しき建物が見える。本堂はさらに奥だった。

香純は境内を歩きながら、光圓寺を言葉で表すなら、清冽《せいれつ》、だと思った。境内にはごみひとつなく、ところどころに植えられている梅や松といった樹木は、小振りながらも手入れが行き届いている。参道の脇に並ぶ地蔵の新しい前掛けや、供えられている花の新しさから、寺の者の細やかな気遣いがうかがえた。

香純は本堂の前に立ち、なかを見た。

誰もいない。

本堂の隣に、寺務所《じむしょ》がある。寺務所は住居も兼ねているらしく、受付の横に住宅用の玄関があった。

受付にも、人影はない。

香純は、開いたままになっている窓から、なかに向かって声をかけた。

「すみません」

人が出てくる気配はない。

もう一度、さきほどより大きな声で言う。

「ご住職とお会いする約束をしている者です。どなたかいらっしゃいませんか」

やはり、なんの返事もない。

どうしようか迷っていると、廊下の奥からかすかに鈴の音が聞こえた。

猫だった。

家屋の奥から続く廊下を、茶色い猫が、こちらに向かって歩いてくる。赤い首輪に、小さな鈴がついている。鈴は、猫が歩くたびに、りんりん、と音をたてた。

猫はこちらにやって来ると、軽やかな動きで受付の台に飛び乗り、香純の目の前に座った。

人なれしている。寺で飼っている猫なのだろう。遠くを見てはいるが、耳はしっかり香純のほうを向いていた。

可愛い姿に気持ちは和むが、猫が出てきてもどうしようもない。

スマートフォンから、寺に電話をしよう。受付にいる、と伝えれば応対に出てきてくれるはずだ。そう考えバッグに手をかけたとき、急いだ様子でこちらに近づいてくる足音が聞こえた。

男性だった。藍色の作務衣《さむえ》を着ている。剃髪《ていはつ》していることから、僧侶であることがうかがえた。

僧侶は香純を見ると、つるりとした頭を撫でながら詫《わ》びた。

「いやあ、出迎えが遅れてすみません。うちは、こいつがチャイムみたいなものでね。人でいうならもう米寿《べいじゅ》を過ぎていて、いつも縁側で寝ているんですが、お客さんが来ると必ずここに来るんです。縁側にこいつがいないと、ああお客さんだな、とわかるんですが、ちょうど私が茶の間にいなくてね。出迎えが遅れました」

こいつ、と言いながら僧侶が猫の背を撫でると、猫は腰をあげてしっぽをピンと立てた。

香純が名乗ると、僧侶は軽く頭をさげた。

「お待ちしておりました。私が住職の下間将人です。檀家さんのなかには私を、猫和尚《ねこおしょう》、と呼ぶ方もおります。それくらい猫が好きでしてね。香純さんは、猫はお好きですか」

道端を猫が歩いていれば、足を止めて眺めるくらいの興味はある。しかし、飼いたいと思うほどではない。

自分も好きだ、と答えれば住職は喜ぶだろう。しかし、嘘をつくのは躊躇《ためら》われた。

困惑している香純を見て、住職は声に出して笑った。

「いやいや、困らせて申し訳ない。吉沢さんが嘘をつけない人だということはよくわかりました。それでよろしい。まことによろしい」

住職はひとりで、うんうん、と満足そうに頷き、香純をなかへ促した。

「本堂は冷えますから、寺務所でお話ししましょう。玄関からどうぞ」

香純は言われるまま、住居の玄関に向かった。

玄関は広い三和土《たたき》になっていて、目の前の廊下が左右に分かれていた。目の前の壁に、梅の花が描かれた絵画が飾られている。その横に右を向いた矢印があり、寺務所、と書かれたプレートが貼られていた。左が住居で、右が寺務所になっているらしい。

案内に従い廊下を進むと、さきほどの猫が廊下の曲がり角にいた。香純を見つけると、曲がり角の奥へ歩いていく。ついていくと、さきほどの受付の奥側に、六畳ほどの和室があった。

部屋の真ん中に座卓があり、隅に石油ストーブがあった。上でやかんが、しゅんしゅんと音を立てている。開いている雪見障子からは、境内が見えた。香純と一緒に部屋に入ってきた猫は、石油ストーブの前に座り、腹に顔をうずめて丸くなった。

住職は香純に座布団を勧めると、部屋を出て行った。戻ってきたときには、湯呑《ゆのみ》がふたつ載った盆を手にしていた。

「寒いところ、お疲れさまでした。ここは、すぐにわかりましたか」

座卓を挟んで香純の前に座ると、住職は茶が入った湯呑を置いた。

「いつもは家内が淹《い》れてくれるんですが、あいにく今日は所用で留守にしておりましてね。不慣れな私が淹れたもので申し訳ないが、どうぞ召し上がってください」

自分が淹れた茶を一口すすり、住職が言う。

「今日は、響子さんの遺骨の話でしたな」

香純は頷いた。

「事情は、手紙とお電話でお伝えしたとおりです。響子さんと交流があったご住職なら、なにかいいお考えをお持ちなのではないかと思い伺いました」

住職は、静かな声で言う。

「死刑囚に限らず、服役中に病で亡くなった人の遺骨や遺品の引き取りを拒む話は、めずらしいことじゃありません。むしろ、よくあることです」

住職は、窓の外に目を向けた。

「教誨師を長くしていると、罪とは本当に悲しいものだと思います。罪を犯した人、被害を被った人、それぞれの身内、誰もが辛い。響子さんの本家の方は、地元で生き地獄のような暮らしをしてきたのかもしれない。そう考えれば、本家の対応も致し方ないことです」

住職の言い方は、穏やかだった。説教をするでもなく、押し付けがましい感じもしない。ただ、心に思ったことを口にしている、そんな自然な話し方だ。

響子は、どんな気持ちで住職と話をしていたのだろうか。

香純は、心に浮かんだ疑問をそのまま口にした。

「ご住職から見て、響子さんはどんな人でしたか」

住職は腕を組み、難しい顔をした。

「どんな人——とは」

「人の命を奪った者が、いい人とは思いません。私が知りたいのはそういったことではなく、ご住職と話している響子さんはどんな感じだったのだろうかと——」

「というと——あなたは響子さんのことを、よく知らないのですね」

響子と会ったのは自分が小学校のときに一度だけ、しかもほんのわずかな時間だったと説明する。

「なるほど」

　住職は頷き、記憶をたどるように目を伏せた。

「私が知っている響子さんは、物静かな方でした。声は小さく、感情をあまり顔に出さない。いつも椅子の上で背を丸め、俯いていました。その姿は、親に叱られた子供のようでした。収容者のなかには、懲罰をくらいたくないために大人しくしている者もいる。しかし、響子さんはそうではなかった。本当に静かな人でした。ときに――」

　住職は、伏せていた目をあげた。

「人の心が一番表れる身体の部分はどこか、ご存じかな」

　目は心の窓、と耳にした覚えがある。

「目――でしょうか」

　住職が、にっこりと笑う。

「よくおわかりになった。そうです。目を見れば、おのずとその人がどのような人間かわかります。響子さんは、目が静かだった。ときおり、波紋はありましたが――」

「波紋？」

　住職は、独り言《ご》ちるようにつぶやく。

「瞳を水面にたとえるなら、いつもは凪《なぎ》のように静かだが、ときどき波紋を描くように揺らぐときがあった。その揺らぎに名前があるとしたら、疑問、でしょう。響子さんはいつも疑問を抱いていました。自分はなぜ罪を犯したのか、どうして愛《いと》しい我が子を死に至らしめてしまったのか——それは突き詰めれば、なぜ自分は生まれてきたのか、といった人間の本源的な悩みに至ります」

響子の日記には、『わからない』と綴られていた。本人ですらわからない心の内を、他人がわかるはずもない。本人がいなくなったいま、響子の心は謎のままだ。

頭に浮かんだ、謎、という言葉に、香純はもうひとつ気になっていることを思い出した。響子がこだわっていた約束だ。刑の執行に立ち会った下間住職なら、なにか知っているのではないか。

「響子さんの刑の執行に、ご住職も立ち会われていますよね。最期の言葉を、覚えていらっしゃいますか。響子さんは最期に、約束は守った、と言っています。響子さんが誰とどのような約束を交わしていたかわかりませんか」

住職はすまなそうに、香純を見た。

「響子さんの最期の言葉は覚えていますが、意味は私にもわかりかねます。面会でも、約束に関する話は聞いたことがありません」

面会では、季節や天気に関する話が多かったという。特に、いま咲いている花や鳴いている鳥について知りたがり、故郷を懐しんでいたとのことだった。

石油ストーブの前で寝ていた猫が、起き上がり伸びをした。住職に近づき、ひと声鳴く。

住職は愛し気に、猫の頭を撫でた。

「コタマ、よく寝たなあ」

香純は腕時計に目をやった。午後四時。すでに二時間が過ぎていた。こんなに時間が経っているとは思わなかった。慌てて、今日、住職を訪ねた一番の目的を口にする。

「響子さんの遺骨ですが――」

住職は、すべて聞かなくてもわかっている、とでもいうように、香純の言葉を遮った。

「響子さんの本家は、中津《なかつ》郡の相野町でしたね。曹洞宗の寺があり、松栄寺《しょうえいじ》といいます。三原家の菩提寺でもあります。先代と少々知り合いでしてね。先代はもう亡くなり、いまのご住職との面識はないが、無縁仏でもいいから寺の敷地内に葬ってもらえないか頼んでみますよ。墓に入れなくても、地元に帰りたいでしょうからね。もしそれが無理なら、ここで供養します。響子さんの教誨師になったのも、なにかのご縁ですからね」

香純が玄関から出ようとしたとき、コタマがやってきた。そばにきて、香純の足に頭を擦りつける。

「ほお」

住職は嬉《うれ》しそうな声を出した。

「あなたはコタマに好かれたようですな」

なかなか離れないコタマを見つめながら、住職がつぶやく。

「さきほどあなたは、人の命を奪った響子さんはいい人ではなかった、そう言いましたね」

どうしてここで、改めて訊く必要があるのか。香純は戸惑った。

住職は香純の目を、まっすぐに見つめた。

「人に、善人も悪人もありません。どちらも心にあるのです。響子さんにも、悪だけでなく善もあった。ただ、ほんの一瞬、善より悪の気持ちが強くなり過ちを犯してしまったのでしょう。それは、殺人とか窃盗といった形ではないかもしれないが、誰にでもあることです。生涯、ひとつも過ちを犯さずに過ごせる者など、この世にはいません。あなたも、そして、私もそうです」

香純は、響子がこの住職との面会を望んだ理由が、わかったような気がした。

住職の目には、深い慈悲の色が浮かんでいた。おそらくこの視線は、性別、年齢、立場を問わず、誰に対しても平等に向けられる。公平に注がれる眼差《まなざ》しは、殺人という咎《とが》を背負った響子にとって、安らぎを覚えるものだったのだろう。

住職が言う。

「今日は、あなたに会えてよかった」

「そんな──私のほうこそ」

言葉を続けようとした香純を、住職は手で制する。

「私は教誨師を長くしておりますが、受刑者の誰もが重いものを背負っています。その背負っているものを少しでも軽くするのが役目と思っていますが、私自身も心が重くなることがありましてね。とくに死刑執行に立ち会ったあとは、死に対する無条件の悲しみで気持ちが沈みます。でも、あなたのように仏様を大切にする方と会うと、気持ちが救われます」

住職は香純に向かって微笑んだ。

「気をつけてお帰りなさい」

温かい言葉をかみしめながら、香純は寺務所をあとにした。

　下間住職から連絡があったのは、光圓寺を訪れた三日後だった。

　スマートフォンの電話に出た香純に、住職は詫びた。

「松栄寺のご住職と話をしたんですが、どうもはっきりしない方でしてね。自分は無縁仏として供養するのは問題ないが、ご親族や地元の人が知ったらよろしくない。場合によっては自分が責められる、とおっしゃるんです」

　住職が不機嫌そうに続ける。

「私も坊主ですから、ご住職の事情はわかります。寺はなにを言ったって檀家《だんか》さんあってですから、みなさんの声は尊重しなければならない。でもね、生前がどうであれ、あの世へ旅立たれた響子さんは、いまは仏様だ。慈悲の心で受け入れてあげるべきでしょう。そう思って説得してみたんですが、はあ、とかまあ、とかはっきりしない。結局、答えが出ないまま電話を切りました」

　住職は、重い息を吐いた。

「響子さんは会うたびに、故郷へ帰りたい、と言っていました」

「帰りたい――」

　香純が繰り返すと、住職は頷いた。

「響子さんは話の最後に決まって、故郷に帰りたい、そう言っていました。なかには、地元には帰りたくない、思い出したくもない、そう言う者もいます。でも響子さんは違った。あんなに帰りたがっていたのだからなんとかしてあげたかったが、難しそうです」

「そうですか――」

残念だが、ここで諦めるしかないのだろうか。

自宅のリビングで電話をしていた香純は、和室に目をやった。響子の遺骨が見える。脳裏に、響子と会った夏の日が浮かんだ。

響子が逮捕されたとき、世間は響子を「鬼」「人でなし」「極悪人」と責めた。マスコミは周囲を調べあげ、響子が育児放棄していた、と報道した。愛理ちゃんがいつも汚れた洋服を着ていた、とか、まともな食事を与えられていなかった、とかという話が、近所の住人から聞こえてきたからだ。

香純は響子の逮捕を、テレビの報道で知った。とてもすぐには信じられなかった。ふたりの――ひとりは我が子の命を奪う気持ちもわからなかったし、古い記憶のなかの響子と重ならなかったからだ。強い光が降り注ぐ庭で、響子は優しく微笑んでいた。あの儚げな少女と殺人犯が同じ人物とは思えなかった。

響子は、死刑という形で三十八年の人生を終えた。そのうち、十年は塀のなかだ。自由だった時間は、香純が生きてきた年月よりも短い。

「私、松栄寺へ行ってみます」

気づくと、そう言っていた。

「香純さんが？」

住職は驚いた様子で訊き返した。

いまの会社を正式に退社するのは、三月末だ。残っている有給休暇を使うため、実質は春彼岸の連休前に出勤を終える。新しい職場に勤めるのは、五月一日からだ。時間はひと月以上ある。問題はない。

松栄寺を訪れ、住職に直談判《じかだんぱん》しよう。それでも駄目なときは、光圓寺で供養してもらう。

香純の話を聞いた住職は、反対もしないが強く勧めもしなかった。香純が出向いても無理だと思っているのだろう。しかし、香純の気持ちが変わらないとわかると、なにかあったら力になるからいつでも連絡しなさい、と言って電話を切った。

香純はリビングのソファから立ち上がり、和室へ行った。響子の遺骨の前に座る。前に、拘置所を扱ったテレビ番組を観たが、収容者が生活をする房が紹介されていた。拘置所には、複数人が寝泊まりする雑居房と、ひとりだけの独房がある。死刑囚は入所から刑の執行まで、ずっと独房で過ごすと説明されていた。

電気が消えた部屋にぽつんと置かれた骨壺が、独房で正座して項垂《うなだ》れている響子のように見える。拘置所でも、骨になって外に出たいまでも、響子は独りだ。せめて、骨だけでも故郷に帰してあげたい。

夏の庭で蜃気楼《しんきろう》のように佇《たたず》む響子が、縋《すが》るような目でこちらを見ているような気がした。

心で響子に問う。誰かを心から愛したことはありますか、心から誰かに愛されたことはありますか、あなたにとって愛理ちゃんはなんだったんですか。

思い出のなかの響子は、なにも答えない。じっとこちらを見つめている。

キッチンで、ぽたん、と蛇口からしずくが落ちる音がした。香純は和室を出て、静かに襖《ふすま》を閉めた。

第二章

ＪＲ北羽《ほくう》本線の青森県小島町駅のホームに降りた香純は、コートの襟を手で合わせた。

青森を訪れるのは、三度目だった。一度目は響子と会った子供のころ、二度目は大学生のときに、友人とねぶた祭りを見に行ったときだ。どちらも暑い季節で、寒いときに訪れるのははじめてだった。

春彼岸のいま、関東ではちらほら桜が咲きはじめる。天気がいい日は、薄手の羽織りでもいいくらいだ。しかし、東北はまだ冷え込みが厳しかった。日陰には、残雪がある。

吹いた風の冷たさに、香純は身震いをした。

肩にかけていたトートバッグから、ショールを取り出し首に巻く。静江が持たせてくれたものだ。荷物になるからいらない、と香純は断ったが、静江はひかなかった。襟巻にもなるし、膝掛けにも使える。一枚あると便利だから、と無理やり持たせた。静江の言うとおり、ショールが一枚あるとないとでは、寒さが違う。勧めてくれた静江に、心のなかで感謝する。

荷物が入っているキャリーケースを転がし、無人の改札を出た。

狭い駅舎には、誰もいない。外に出ると、駅前商店街とは名ばかりの通りがあった。道の両側に商店が並んでいるが、大半はシャッターが閉まっている。古びた鉄柱に、ビニールの花が飾られていた。もとがわからないほど、色褪《いろあ》せている。風が吹くたびに、乾いた音を立てて揺れた。

かつては賑《にぎ》やかな通りだったのだろう。郊外に幹線ができ、町の中心がそちらに移ってしまったのだ。一方が栄えれば、一方が朽ちるのは昔からの道理だ。

香純は腕時計を見た。午後四時半。

大宮から新青森行きの新幹線に乗ったのは、昼前だった。新青森駅で秋田行きの特急に乗り換え、弘前から普通列車で小島町にきた。松栄寺がある相野町は、ここからさらにタクシーで三十分ほどかかる。

今日は移動だけで、目的の松栄寺に行くのは明日だった。松栄寺の住職——柴原《しばはら》昭道《しょうどう》とは、すでに約束を取り付けている。繋いでくれたのは、光圓寺の下間住職だ。

松栄寺へ行く、と伝えてから数日後、携帯に下間住職から電話が入った。松栄寺へ連絡しておく、と言う。

「あれから、私になにかできることがあるか考えましてね。私のときと同じく、香純さんが響子さんの遠縁だ、と柴原さんに信じてもらうには手間がかかる。私から松栄寺に、香純さんがそちらに出向く、と伝えておけば、事は楽に運ぶと思ったんですが、いかがかな」

温かい心遣いに感謝し、香純は連絡してくれるよう頼んだ。下間住職からふたたび連絡があったのは、二日後だった。松栄寺の住職は、春彼岸の時期で慌ただしいが、概《おおむ》ね夕方になれば身体が空《あ》く、とのことだった。青森に入った翌日の午後四時に松栄寺で面会できるよう下間住職に伝言を託して、香純は電話を切った。

香純は駅舎の前にあるバス停で、時刻表を調べた。ちょうどバスが出たあとで、次は一時間後だった。

宿は小島町に取っていた。インターネットでいろいろ調べたところ、相野町にも宿は一軒あった。宿はできる限り目的地に近いほうがいい。移動方法やかかる時間も含めて楽だからだ。しかし、香純は相野町に宿をとるのをやめた。サイトに記載されていた情報によると、相野町の宿は地元で長く営んでいる民宿だった。

相野町には、わざわざ遠方から人が赴くような観光名所はない。遠方からの客はめずらしいだろう。宿の人から町を訪れた理由を訊かれたり、詮索されたりしたら返答に困る。適当な理由でごまかすのは難しくないだろうが、余計な労力を使いたくなかった。

小島町も地方の小さな町だが、相野町よりは開けている。人口も多いし、宿も香純が予約したホテルのほかに、全国チェーンのホテルが二軒ある。相野町に一軒しかない民宿に泊まるより、ひと目を気にせずに済むと思った。

香純はバス停に立ったまま、駅舎を振り返った。次のバスまでなかで待つこともできるが、なかに暖房はなく外の気温とそう変わらない。

インターネットでここからホテルまでのタクシー代を調べると、おおよそ二千円と出てきた。タクシー代を惜しみ、待っているあいだに風邪をひいたら、それだけではすまない。

今回の旅にかかる費用は、香純が自分の貯金から出した。静江は、自分が出す、と言ったが断った。松栄寺に行く、と言い出したのは自分だし、年金で倹《つま》しく暮らしている母に負担をかけたくなかった。

なによりここで体調を崩すのだけは避けたかった。

あたりを眺めてタクシーを探していると、道の奥から一台のタクシーが近づいてくるのが見えた。

タクシーは香純の前で停まり、助手席の窓が開いた。なかから運転手が訊ねた。

「乗るかい?」

友人か知人に訊ねるような言葉遣いだ。

香純が頷くと、運転手は車から降りてきた。歳は六十手前くらいか。ぶかぶかの紺色のジャケットを着ている。

運転手は香純のキャリーケースに手をかけながら言う。

「待ってるあいだ寒かったろう。早くなかさ入って」

地元の人なのだろう。言葉に訛《なま》りがある。

運転手は車に戻ると、後部座席にいる香純をバックミラー越しに見た。

「どこまで？」

「サングリーンホテルまでお願いします」

小島町にあるビジネスホテルだ。

「サングリーンホテルね」

運転手はメーターの実車ボタンを押し、車を発進させた。

車はしばらくのあいだ、ひと気のない寂しい一本道を進んだ。角にコンビニがある大きな交差点を過ぎると、車の交通量が増え、人の姿も目に付くようになった。下校の途中だろうか。高校生らしき制服姿の女子が、自転車で車の横を通り過ぎていく。

赤信号で車が停まると、運転手が話しかけてきた。

「お客さん、どこから？」

反射的に身構えた。が、運転手の問いに深い意味はない、と思い、身体の力を抜いた。

「埼玉です」

運転手の目が、バックミラー越しに嬉しそうに輝いた。

「埼玉っていやあ、鉄道博物館、あれすごいよね。私は鉄道が大好きでね。あそこにはなんども行ってるんだよ」

もともと話し好きなのか、香純が退屈だろうと思い気を遣っているのか、運転手はひとりで話を続ける。

「ところでお客さん、こっちには旅行で来たの？」

不意打ちのように訊かれて、香純は戸惑った。咄嗟《とっさ》に話を合わせる。

「ええ、まあ」

香純の言葉を運転手は信じたらしく、へえ、と感心とも呆《あき》れともとれる声をあげた。

「このあたりは見るものはあまりないけど、食い物は美味《うま》いよ。いまだとクロソイとかさ。この時期のお勧めはじゃっぱ汁。お客さん、じゃっぱってわかる？　あら汁のことだけどさ、食べると腹からあったまるよ。私は釣りをするんだけどね、一番でかいクロソイ釣ったのは――」

香純は、鉄道にも釣りにも関心がない。気の利いた返事ができず、なんだか申し訳ない気持ちになってくる。運転手はそんな香純の気持ちなどお構いなしに、釣果自慢を続ける。どうやら単なる話し好きらしい。

全国チェーンの衣料品店や飲食店が目につく大通りを抜けると、あたまひとつ抜き出ている建物が見えた。香純が泊まる、サングリーンホテルだった。

運転手は、ホテルの車寄せにタクシーをつけると、メーターの支払いボタンを押した。

料金を支払い、車を降りる。

運転手も車を降り、トランクから香純のキャリーケースを取り出す。

「忘れ物はないね。もし、タクシーを使うなら、また頼むね。うちは持っている台数が小島町で一番多いんで、すぐに配車できるから。寒いなか待つのはしんどいよ」

白い車体のドアに緑の文字で「小島町タクシー」とある。

香純は曖昧な返事をした。

この運転手が嫌いなわけではないけれど、余計な関心を持たれるのは避けたかった。

チェックインを済ませ、部屋に入ると、キャリーケースを隅に置き、肩にかけていた大きなトートバッグをベッドのうえに載せた。なかから、風呂敷に包まれたものを取り出す。響子の遺骨だ。もし、松栄寺に弔ってもらえることになったら、すぐに渡せるように持ってきた。

壁に備え付けられているデスク型の棚に遺骨を置き、バッグからスマートフォンを取り出した。静江に電話をかける。娘からの連絡を待っていたのだろう。電話はすぐに繋がった。

「もしもし、いまどこ？　もうホテルに着いた？」

香純がなにも言わないうちから、静江は矢継ぎ早に訊ねる。

「いま、着いた」

スマートフォンを肩と頰でささえながら、香純は着ていたコートを脱ぐ。

静江の問いは止まらない。寒いか、なにか食べたか、困ったことはなかったか、など尋問のように訊ねる。いくつになっても、我が子は子供のままなのだろう。心配してくれるのはありがたいが、いまは休みたかった。

「なにかあったら連絡するから」

つい、ぶっきらぼうな言い方になった。静江が怒ったように言う。

「お母さんはあなたが青森に行くの反対だったんだからね。あなたがどうしても行くって言うから許したのに、そんな言い方ないでしょう」

「ごめんなさい」

素直に詫びる。静江は諦めたように息を吐いた。

「もうそっちに行っちゃったんだから、なにを言っても意味はないんだけれど——どうしてそこまでするのか、お母さんにはいまだにわからない」

それは香純自身も、よくわからなかった。ただ、自分の記憶のなかの響子と、事件をおこした響子のどちらが本当の響子なのか知りたい気持ちと、もうひとつ、事件を知ったときに静江がふと漏らしたひと言を思い出し、青森へ行こうと思ったことははっきりしている。

――あなたじゃなくてよかった。

響子が犯人だと知ったとき、静江はそうつぶやいたのだ。

それを聞いた香純は、背筋が冷たくなった。もしかしたら、私が響子だったかもしれない。夏の庭に、自分と響子は一緒にいた。一体、どこで道が分かれたのか、響子と自分のなにが違うのかが知りたかった。

電話を切った香純は、ベッドに身を横たえた。

寝ころんだまま、棚に置いた響子の遺骨を眺める。あれほど帰りたがっていた故郷に、いま響子は戻ってきた。しかし、このたびの帰郷が永遠のものになるかどうかはわからない。

香純はベッドから起き上がると、キャリーケースを開けてノートを取り出した。持ってきた響子の日記だ。最後に書かれたページを開く。

――わからないことだらけだけれど、約束は守っています。それだけが、いまの自分の支えです。

香純は再びベッドに横になり、仰向《あおむ》けの状態でノートを眺めた。約束、の二文字をじっと見つめる。死に向かう者が支えにしていた約束とはいったいなんだろう。誰と交わしていたものなのか。心でいくら訊ねても、記憶のなかの響子は微笑んでいるだけだった。

次の日、香純がベッドから抜け出したのは昼近くだった。もっと早くに一度目が覚めたが、うつらうつらしているあいだに、また寝てしまっていた。自分が思っているより、疲れていたようだ。

香純は手早く身支度を済ませると、ホテルを出た。ホテルの朝食の時間は、とうに過ぎていた。近くに食事がとれる店がないか探すと、少し先にコーヒーショップを見つけた。

ミックスサンドとコーヒーで腹を満たして店を出ると、香純は大通りを北へ向かって歩きはじめた。小島町の北側には、川が流れている。白比女川だ。

響子の実家は、小島町を流れる白比女川沿いにあった。響子が逮捕された当時の週刊誌に、そう書かれていた。住所や目印といった、詳細な情報はなかったから具体的な場所はわからないけれど、響子が目にしたであろう景色を自分も見てみたかった。

白比女川にたどり着いた香純は、目の前の光景に目を細めた。川にかかっている橋の向こうに、山があった。岩木山だ。

頂《いただき》は白く、山裾が広い。広大な空を背に聳《そび》え立つ姿に、神々しさを覚える。この高《こう》峻《しゅん》な山を、響子も見たのだろう。

香純は岩木山を背に、小島町を振り返った。

背の低い建物が、川と山のあいだの狭い土地にひしめき合っている。この町で響子は生まれ育った。

この町のどこかに、響子を知っている人がいる。同級生もいるだろう。彼らはあの事件をどう捉え、ふたりの子供を殺めたとされる響子をどのように思っているのか。

風が吹いた。

川風は町中に吹く風よりさらに冷たい。

香純の横を、自転車に乗った男性が通り過ぎた。ちらりと香純を振り返る。なにもない橋のたもとで、立ち尽くしている者がめずらしいのだろう。

香純はコートの襟を合わせて、白比女川をあとにした。

来た道を戻り、ホテルに着いた。

食事の時間も含めて、二時間ほど外にいた。そのあいだに、身体がすっかり冷えていた。無料サービスのコーヒーを淹れて飲むと、少しだけ温かくなる。

香純は時計を見た。三時だった。

小島町から相野町までは、車で三十分あれば着く。しかし、香純は余裕をもって、三時すぎにはホテルを出ようと思った。

移動手段は、昨日と同じくタクシーだ。バスも考えたが、相野町のバス停から松栄寺まで道に迷ったら、約束の時間に遅れてしまう。戻りはバスでも問題ないが、行きは迷うことがないようにした。

フロントに電話をして、三時二十分にホテルを出るようタクシーを呼んでもらう。五分前に下に降りたが、すでにタクシーは待機していた。車のドアに、小島町タクシー、とある。昨日と同じ運転手ではないことを願いつつ、タクシーに乗り込んだ。

運転手は女性だった。

歳は五十手前くらいだろうか。昨日の運転手と同じく、紺色のジャケットを着ている。

「どこまでですか」

「相野町の松栄寺までお願いします」

女性は行先を繰り返し、車を発進させた。運転しながら、女性は香純に訊ねる。

「お寒くないですか」

昨日の運転手と違い、言葉遣いは丁寧だ。それが逆に冷たく感じた。女性の顔に笑みがないからだろう。

「大丈夫です」

少し無理をして、香純は答えた。

女性は無口だった。香純に、どこから来たのか、とか、松栄寺に行く理由とかを訊ねない。どう答えるべきか考える必要がなくて楽だったが、三十分ものあいだまったく会話がないのも落ち着かず、松栄寺に着いたときはほっとした。

支払いを済ませ車を降りると、女性が訊ねた。

「帰り、迎えに来ましょうか」

香純は丁重に断った。もとから帰りはバスにしようと思っていたし、またこの女性と無言の三十分を過ごすことを考えると、それだけで気疲れがした。

松栄寺の門をくぐった香純は、その広さに驚いた。

境内は光圓寺の倍近くあり、本堂も大きい。

門から本堂へ続く参道には、たくさんの石塔が並んでいた。地元の人たちが、寄進したのだろう。かなり古いものがあることから、寺の長い歴史がうかがえる。

本堂に向かって右側には、瓦屋根の重厚な日本家屋があった。住職の自宅らしい。

向かって左側には、本堂と続きの寺務所があった。
なかに、紺色の袈裟《けさ》を身に着けた、剃髪の若い男性がいた。修行中の僧侶だろう。
香純は男性に声をかけた。名を告げ、住職に取り次いでもらうように頼む。
「今日、四時にお会いする約束をしています」
話を聞いていたのだろう。男性は香純になにか訊ねることもなく、本堂からなかへ
入るよう促した。
靴をそろえ本堂に入ると、さきほどの男性が寺務所から本堂にやってきた。
「こちらにどうぞ」
本堂の奥にある和室に、案内された。
八畳の続きの部屋には、炬燵《こたつ》が置かれていた。壁際に、オイルヒーターがある。
「寒いですから、入ってお待ちください」
男性は香純に炬燵を勧めて、部屋を出て行った。
香純の家に炬燵はない。子供の頃はあったが、いつの頃からかなくなった。冬はエ
アコンの暖房とホットカーペットで過ごしている。
炬燵の暖かさを思い出しすぐに入りたかったが、住職が来る前からくつろいでいて
は失礼だと思い我慢した。

ほどなく、住職がやってきた。

「お待たせして申し訳ありません。住職の柴原です」

香純は柴原住職の若さに驚いた。香純と同じか、年上でもそう大きく変わらないだろう。剃髪している頭は艶があり、顔にも張りがある。

香純は畳に手をつき、頭をさげた。

「今日はお忙しいなか、お時間を頂戴しありがとうございます」

部屋の隅に座っている香純を、柴原住職は炬燵に促した。柴原が炬燵に入るのを待ってから、香純も足を入れる。

「こちらには、いつ来られました。宿はどちらに」

柴原は香純に訊ねた。

香純は、昨日から青森に入り、宿は小島町にとっている、と答えた。

襖の外から、女性の声がした。

「失礼していいですか」

柴原が慌てた様子で返事をする。

「ああ、いいよ」

襖が開き、女性が入ってきた。長い髪をうしろで束ね、白いエプロンをつけている。

柴原住職は、女性に香純を紹介した。

「こちらが、吉沢香純さん。三原の本家筋の――」

柴原住職が言い終わらないうちに、女性は盆に載せていた茶をふたりの前に置いた。

炬燵の天板が音を立て、湯呑のなかの茶が揺れる。

柴原住職は、うろたえた様子で香純に女性を紹介する。

「私の家内です」

香純は炬燵から出て膝を正し、頭をさげた。

顔を上げると、女性が部屋から出ていくところだった。

襖が音を立てて閉まる。

柴原住職は気まずそうに、言い訳をする。

「家内は人見知りでしてね。はじめて会う人にはいつもあんな調子です」

嘘だ、と香純にはわかっていた。

柴原の妻が部屋を出ていくとき、一瞬だけ目があった。その目には、香純を厭《いと》う色が強く滲《にじ》んでいた。

妻は夫から、香純の素性と寺に来る目的を聞いているのだろう。ふたりの子供を殺めた殺人者への憎しみと、殺された子供に抱いている憐憫《れんびん》といった様々な感情を、怒りに代えて香純にぶつけているのだ。

事件から十年の月日が経つが、この町に住む人の感情は事件当時のままなのだ、と感じる。

「ところで、その、遺骨の件ですが――」

柴原住職は、急《せ》くように本題に入った。早く話を終わらせたいのだろう。

香純は柴原住職に向けて膝をそろえた。

響子の遺骨を引き取ってほしい、と頼もうとすると、柴原住職は言わせまいとでもいうように、早口でまくし立てた。

「遠いところお越しいただいたのですが、お望みには応えられません。いえ、私は三原家の墓に入れてあげたいと思っていますよ。ご連絡をくださった光圓寺のご住職がおっしゃっていましたが、どんな罪人でも亡くなれば仏様です。丁寧に弔ってさしあげたいと思いますが――その、なにぶんここには昔から世話になっている檀家さんの墓がたくさんありましてね。三原の本家筋の方々もそうですが他の檀家さんのみなさんも、響子さんの納骨を拒んでおりましてね」

香純は訊ねた。

「本家や檀家のみなさんは、こちらに直接、納骨はしないでほしいと、訴えてこられたんですか。それとも、ご住職がみなさんのお考えを訊いて回られたんですか」

「檀家を代表して、数人の方が寺にやってこられました。響子さんの刑が執行されたことは、テレビや新聞で報道されたでしょう。報道からほどなくして檀家さんが、寺にやってきて、ぜったいに三原家の墓に響子さんを入れるな、とおっしゃられましてね」

その時点では、まだ響子の従伯母《いとこおば》でもある本家の寿子からは、なんの連絡もなかったという。寿子から、響子の納骨について連絡があったのは、それからさらに数日経ってからのことだった。

入院先の病院の公衆電話から、寿子は柴原住職に電話をかけてきた。用件は、どこからか、響子の納骨をしたいと連絡があっても引き取ってくれるな、というものだった。

「話の様子だと、檀家の代表が、寿子さんの入院先を訪ねて、納骨はするな、と言ったらしいんです。寿子さんは亡くなったご主人から、響子さんに関することには一切かかわるな、と言われていたそうで、寺への納骨も最初から頭になかったそうですが、檀家さんから言われて、寺に念を押してきたんです。本家と檀家のみなさんから、骨を入れてくれるな、と言われては、私としてもどうにもなりません」

響子が起こした事件で、多くの者が哀《かな》しみ、怒り、謂《いわ》れのない中傷に傷ついたことはわかる。しかし、ここで引いてしまっては、わざわざ松栄寺までやってきた意味がない。

「ご住職の事情もわかります。墓に入れてほしいとまでは申しません。せめて、無縁仏としてでも納骨してはいただけないでしょうか」

柴原住職は、困惑とも迷惑ともとれる表情をした。

「それも難しいかと――いや、実は響子さんのご両親が相次いで亡くなられたとき、かなり揉《も》めましてね」

話によると、父親の健一が他界したときに親族から、三原の墓には入れたくない、との声があがったという。

「生前になにがあっても、死んだら誰もが仏様だ。まして健一さんは、罪を犯した本人ではない。三原の家に生まれた者なのだから、孫の愛理ちゃんも眠る同じお墓に入れてさしあげてはどうか、と申し上げたんです。そのときは、親族たちが渋々引いて健一さんは三原の墓に納まった。やれやれと思っていたところに、今度は千枝子さんだ。そのときは、健一さん以上に大変でした」

健一と同じように、三原の親族は千枝子を墓に入れるのを嫌がった。なかには、いまから籍を抜けないのか、と言い出す者までいたらしい。

「いくらなんでも、当事者たちがもういないのに、離縁も離婚もできるはずがない。そう申し上げたら、無縁仏にでもしてくれと言い出した。私は健一さんと同じ理由で、同じ墓に入れるべきだ、と諭しましたが千枝子さんに関しては、誰もが頑《かたく》なに首を縦に振らなかった。事件の起こった原因は、千枝子さんの教育に問題があったからだとおっしゃる方もいました。いろいろ話し合った結果、三原の墓の横に新しい墓石を建てて、そこに納骨することになりました」

「わざわざ、新しいお墓を建てたんですか」

香純は墓を建てたことはないが、まとまったお金が必要なはずだ。そのうえ手間もかかる。そうまでして同じ墓に入れたくない、その思いに、親族が——ひいては町の者が響子たちを憎んでいることが窺《うかが》えた。

「葬式も寂しいものでした。健一さんのときは、まだ親族や町の人が数人参列しましたが、千枝子さんのときは、たった三人でした。本家の寿子さんと、千枝子さんのご実家の遠縁の方、そして千枝子さんの友人だという女性だけです。葬儀も私が読経をあげるだけの簡単なもので、あっという間に終えました」

柴原住職は、辛さと困惑が入り混じった顔で香純を見た。

「ご両親が亡くなったときでさえ、それくらい大変だったんです。いくら無縁仏とはいえ、事件を起こした当人を、同じ寺の敷地に入れることは、みな嫌がるでしょう。そのような事情で、わざわざ足を運んでいただいたんですが、遺骨を引き取ることは、ちょっと――」

おどおどしているが、口は回る。はっきりとは言わないが、檀家には逆らえないということだ。

諦めるしかないのか、ほかに、響子を故郷に帰してあげられる方法はないだろうか、そう香純が考えていると、いきなり部屋の襖が開いた。

柴原住職の妻だった。妻は夫に向かって、厳しい声で言う。

「関《せき》の上の佐藤《さとう》さんが、迎えに来たわよ」

柴原住職は、ほっとしたような表情を顔に浮かべた。

「すぐ行くと伝えてくれ」

香純は肩を落とした。やはり、ここで諦めるしかない。残念だが、下間住職に頼んで、光圓寺の無縁仏として弔ってもらおう。

さっさと部屋を出ていこうとする妻に、柴原住職が慌てた様子で訊ねた。

「そうだ。津軽《つがる》さん、来てるかな」

妻はぶっきらぼうに答える。

「とっくに来てますよ」

妻が出ていくと、柴原住職は香純に訊ねた。

「お帰りですが、タクシーを頼みますか」

香純は首を横に振った。

「いいえ、帰りはバスを利用しようと思っていますから」

柴原住職は、ほっとしたように息を吐いた。

「いや、それはよかった。もし帰りの足をご用意されていたら、そちらを取り消すのにひと手間かかりますから」

香純は眉をひそめた。どういう意味か。

柴原住職は、香純の出方をうかがうように、おずおずと言う。

「勝手ながら、当方で宿までお送りさせていただけませんかね」

香純は慌てて断る。

「いえ、お時間をいただいたうえに、そのようなお気遣いをさせては申し訳ありません。お気持ちだけで充分です」

交通の便がよくないこのあたりでは、誰かがどこかへ行くついでに、相乗りさせてもらう、という風習があるのだろう。住人のほとんどが顔なじみの狭い土地ならではの文化だ。

土地の者にとっては便利だと思うが、そのような風習になじみがない香純にとっては、気まずい時間でしかない。

香純が遠慮していると思ったのだろう。柴原住職は、用意している車を使ってほしい、と強く勧める。

香純が困っていると、柴原住職はあたりの様子をうかがうように耳をそばだて、声を潜めた。

「実は、こちらで用意したお帰りの足ですが、津軽さんでしてね」

さきほど、耳にした名前だ。

柴原住職の話だと、津軽、というのは、津軽日報社という新聞社のことで、香純を宿まで送る者は、そこの新聞記者だという。

「新聞記者――の方ですか」

意外な人物に戸惑う。

名前は、樋口《ひぐち》純也《じゅんや》。津軽日報社弘前支社に勤めているという。

「樋口さんは、あの事件を担当した記者さんでしてね。響子さんが逮捕されたあとも、あの事件についてずっと調べています。このあいだ、所用で立ち寄られた際、あなたが寺に来ると言ったら、ぜひ会いたい、というので、では帰りに送ってさしあげてはどうか、と話していたんです」

まさか、香純を取材するというのか。

警戒の色が、顔に出たのだろう。柴原住職は、慌てた様子で言葉を続けた。

「いえ、あなた個人のことを取材するとか、うかがったお話を直接記事にするとか、そういうことではありません」

樋口は事件を記事にはしているが、当時の週刊誌やテレビの情報番組で報道されたセンセーショナルな取り上げかたではなく、事件の起きた背景などを丁寧に追いかけているという。

「事件を丁寧に調べている、ということは、響子さんや被害者の方々に深く寄り添っている、とも言えます」

柴原住職は、申し訳なさそうに香純を見た。

「目的を果たせずにお帰りになるのは心が残るでしょうし、私も心苦しい。せめて、なにか響子さんに関する話をお持ち帰りになられては、と思い、勝手ながら樋口さんに来ていただきました」

柴原住職は、ばつが悪そうに、頭の後ろを掻《か》いた。

「正直申しまして、あの事件の関係者が寺に来たことが知れると、なにかと面倒でしてね。この土地は狭い。見知らぬ人がいるだけで、どこの誰だと噂になるんです。ですから、その――」

要は、香純を人目に触れさせないよう、帰そうということか。

柴原住職は、言い訳とも詫びともとれる理由を述べた。

「この土地は町から離れ、冬になると雪で閉ざされてしまうんです。昔から、みな支え合って生きてきた。助け合わなければ、生きてこられなかったのです。だから人と人の繋がりが深い。まあ、私もそれで、寺のあとを継いだときは難儀しましたけれど、なじめばみな親切でいいところですよ」

柴原住職は、婿養子だった。福島の寺の次男に生まれ、縁あって松栄寺の長女と結婚したという。いまになって、柴原住職の言葉に、昨日のタクシーの運転手のような訛りがないことに気づいた。

柴原住職は、妻をかばうように言う。

「あの事件で、この町はひどく荒らされました。全国からテレビ局やら週刊誌の記者やらがやってきて、地元の人間に根掘り葉掘り話を聞きまわったんです。はじめは住人たちも取材に協力していたんですが、やがて自分たちが話したことを捻《ね》じ曲げられた形で記事にされたり、あの人があんなことを言っていた、などと噂がたったりして、住人同士の諍《いさか》いにまでなったんです。話を聞かせてほしいとしつこく付きまとわれたり、私有地に勝手に入り込まれたりもしました。当時は家内も、嫌な思いをしましてね。だから、あの事件に関することに、無条件に強い拒絶が出てしまうんです」

香純は柴原の妻を責めるつもりはなかった。

響子が犯人だと知ったとき、香純も自分のところにもマスコミが来ないだろうか、と不安に思った。住人はもっと不安だっただろう。犯人と同じ町に住んでいる。

警察の捜査もそうだ。事件とは無関係なのに、なにか関わりがあったのではないか、と疑われるようなことを訊かれた者もいるかもしれない。

響子が起こした事件は、加害者や被害者の関係者などだけでなく、事件とは関係がない多くの人の心に深い傷を残した。そう思うと、勝手に行動することが憚《はばか》られ、柴原住職の申し出を断り切れなかった。

香純の無言を了承と受け取ったらしく、柴原住職は炬燵から出て立ち上がった。

「津軽さんを呼んできますから、ちょっとお待ちください」

香純は部屋の隅に畳んで置いたコートを引き寄せ、いつでも部屋を出られる準備を整えた。

ほどなく、柴原住職が戻ってきた。

「お待たせしました。こちらが津軽さんです」

部屋に入った柴原住職は、そう言って後ろを振り返った。

廊下に、男性が立っていた。手に、ベージュのコートを持っている。

男性は部屋に入ると、香純の前に膝をつき、名刺を差し出した。

「津軽日報社の樋口です」

歳は香純の少し上くらいのように見えるが、全身にまとっている堅苦しい雰囲気は、数多くの人生経験をした年長者を思わせた。

柴原は樋口を見ながら言う。

「この方は信頼できる人です。私が保証します」

柴原住職は、樋口に目をやった。

「では、吉沢さんをお願いします」

樋口は頷き、香純を見た。

「車は、寺の敷地の外に停めてあります」

香純は挨拶をしようとしたが、樋口はさっさと部屋を出て行ってしまった。急いでコートとバッグを抱え、あとを追う。

柴原住職は、門のところまで見送りに出てくれた。妻の姿はない。

「お忙しいなか、本当にありがとうございました」

香純は改めて礼を述べて、寺をあとにした。

外は陽が暮れかかっていた。夕暮れの風は冷たく、すでに夜のにおいを含んでいる。橙色《だいだい》に墨を一滴落としたような空には、小さな鳥の群れが見えた。

境内を出て細道を進んでいくと、寺の裏にある駐車場に着いた。駐車場とは名ばかりの、地面がむき出しになっている空き地だ。そこに、白いコンパクトカーが停まっている。

「どうぞ」

樋口は車の施錠を外し、香純を助手席へ促した。車に乗り込もうとしたとき、樋口がぽつりと言った。

「あそこです」

中腰になっていた香純は、姿勢をもとに戻した。樋口は遠くを見やっていた。視線を追いそちらを見ると、山肌が段々畑のようになった場所が見えた。そこに行儀よく墓石が並んでいる。松栄寺の墓所だ。墓はほとんどが古いものだった。数は三十ほどだろうか。

「一番上の右側」

　樋口が言いながら指差す。

「ほかより頭ひとつ大きい墓石が見えるでしょう。あれが三原家の墓です」

香純は息をのみ、樋口が指した先に目を凝らした。山裾にある墓所は、山の影に覆われ、平地よりも薄暗かった。日中であっても、日当たりはよくないだろう。墓所の裏にある林は手入れがされていないらしく、枝が伸び放題で荒れていた。

なんとも言えない気持ちのまま墓をじっと見つめていると、墓石の横に小さな突起のようなものが見えた。きちんと横に並んでいることから、明らかに人の手によって作られたものだとわかる。柴原は、千枝子は三原家の墓石の横に建てた新しい墓に入った、と言っていた。

あれがそうなのだろうか。しかし、千枝子の墓と思えるものは、ただの小さな岩のようでとても墓石には見えない。

香純の考えていることを察したのか、樋口が言う。

「墓の隣にあるのが、千枝子さんの墓です。河原で少し形のいい岩を拾って置いただけのものですが」

香純は胸が詰まった。

「冷えてきました。行きましょう」

樋口が車に乗り込む。香純は助手席に座り、目を閉じた。

※

「点検用意」

フロアに刑務官の声が響いた。

歯を磨いていた響子は、急いで口をゆすぎ、扉の前に座った。目を閉じて、刑務官が来るのを待つ。

東京拘置所では、朝夕の二回、点検が行われる。規則上、点検と呼ばれているが正確には、点呼、だと響子は思う。

点検は、部屋に収容者がいるか確認するもので、朝は部屋の番号と、部屋にいる者の番号を確認する。独房や部屋にひとりしかいなければ一、共同房に四人いたら、一、

二、三、四——となる。

フロアにあるすべての部屋の点検が終わるまで、収容者は動くことができない。座ったまま、終わるのをじっと待つ。

東京拘置所に来たばかりのころは、点検が嫌いだった。時間が長すぎて、足がしびれるからだ。仙台のときも点検はあったが、ここより人が少ないからこんなに時間はかからなかった。点検中の座り方は、正座か安座だ。胡坐《あぐら》をかいたり、膝を抱えて座っても問題はないが、響子はいつも正座している。

かつては、足のしびれを紛らわすために、ここのフロアに何人が収容されているか、号令の声に耳をそばだてていたこともある。しかし、ある時期からやめた。何年も聞きなれた声が、ある日を境に聞こえなくなったことがあったからだ。

響子がいるフロアに収容された者が、部屋からいなくなるのは、心身に変調をきたし医療房に収容されたか、刑が執行されたかのどちらかしかない。

聞きなれた声が聞こえなくなるのが先か、自分の声が消えるのが先か——そんなことを考えると、怖くて一睡もできなくなった。

想像は、人に希望を与えもするし、絶望の底に突き落としもする。

いずれは誰もが死ぬ。なにによって命を落とすかは人それぞれだが、多くの者は老衰による死を望んでいるのではないか。かつては響子も同じように考えていたが、死刑囚となったいま、それはもう叶《かな》わない。

いまの響子にとって、死はすぐ隣にある。明日やってくるか、三十年後にやってくるかだけの違いしかない。

いまの話を、拘置所にやってくる教誨師――下間住職にしたことがある。ほかにも教誨師と呼ばれる人と面会したことはあるが、下間といるときが一番心が穏やかになった。下間は難しい話をしない。その日の天気や、拘置所に来る途中に見つけた草花、寺で飼っている猫の話を、世間話のように語るだけだった。

真面目な話をするときは、響子のほうから話しかけたときだ。生と死、善と悪、といった自分の観念に関する話をすると、真剣な顔で響子と向き合ってくれた。

響子が、いつも死が隣にある、との話をしたときは、腕を組みしばし考えたあとに答えた。

「たしかにそうだが、それはあなただけじゃない。私も、刑務官も、ほかの人も同じだ。明日、事故で死ぬかもしれないし、百歳まで生きるかもしれない。だから、人は日々、大切に過ごさなければいけないのだよ」

下間が言っていることは正論だ。しかし、響子には納得しきれないものがあった。

だれもがいずれ死ぬという意味では同じだが、不可抗力の死と、強制的に命を奪われる死とでは抱く恐怖が違う。

喩《たと》えるなら、弾が入った拳銃をいつも眉間に突きつけられているような感じだ。拳銃を持っている人間の気持ちひとつで、自分の命は簡単に消えてしまう。その恐怖は正気をしっかり保っていないと、大声をあげながら失禁してしまいそうなほどだ。

なかには恐怖に取り込まれ、泣いて暴れまわる収容者がいる。同じフロアのどこかで、壁を叩《たた》く音や暴言を吐く声が、たまに聞こえてくる。

響子はそのようなことは、一度もしたことがない。刑務官に、こんな静かな収容者はめずらしい、と言われたことがある。なにかを訴えても暴れても、刑が覆ることはないし、殺人を犯した自分に、死を恐れる権利はないと思っている。だから、一審で死刑の判決が出たとき、控訴しなかった。担当の弁護士は控訴するよう期限ぎりぎりまで説得に来てくれたが、響子は首を縦に振らなかった。自分がふたりの命を奪ったのならば罰せられるべきであり、それが死刑であるならば抗《あらが》わずに受け止めるべきだと思った。

そしてもうひとつ、控訴しなかった理由がある。もう、自分に係わる証言を聞きたくなかったからだ。裁判でいろいろな人間が証言台に立ち、響子のことを語った。そのどれもが、響子が思っていたものと違っていた。愛理が通っていた保育園や小学校の関係者は、響子が子供の面倒を見ていなかったとか、疎ましく思っていたとか、勝手なことを言った。

愛理の父親でかつての夫はあっちから言い寄ってきたのに、響子から好意を寄せられ、気持ちを受け入れなければ自殺すると脅されたため、仕方がなく結婚した、と語った。

裁判官から、それらの証言について本当か否か訊かれたが、響子は答えなかった。どう答えたとしても、きっと本人たちは認めない。仮に自分たちの見方が過ちだったとわかっても、響子の傷ついた心は戻らない。控訴すれば、また彼らと顔を合わせなければならない。もっとひどいことを言われる可能性もある。もう二度と彼らの顔を見たくなかったし、声も聞きたくなかった。それくらいなら死を選んだほうがいい、そう思った。

裁判官や検事の質問に、答えなかったことがほかにもある。いや、答えられなかった、が正しいだろう。愛理への殺意の有無だ。逮捕されてから十年が経つが、響子はいまだに殺意どころか、自分が本当に娘の愛理を殺めたのかわからない。明確にわかっているのは、栞ちゃんは自分が殺した、ということだけだ。

自分が死を恐れるとき、脳裏に栞ちゃんが浮かぶ。苦しみと恐怖でゆがむ顔だ。

栞ちゃんの姿を見かけたのは、響子が買い物から帰ってきたときだった。

響子が住んでいるアパートと、栞ちゃんの自宅は近所だった。

栞ちゃんのことは、前から知っていた。保育園からの帰り、道端にしゃがみこんで遊んでいるところを、なんどか目にしている。引っ込み思案なのか、いつもひとりだった。

栞ちゃんは、肩までの髪をいつも頭のうえのほうでふたつに結んでいた。結んだ髪が動くと跳ねて、可愛らしかった。

その日の記憶が、響子にはあまりない。愛理を失った悲しみでなにもやる気が起きず、食事ものどを通らなかった。愛理が寝ていた空の布団を見ると、涙が流れて眠れなかった。

以前から通院していた病院の医師から、それまでとは違う安定剤と眠れる薬を処方されたが、かなり強い薬だったらしく、一日中、頭がぼんやりとした。

外に出ない日が続いていたが、その日はあることに気づき、車で小島町の書店へ向かった。毎月二十日は、愛理が好きだった幼児向けの雑誌が入荷する日だった。もう愛理はいない。せめて仏壇に供えてあげたい、と思った。

書店で雑誌を会計に持っていくと、レジのなかにいた若い女の子が、響子をちらちらと見た。

目に、哀れみとめずらしいものを見るような好奇の色が浮かんでいた。

レジにいる女の子を響子は知らなかったが、女の子は響子を知っている様子だった。

女の子の自分を見る目が嫌で、響子は支払いもそこそこに、急いで書店を出た。

地方の小さな町では、よくも悪くも住人の顔は知られている。直接わからなくても、どこの家の息子とか、あそこの家の嫁といった繋がりで、身元はすぐに知れる。

愛理の死は、響子が住んでいる相野町だけでなく、実家がある小島町でも大騒ぎとなった。レジの女の子も、人づてに響子の顔を知ったのだろう。

帰りの車を運転しながら、響子は次第に腹が立ってきた。

女の子がどういうつもりで響子を見ていたのか想像でしかないが、自分のことを知っているなら、娘を亡くしたばかりの母親に向かって、慰めの言葉のひとつもかけてくれてもいいのではないか。

女の子は響子を変な目で見たうえに、事務的な言葉しか発さなかった。自分は見世物ではない。

車がカーブに差し掛かった。ハンドルを切る。スピードが出ていたため、危うく反対車線に出るところだった。知らず、アクセルを踏み込んでいたらしい。

響子はブレーキを踏み、速度を落とした。心で自分に、落ち着け、と言い聞かせる。自分だったらどうだろう、と考える。事故で娘を失った遺族が、いきなり目の前に現れたら、あの女の子と同じように好奇の目で見るのではないか。そのときは動揺してなにも言えないが、あとになって、慰めの言葉をかけてあげればよかった、と思うのではないだろうか。

あの女の子も同じかもしれない。だとしたら、自分が腹を立てるのは間違っている。こんど、あの書店に行ってあの女の子がいたら、伝えてあげよう。あのときのあなたの態度に、私は腹が立った。でも、あなたは戸惑っていたのだから、仕方がない。あなたが自分を責めることはない。許してあげる、と言えば、あの女の子も気持ちが軽くなるはずだ。

ともすると閉じそうになる瞼をあげながら、響子はアパートに着いた。

車を降りたとき、道端にいる栞ちゃんを見つけた。

栞ちゃんは、帰ってきたばかりの響子をじっと見ていた。その日も、栞ちゃんは髪を頭のうえでふたつに結んでいた。

その目が、響子は嫌ではなかった。レジにいた女の子の目とはまるで違う。戸惑いも、哀れみもなかった。

澄んだ目に引き寄せられるように、響子は栞ちゃんのほうへ足を向けた。

栞ちゃんは、手にチョークを持ったまま、近づいてくる響子を見ていた。

響子は栞ちゃんのそばに行くと、足元を見た。白いチョークで、動物の顔らしきものが描かれている。

「これ、クマ?」

響子が訊ねると、栞ちゃんは頷いた。

「クマ、好き?」

また頷く。

響子は車のほうへ足を進め、途中で栞ちゃんを手招きした。

「いいもの見せてあげる」

栞ちゃんは手にしていたチョークを道路に放り出し、響子のあとをついてきた。

響子は自分の車まで戻り、リアバンパーのうえを指さした。

「ここ」

そこには、愛理が好きだったクマのキャラクターのステッカーを貼っていた。

栞ちゃんは後ろで手を組み、もじもじと身体を動かしながら笑った。

はにかむ姿が可愛らしい。

響子は、いましがた買ってきた雑誌の表紙を思い出した。女の子向けのアニメのキャラクターや、男の子向けの戦隊ヒーローたちが並んでいるが、一番大きく載っていたのは、愛理が好きだったクマのキャラクターだった。

車に貼ってあるクマのステッカーを、栞ちゃんは嬉しそうに眺めている。

響子はその姿を見て、愛理の仏壇に供えるために買ってきた雑誌を栞ちゃんも見たら喜ぶのではないか、と思った。愛理もひとりで見るより、栞ちゃんと一緒のほうがきっと喜ぶ。

気がつくと、栞ちゃんをアパートに誘っていた。

ほんの少しのつもりだった。栞ちゃんに本を見せて、お菓子をあげたら帰すつもりだった。

自分でも、どうしてあんなことになったのか、いまだにわからない。

響子は廊下で目が覚めた。

住んでいるアパートは、狭い玄関を入ると、目の前に短い廊下がある。

廊下の左側に台所と、八畳の茶の間、六畳の和室がある。

右側が、風呂場、洗面所、トイレだ。

響子は茶の間とトイレのあいだにある廊下に、横たわっていた。

どうしてこんなところで寝ているのか、と思っていると、強い吐き気を覚えた。トイレに駆け込み、便器の前にしゃがむ。朝からなにも食べていないため胃液しか出なかった。

トイレから出て、そのまま廊下に座り込んだ。

どうしてこんなに気持ちが悪いのか考え、嫌な臭いのせいだと気づいた。

部屋のなかが、排泄物《はいせつぶつ》の臭いで満ちている。

響子は自分の下半身を見た。寝ている間に漏らしたのか、と思ったが違った。響子が穿《は》いているスカートは少しも汚れていない。

臭いのもとを辿り、首を伸ばして茶の間を見た。

冬のあいだにしまおうと思っていたこたつは、まだそのままになっている。こたつ布団の向こう側に、小さな足が見えた。足から上は、こたつの陰になっていて見えない。

——愛理。

心で叫ぶ。

響子は這《は》うように、小さな足へ近づいた。

自分は悪い夢を見ていたのだ。愛理が橋から落ちて死んだなんて嘘だ。だって、愛理はいま目の前にいるではないか。学校から帰ってきたら、響子が眠っていた。起こしたが響子が目を覚まさないので、隣で一緒にうたた寝をしたのだ。

こたつを回り込んだ響子は、息を止めた。

畳に横たわっていたのは、栞ちゃんだった。

瞼と口を開けたまま、仰向けになっている。栞ちゃんが穿いているズボンが汚れていた。悪臭は、栞ちゃんが漏らした尿と便の臭いだった。

可愛かった栞ちゃんの顔は、倍ぐらいの大きさに膨れ青黒くなっていた。ひと目見て、死んでいるとわかった。

響子はさきほどより強い吐き気を覚えた。

座り込んだ畳から立ち上がることができず、その場に胃液を吐いた。糞尿と胃液の臭いが混ざり合い、余計に気持ち悪くなった。

響子は恐る恐る、栞ちゃんへ目を向けた。

どうしてここで死んでいるのか。

響子は泣きながら、栞ちゃんに近づいた。細い首に、こたつのコードが巻かれている。

途切れ途切れのフィルム映画のように、栞ちゃんとの記憶が断片的に蘇る。

家で面白い本を見せてあげる、という響子に、栞ちゃんは大人しくついてきた。人を疑うことを知らずに育ったのだろう。大人から嫌なことをされたり、大人のせいで怖い思いをしたことがないのだ。知らない人についてくることに、ためらいは感じられなかった。

玄関を入ると、栞ちゃんは自分が脱いだ靴をきちんと揃《そろ》えた。

こんなに小さいのに、躾《しつけ》が行き届いている。

愛理は栞ちゃんより大きいのに、できなかった。靴だけではない。おもちゃも遊んだらそのままだし、洋服もあちこちに脱ぎ散らかしていた。

叱る響子を母親の千枝子は宥《なだ》めた。愛理はまだ小さい。大きくなるにつれてできるようになる、と言う。

一方、父親の健一は、躾《しつ》けられない親が悪い、と響子を責めた。怒鳴るのはいつものことで、ときには物が飛んできた。

千枝子が健一に、言い返している場面を、響子は一度も見たことがない。子供だった響子が見ても理不尽に思える仕打ちにも、千枝子は耐えていた。

どうして千枝子は、そこまで健一に従順だったのか。理由は、響子が大きくなるにつれて見えてきた。

相野町にある健一の実家は、かつては広い土地を所有していた地主だった。小作人を雇い、家にはまかないも多くいたという。時代は変わり、いまではどこにでもある農家だが、家の者の自尊心だけは強く残っている。

響子の祖父の正二《しょうじ》は、次男だったことが理由なのか、あまり家への関心は強くなかった。響子の大伯父で三原家を継いだ、長男の正一は気位が高く、いつもつんけんしていた。

姪孫《てっそん》の響子が遊びに行っても可愛がることはなく、むしろ邪険に扱った。

正一が気に入らなかったのは、響子ではなく母親の千枝子だったと知ったのは、響子が中学のときに行われた法事の席だった。

酒が入った親族は楽しそうに昔話をしていたが、千枝子が台所に立つと声を潜めた。顔を近づけて話していた内容は、千枝子の実家のことだった。

千枝子の実家——末野《すえの》の家は、三原家と同じ相野町にあった。地主の三原家とは違い、土地を借りて米を作っている小作人で、健一と千枝子が結婚するとき、真っ先に難色を示したのが正一だった。

躾もなっていない家の娘をもらうべきではない、というのが言い分だったが、実際は自分の息子——修が小作人の娘をもらい後悔しているからだった。

正一の意見に真っ向から反対したのは、健一の父親——正二だった。皇族や華族でもあるまいし、たかが田舎の地主だったからなんだというのか。そんなつまらない見《み》栄《え》より、本人たちの意志を尊重すべきだ、と突っぱねた。

健一は、正二に背を押される形で千枝子と結婚した。

正二の後押しが、予想しない形で千枝子に跳ね返ってきたのは、響子が生まれてからだった。

結婚を許してくれた正二に、健一は深い恩義を感じていた。

千枝子に、いまの自分たちがあるのも父親のおかげなのだから、誰よりも敬い、くれぐれも粗略《そりやく》にするな、と命じた。

千枝子も、もっともだと思い、健一の言い分に従った。盆暮れ、彼岸はもちろんのこと、ことあるごとに実家に顔を出し、末野の家でとれた野菜を置いてきた。

正二に献身的に尽くす千枝子に、健一も満足していた。様子がかわったのは、響子が生まれたあとだ。

響子のなかの健一は、いつも眉間にしわを寄せて恐ろしい顔をしていた。

物心ついたころから、響子は健一に叱られてきた。挨拶、言葉遣い、所作など、厳しく躾けられた。

テストで点数が悪いと、夜遅くまでできなかった問題を解かされた。ときには、覚えが悪い、と定規で頰を弾《はじ》かれた。そんなとき健一は、きまって酔っていた。手にした定規を揺らしながら、俺は勉強はできた、お前の頭の悪さは母親譲りだ、と言っていた。

中学生のとき、あまりに厳しい父に、響子は不満を抱いた。父は私が嫌いなのか、と訊ねると、千枝子は困惑しながら答えた。健一は、響子が嫌いなのではない。立派な子になってほしいから厳しくしているのだ、という。千枝子の言葉に嘘が潜んでいることを、響子は敏感に感じ取った。立派な子になってほしい、というのは本心だろう。しかし、その裏には正二に対する義理があった。

健一は実家に行くと、響子を正二の前に座らせて、ひどく古風な挨拶を強いた。畳に膝をつき、両手を揃えて頭を下げる。前もって暗記させられた、およそ子供らしからぬ挨拶を言う。間違えると、あとでひどく叱られた。そのときの健一の口癖は、俺に恥をかかせやがって、だった。

自分が親になってわかったことだが、多くの親は、子供の不出来は親の不出来だと思ってしまう。

無理な結婚を許してもらった恩義に応えるには、いい家庭を作ること——ひいてはいい子供を育てることだと、健一は頑なに信じていたのだろう。晩酌のときによく、俺が親父《おやじ》にできる恩返しはそれだけだ、と言っていた。

響子と健一はよく似ている。

響子にとって、愛理の失敗が自分の失敗だったように、健一にとって響子の過ちは自分の過ちだった。

健一は、響子が運動や勉強ができないことも、人付き合いが苦手なことも、生まれながらのものではなく、自分の育て方が悪いからだと思っていた。

響子も同じだ。愛理はなににおいても鈍かった。言葉は遅いし、手先も器用ではない。愛理の未熟さは母親である自分のせいだと思っていた。愛理を叱りながら、自分を責めていたのだ。健一もきっと同じだったのだろう、といまになって思う。

愛理より幼い栞ちゃんが、躾が行き届いていることが、響子の癇《かん》に障った。栞ちゃんの後ろに、見たことがない親の姿が重なり、躾ができない響子をばかにしているように思えた。

響子は、胸に抱いた不快な気持ちをすぐに打ち消した。畳に座っている栞ちゃんに、買ってきた雑誌を渡す。

栞ちゃんは両手で受け取り、ありがとうございます、と舌足らずな発音で礼を言った。これが愛理なら、はずかしがってなにも言えないだろう。

雑誌を見ている栞ちゃんを茶の間に残し、響子は台所に立った。

なにか飲み物を出そうと思い冷蔵庫を開けたが、ビールしか入っていなかった。愛理が死んでから、子供が飲むような類《たぐい》のものは買っていなかった。なにかお菓子でも、と思ったが、これもなかった。あるのは、酒のつまみだけだった。

急に、背中がぞくりとした。

子供を家に呼びながらなんのもてなしもしなかった、と栞ちゃんの親に知れたら、なんと言われるだろう。ろくなものを置いていない家と言われるか、ケチと言われるか。

考えたら動悸《どうき》がしてきた。息も苦しくなる。百メートルを全力で走ったあとのようだ。

響子は流しの横に出しっぱなしになっている、安定剤を飲んだ。

のちに警察から、何錠だったか訊かれたが、覚えていない。

怖くなった響子は、栞ちゃんをすぐに帰そうと思った。ほんの少しの時間ならば、なにも出さなかったからといってあれこれ言われないはずだ。

響子は茶の間に戻った。栞ちゃんは、畳に雑誌を置き、俯くように見ている。帰るように促そうと思った響子の目は、栞ちゃんのある部分にくぎ付けになった。うなじだ。

栞ちゃんのうなじは、愛理と同じだった。きめ細かな肌に、柔らかな産毛がある。

響子の口から、声にならない声が漏れた。

愛理が死んだあと、たくさんのことを悔いた。

もっといろんなところに連れて行ってあげればよかった、もっと抱っこしてあげればよかった、もっと美味《おい》しいものを食べさせてあげればよかった、もっとわがままを聞いてあげればよかった——あげればきりがなく、悔いはすべて自分への責めに繋がった。

果てない後悔のなかに、ひときわ響子を苦しめるものがあった。もっと愛理のうなじに触れていればよかった、との思いだ。

神聖なもののように思えて、触れずに見つめるだけだった白いうなじ。失うことになるならば、触れて、抱きしめて、慈《いつく》しめばよかった。しかし、もう叶わない。

響子は吸い寄せられるように、栞ちゃんに近づいた。

後ろに座り、愛理のうなじとそっくりな、栞ちゃんの首筋に手を伸ばす。

恐る恐る触れると、栞ちゃんはびくりとして響子を振り返った。

そのとき、響子は自分がどんな顔をしていたのかわからない。響子を見た栞ちゃんの怯《おび》えた様子から、よほど思いつめた顔をしていたのだと思う。

栞ちゃんは響子から身を引き、立ち上がろうとした。

響子がとった行動は、反射的なものだった。

細い腕を摑《つか》み、引きとめる。

栞ちゃんの顔が、恐怖でゆがんだ。小さな口が大きく開かれる。

泣かれる。

響子は栞ちゃんを引き寄せて、口を押さえた。

自分を押さえつける手から逃れようと、栞ちゃんは身をよじる。

子供とはいえ、自分を摑む手から逃れようとする力は、けっこう強かった。

響子はどうしていいかわからなくなった。

手を離したら泣かれる。叫ばれるかもしれない。声を聞きつけ、誰かがやってくる。

栞ちゃんが泣いている姿を見て、親に連絡するだろう。駆けつけた親は、きっと響子を責める。我が子が泣いている状況に混乱し、響子がなにを言っても、きっと聞く耳をもたない。どうしてうちの子を泣かした、と響子を問い詰め、飲み物もお菓子も出していないことを、気の利かないやつ、となじるだろう。

耳の奥で、健一の声がした。

——どうしてお前はなにもできないんだ。

——俺に恥をかかせるな。

——馬鹿、低能。

健一の罵声に重なり、千枝子の声がする。

——お父さんの言うことをききなさい。

——ちゃんとしなさい。

——私の育て方が悪いんです。

千枝子の声はか細く、泣くのをこらえているかのように震えている。

響子は戦慄した。

栞ちゃんのことが健一や千枝子に知れたら、叱られる。

愛理のことも、まだ許してもらっていない。

健一は、響子が子供から目を離したことを責め、二度と家にくるな、と言ったきり電話にも出てくれない。

千枝子は作った煮物や漬物を週に一度ほどアパートに持ってきてくれるが、健一に知れてはいけないからと、そそくさと帰っていく。

このうえ、栞ちゃんのことが知れたら、本当に見捨てられるかもしれない。

響子は、もがく栞ちゃんの口をさらに強く押さえつけた。

泣かないで。

暴れないで。

心で祈る。

響子の記憶は、そこで途切れている。

気がつくと、茶の間とトイレのあいだの廊下に寝ていた。

あとのことは、警察での事情聴取や検事の取り調べ、裁判を重ねるなかで、思い出した。

警察が押収した証拠や、捜査結果から、響子は栞ちゃんを家に連れ込んだあと、茶の間にあったこたつのコードで首を絞めて殺害した。その後、自分が所有する軽自動車で、白比女川の遊歩道から奥に入った林に、遺体を運んで放置した、という。

警察や検事、弁護士からその話をされても、響子は信じられなかった。自分は栞ちゃんに雑誌を見せてあげたかっただけだし、すぐに帰そうとした。それなのに不思議なことに、彼らが口にする場面が頭に鮮明に浮かんだ。

栞ちゃんの首にこたつのコードを巻いて絞め付けた、のところでは、自分がこたつのコードを栞ちゃんの頼りない首に巻き付けた光景が、はっきりと浮かんだ。

苦しむ栞ちゃんが響子の腕を摑んだ強さから、こたつのコードをぎりぎりと絞めた感触まで、身体が覚えている。

栞ちゃんの身体を毛布で包み、車のトランクにつんで白比女川の遊歩道に置きにいった、という話も、漏らした糞尿の臭いも、身体の重さも、吹いていた川風の冷たさも、身体が知っている。

度重なる取り調べを経て、響子は自分が栞ちゃんを殺したのだ、と自覚した。しかし、自分でもひとつだけわからないことがある。

栞ちゃんを殺した理由だ。

家に呼んだのは、雑誌を見せたかっただけだ。殺すつもりなんて、まったくなかった。栞ちゃんの口を塞いだのは、泣かれるのが嫌だったからだ。

裁判で検事が、響子が栞ちゃんを殺した動機として、我が子が死んだのにほかの子が生きていることに怒りを感じたからだ、などと言っていたが、まるで違う。

裁判官に答えを促され、いいえ、と響子が答えると、では動機はなにか、と問い詰められた。

響子自身がわからないことを答えられるはずもなく、黙っていた。

「点検終了」

刑務官の声がした。

廊下の奥から、ゴロゴロという台車の音が近づいてくる。

部屋の前で、自分の収容者番号を呼ばれた。返事をして、廊下と繋がっている窓の隙間から、朝食を受け取る。

拘置所の食事は、基本は白米に麦を混ぜたご飯、汁物に副食が二品ほどつく。週に一度か二度、主食がパンや麺にかわる。

今朝のおかずは、卵焼きだった。ふと愛理を思い出す。偏食だったが、響子が作る卵焼きは大好きだった。

いつだったか、愛理が卵を自分で割りたい、と言ったことがある。まだ無理だ、と響子は言ったが、愛理は泣いて言うことをきかない。仕方がなくやらせたが、やはりできなかった。ボウルに落ちた卵は黄身がつぶれ、砕けた殻が混じっていた。

響子は卵を無駄にしたことではなく、逆らい失敗した愛理に腹を立てた。響子の言うことをきいていれば、卵を無駄にしなかったし、愛理もできない自分に嘆くこともなかった。

響子は、愛理が傷つくのが嫌だっただけだ。

人よりできないことを、響子は親に責められ続けた。人より劣っている自分が嫌で、好きになれなかった。自分が経験した惨めな思いを、娘にはさせたくなかった。

一度手にした箸を、響子は食事につけず、そのままトレイに戻した。

よほど体調が悪いときを除き、響子はいままで食事を残したことはない。

愛理も栞ちゃんも、もうなにも食べることはできない。自分が食事を残しては、ふたりに申し訳ないと思っている。

それなのに、今日は食事が喉を通らない。

腹は空《す》いている。熱があるとか、腹が痛いわけでもない。

食は生だ。

命あるものは生きるために食べ、食べて命を保つ。

食べる意志がわかない理由を響子は考えた。うまく言葉にできないが、生きるうえでの根本的な部分を身体が必要としていない、そんな感じだった。

少し時間をおいて、響子はもう一度、箸を手にした。

身体が要求しない食べ物を、無理に腹に押し込む。

理由がない限り、食事を残すことに対して、刑務官はいい顔をしない。収容者のなかには、処遇に対する不服としてハンガーストライキを起こす者がいるからだ。前に、響子が腹の調子が悪くて食事に手を付けずに残したら、刑務官がそんな意味合いのことを訊ねてきた。そんなつもりはない、腹が痛いだけだ、と説明すると、刑務官は響子を医務室へ連れて行った。

今日はそのときのように、腹が痛くて食べられないわけではない。食べる気がしない、というだけで残したら、刑務官はあれこれ考え、響子に残した理由を問うだろう。刑務官が納得する理由を考えるのは面倒だった。

食事を終えると、配膳を担当する受刑者が食器の回収に来た。

服役中の者は、これから刑務作業に入るが、死刑囚の響子にはない。前は、室内でできる軽作業を希望して、紙袋や封筒を作っていたが、このところ気が進まず休んでいた。しかし、今日は不思議と気分がいい。

刑務官に頼んで軽作業を再開しようか、と考えていると、収容棟のフロアの扉が開く音がした。

大勢の足音が、廊下に響く。

フロアの空気が凍りつくのを、肌で感じる。

今日は金曜日だ。

死刑は大概、金曜日に執行される。宣告される時間は朝食が済んだあと、八時から九時のあいだ——まさにいまだ。

かつかつ、という規則正しい靴音が、こちらに近づいてくる。

不思議と、響子のなかに恐怖はなかった。むしろ、気持ちは落ち着いていた。正座している足が震えているのは、しびれているせいだろう。

足音は、響子の部屋の前で止まった。

扉が開く。

そこにいたのは、普段の担当刑務官ではなかった。教育課長と、保安・警備担当の刑務官が数人立っていた。

——お迎えだ。

響子は悟った。

今日、響子は死刑に処されるのだ。

第三章

樋口の車のなかは、殺風景だった。飾りやマスコット、フレグランスといった、余計なものがなにもない。車内にゴミがないだけで、シートやダッシュボードのうえにほこりがたまっている。購入したときのまま、ただ乗り続けている感じだ。

社用車なのか樋口個人のものなのかわからないが、樋口にとって車は嗜好品《しこうひん》ではなく日用品と同列らしい。

香純がシートベルトを締めると、樋口は車のエンジンをかけて発進させた。

「ホテルは、小島町のどこですか」

サングリーンホテル、と答える。

はい、とも、わかりました、ともなにも言わない。樋口は無言で車を走らせる。

香純は早くも、樋口に送ってもらったことを後悔していた。

長い沈黙が重苦しい。

香純を響子の身内と知らない者ならば、含むところがない分、気ままに話題を振ってくるだろう。小島町駅からホテルまで乗ったタクシーの運転手がそうだった。内容がどのようなものであれ、会話があった分、車内の空気がここまで重くなることはない。しかし、樋口は別だ。

香純が響子の身内であると知っているだけでなく、香純も樋口が事件をずっと追っている記者だとわかっている。たがいに、刀を上段に構えて、いつ相手が振り下ろしてくるか様子をうかがっているような緊迫した空気を、ふたりのあいだに感じる。

松栄寺を出てからまだ少ししか経っていないのに、陽は見る間に傾き、足元から薄闇が広がっていく。

山が遠い土地ならば、長く陽が残っているのだろうが、山に囲まれている相野町は、陽が傾くとすぐに山の陰に隠れて、夜が早く訪れる。道路先の街灯が、香純の目には寂しく映った。

香純は目の端で、運転している樋口を見た。樋口は無表情で前を見据えている。

樋口にホテルまで送ってもらうことになったのは、香純が松栄寺を訪れたことを住人に知られたくない、という柴原住職の思惑が関係している。それに柴原住職は、響子の事件を長く追っている樋口が香純に会いたがっている、とも言っていた。

沈黙に耐えきれず、香純は必死に考えを巡らせた。なんでもいいから、なにか言わなければ。でも、なにを話せばいいのかわからない。当たり障りのない話では、会話が宙に浮いてしまう。

初対面の相手であることに加え、新聞記者という、日ごろ接点がない職業の人間であることも、香純が口を開けずにいる理由だった。

なにを話そうか考えていた香純は、会話のきっかけを思いついた。ばたばたと松栄寺を出てきたため、まだ樋口に送ってもらう礼をきちんと伝えていない。

礼を言おうと運転席に顔を向けたとき、先に樋口が口を開いた。

「あそこです」

唐突な言葉に、意味がつかめず慌てた。

「え？」

樋口は、フロントガラスの右斜め前方に目をやった。

「あそこが、かげろう橋です」

香純の心臓が大きくはねる。

かげろう橋――愛理ちゃんが落ちたとされる橋だ。

樋口の視線の先を見やる。

空に細い月が浮かんでいる。月の光で、里山の稜線《りょうせん》が浮かび上がっていた。

その山の裾のあたりは闇だった。闇のなかに、小さい橙色の明かりが見える。橋の両側に設置されている街灯だ。あそこに橋があるということは、周囲の闇は川なのだろう。

香純は身に着けている腕時計で、時間を確認した。

まもなく六時になろうとしている。

愛理ちゃんが橋から落ちたとされる時間は、たしかこの前後だった。

香純は改めて、暗闇にぽつんと灯《とも》る街灯を見つめた。こんなに暗くて寂しい場所で、愛理ちゃんは橋から落ちたのか。そう思うと、ひどくいたたまれない気持ちになった。

街灯は次第に遠のいていく。

小さくなっていく街灯を目で追う香純は、かげろう橋に行ってみたくなった。愛理ちゃんが落ちた場所に行けば、我が子が暗く冷たい川に落ちたときの響子の気持ちが、なにかわかるかもしれない、と思ったからだ。

樋口には面倒をかけるが、いま行かなければもう訪れる機会はない、そんな気がした。

「あの──」

香純は思い切って話しかけた。

「かげろう橋に、立ち寄っていただけませんか」

樋口は少し驚いたように香純を見た。すぐに前方に目を戻し、少しあいだをおいて答えた。

「わかりました」

樋口は香純が橋に行きたいと言い出した理由は訊ねなかった。少し先に進んだところで、脇道にハンドルを切る。

小さい車がやっとすれ違えるほどの細道を、樋口は車を走らせる。

道路の横にぽつりぽつりとあった民家がなくなり、樹木が目立ちはじめた。街灯も少なくなり、暗闇がいっそう濃くなる。

車はある橋に差し掛かった。

「これはつぐみ橋です。相野町を流れる白比女川にはみっつの橋がかかっていますが、そのなかの一番下流にある橋です」

香純は窓の外に目を凝らした。橋の欄干が見えるだけで、川面は暗闇に沈んでいた。

樋口は橋を渡ると、ハンドルを左に切った。川沿いの一本道を先に進む。川を渡り、いま来た道を戻る形だ。

しばらく走ると、橋が見えてきた。樋口が橋のたもとに車を停める。エンジンを切り、外へ出た。

「これがかげろう橋です」

外へ出た香純は、コートの襟を手で合わせた。陽が落ちた川風は痛いほど冷たい。

小さな集落にかかる橋ということから、香純は勝手に大きくないものと想像していた。実際のかげろう橋は、幅はさほどでもないが、かなりの長さがあった。百メートル以上はあるだろうか。橋の向こう側に誰かいても、顔は認識できないくらいだ。

「歩いてみますか」

訊ねる樋口に、香純は頷いた。歩き出した樋口の後ろをついていく。橋の上は、直接吹きつける川風で、さらに空気が冷たかった。

樋口は歩きながら言う。

「昼間のほうが暖かいんですが、明るいと人目に付きやすいんです。寒いけれど、我慢してください」

我慢もなにも、香純が頼んで連れてきてもらったのだ。樋口が詫びる必要などない。

そう言おうとしたとき、樋口が足を止めた。

香純を振り返る。

「ここです」

樋口は欄干のそばに立ち、遠くを眺める。

「ここが、愛理ちゃんが落ちたとされる場所です」

香純は身を硬くした。

橋はちょうど中央の両側部分が、わずかに広くなっていた。対向車がすれ違うときに、車を寄せるためだろう。樋口が立っているのは、その場所だった。

香純は樋口のそばに立った。

欄干は、香純の胸くらいの高さだった。幼い子供が、ひとりでのぼるのはかなり難しい。

香純は一歩前に出て、欄干から下を覗いた。

暗くてよく見えない。

岩にぶつかる飛沫《しぶき》が月明かりにより白く見えることで、やっと水面がどこにあるかがわかる。

橋から川面までは、かなりあった。マンションの三階から、地面くらいはゆうにある。橋の真下に見える飛沫が渦を巻いていることから、深さがあることがわかる。

欄干は格子状にできているが、柵というわけではない。柱から柱までは、子供なら身体をねじれば通れるほどの広さがある。

響子は、愛理ちゃんが橋から落ちたときの供述を二転三転させていた。香純の記憶にあるだけでも、みっつほどある。

ひとつ目は、愛理ちゃんが持っていた小さなおもちゃが、なにかしらのはずみで欄干の外側に落ち、手を伸ばして拾おうとした愛理ちゃんが、自ら誤って川に落ちたというものだ。

ふたつ目は、愛理ちゃんが川を泳ぐ魚を見たがって、自ら欄干にのぼり落下したというもの。

みっつ目は、愛理ちゃんが川を泳ぐ魚が見たいと泣き喚《わめ》くため、響子が愛理ちゃんを欄干に座らせたところ、はずみで愛理ちゃんが落ちてしまった、というものだった。

たしかに、実際に事件が起きた現場に立つと、子供がひとりで欄干にのぼったとは考えづらい。さらにひとつの疑問が、香純の頭をかすめた。

暗さだ。

今日は三月二十二日。愛理ちゃんが十年前に死亡した時期は、いまからおよそ三週間後の四月半ばだ。多少、陽の長さが延びたとしても、夕方の六時過ぎのこの時刻はすでにあたりは暗くなっている。

そんななか、子供が闇に沈む川に行きたがるだろうか。仮に、魚が見たいと駄々をこねたとしても、川面をはるか下に見下ろす欄干に座りたいと思うだろうか。

香純は、自分だったら、と考える。

自分が八歳の子供だったら、夜の川は恐ろしく、まして欄干に座りたいなどとは思わない。もし、母親に頼んだとしても、危ないからと座らせたりはしないはずだ。

裁判では、愛理ちゃんに対する響子の殺意の有無に焦点があてられた。響子は最後まで殺意を否定したが、主張は退けられた。

強い川風が吹いた。髪がなぶられる。反射的にうつむいた。

欄干の隙間から闇が見えた。

愛理ちゃんが落ちた闇だ。

欄干の隙間から、子供の手が見えた気がした。助けを求めるように、香純の足をつかもうとする。

香純は後ずさった。

自分の想像で怖がるなど大人げない、とわかっていても、そう思わせるなにかがこの場所にはあった。

耳元で、甲高い音をあげ通り過ぎていく風に紛れて、樋口の声がした。

「──でしたか」

なにか訊ねたようだが、聞き取れなかった。

「すみません、よく聞こえなくて──」

訊き返すと、樋口は遠くに向けていた視線を、香純に向けた。

「響子さんは、どんな人でしたか」

意外な問いに、香純は怯《ひる》んだ。

戸惑いながら、首を左右に振る。

「それは、私がお訊きしたいです」

樋口は困ったように、眉根を寄せる。

香純は言葉を選びながら、響子と自分の関係を短く説明した。

「私は響子さんと、ほとんど会ったことがありません。従叔母《いとこおば》にあたる母もそうで、ほぼ他人です。事件をずっと追っている樋口さんのほうが、私などよりよほど響子さんのことを知っているはずです。響子さんは、どんな人だったか教えてください」

樋口は黙った。

この沈黙はなにを意味するのか。香純がさらに訊ねようとしたとき、樋口が車を停めた逆側の橋のたもとから、まばゆい光がふたりを照らした。

車だった。ゆっくりと橋を渡ってくる。

香純は運転手から顔が見えないよう、車に背を向けた。

悪いことはなにもしていないのに、加害者の縁者である自分が事件現場にいるというだけで、後ろめたさを感じた。

車はふたりの前でスピードをさらに緩めた。あきらかに、ふたりを意識してのことだった。

車が通り過ぎるとき、香純は肩越しに運転手を見た。

髪を短くかりあげた年配の男性が運転していた。軽トラックの荷台には、電動式の草刈り機と、畑でよく見る黒いシートがあった。畑仕事を終えて家に帰る途中だろうか。

運転手と目が合った香純は、背筋がぞっとした。

男は香純を睨《にら》んでいた。遠慮のない、ひどく不躾《ぶしつけ》な視線で、香純をじっと見ている。

その目には、威嚇《いかく》の色が強く滲んでいた。

車が通り過ぎると、香純はつぶやいた。

「いまの人――」

樋口は車が通り過ぎて行ったほうを眺めた。

「川下《かわしも》の笠井《かさい》さんです」

川下は屋号だ。笠井がいま住んでいる自宅はかげろう橋の近くだが、先祖が白比女川の下流に住んでいたため、いまもそう呼ばれているという。

「お知り合いですか？」

香純は訊ねた。

樋口の答えは曖昧なものだった。

「この町には、あの事件でかなり出入りしましたから、顔を見ればどこのだれかは大概わかります」

「笠井さん――ですか。あの人、私が響子さんの縁者だと知っていたんでしょうか。私のこと、睨んでました」

樋口は否定した。

「響子さんの身内が来ていることを知っているのは、柴原住職と住職の奥さん、あとは私くらいです。ご住職と奥さんが、あえてもめ事が起きそうなことを、人に言うはずがありません。それに、ここは外から来た人間を、あまり歓迎しない。あんな事件が起きたあとではなおさらです」

あんな事件が、響子が起こした事件を指すことは明白だ。自分が犯人ではないが、なんだか責められているように感じる。

あたりを眺めていた樋口が、香純を見た。

「どうします。まだいますか」

香純は身体が冷え切っていることに気づき、急いで答えた。

「もう大丈夫です。寒いのに、付き合わせてしまってすみません」

車に乗り込むと、ため息が出た。

意識していなかったが、緊張で息をつめていたらしい。

樋口は小島町に向けて、車を発進させた。

運転しながら、樋口は言う。

「さっきのことですが」

咄嗟に、なんのことを言われたのかわからなかった。

樋口は続けて言う。

「吉沢さん——とお呼びしていいですか。吉沢さんはさっき、響子さんに会ったことはほとんどない、と言いましたよね。最後に会ったのはいつですか」

香純はやっと樋口が言う、さっき、が響子がどんな人だったかの話であることに気づいた。

「響子さんが中学生のときです。三原の本家で法事があり、そのときに会いました。でも、会ったというより、見かけた、というほうが正しいくらいのものです。法事は夏でしたが、暑いね、といった類の言葉を交わしただけです」

香純は樋口に目を向けた。

「新聞記者の方から見て、響子さんはどんな人に思えましたか」

やはり樋口は黙っている。

答えを促そうとしたとき、樋口は重い口を開いた。

「ひとことで言うなら、無垢《むく》——でしょうか」

香純は耳を疑った。

言葉を失っている香純から、心内を悟ったらしく、樋口は短く言い添えた。

「私が勝手に、そう思っているだけです」

事件を調べるなかで、樋口はなにを感じたのか。

「松栄寺のご住職は、樋口さんがあの事件をずっと調べている、とおっしゃっていましたが、どうしてですか」

事件が起きたのは、もう十年も前だ。事件発生後、犯人である響子はそう時間をおかずに逮捕され、裁判も響子が控訴をしなかったため、一審で刑が確定している。小さな町で起きた連続殺害事件は、当時、世間に大きな衝撃を与えたが、事件そのものは複雑なものではない。

唯一、いまでも不可解なのが犯人——響子の動機だ。なぜ栞ちゃんを殺害したのか。なぜ、響子は愛理ちゃんを橋から落としたのか。

響子が逮捕された当初、テレビの情報番組で、犯罪研究家や心理学者といった識者たちが動機の分析を試みていたが、どれも想像の域を出ず、納得する答えは得られなかった。

ハンドルを握りながら、樋口は言う。

「物事にはすべて理由があります。事件でいうなら動機です。吉沢さんは、犯罪白書というものを知っていますか」

はじめて聞く名前だった。樋口が言うには、法務省が犯罪防止や犯罪者の更生を実現するために、その年に起きた犯罪情勢をまとめた白書だという。

「刑罰法規の改正や、犯罪の動向が載っているんですが、そのなかに殺人事件の主たる動機と被害者と加害者の関係性をまとめたものがあるんです」

樋口の話によると、被害者と加害者の関係は、八割以上が顔見知りで、半分が親族、見ず知らずの関係は二割以下にとどまるという。

「動機は、恨みや怨恨《えんこん》といった感情によるものがおよそ半分。次に、暴力団の勢力争い。そのあと介護や育児疲れによる精神や肉体の限界を感じての犯行と続きます。強盗や金銭目的の犯行は実はとても少なくて、殺人事件は人の感情が動機であるものが大半なんです」

車は相野町を抜け、小島町に入った。

道の両側に、全国チェーンの飲食店や衣料品店の看板が目立ちはじめ、薄暗いトンネルから表に出たような感覚を覚える。

樋口は話を続ける。

「愛理ちゃんを殺した犯人が母親だったとわかったとき、真っ先に世間が思い描いた動機は、育児疲れやネグレクトというものでした。マスコミが流す報道も、それを裏付けるようなものが多く、私も最初はそうだと思いかけた。でも、どうしても納得できなくて、響子さんが逮捕されたあとも取材を続けたい、と上司に相談したんです」

上司の名前は、釜淵学《かまぶちまなぶ》。肩書は弘前支社長だった。生まれも育ちも青森で、歳は五十手前だという。

樋口の話によると、新聞記者にはそれぞれ持ち場があるそうだ。警察担当や行政担当、文化欄担当などだ。

ふたつの殺人事件が起きたとき、樋口は警察担当で事件に関する取材をしていた。しかし、響子が逮捕されたあと、行政担当へ異動となり事件から離れることになった。

「担当ではなくなったけれど、どうしても事件を追いたくて、釜淵さんに相談したんです。本来の業務も手を抜かない、だから取材を続けたいと頼みました。釜淵さんは最初あまりいい顔をしませんでしたが、私のしつこさに根負けして、納得がいくまでやってみろ、と言ってくれました」

なぜ、樋口は世間が抱いている響子の動機に納得できなかったのか。

訊ねると、樋口は少し考えるように黙り、やがてぽつりと言った。

「おそらく、吉沢さんと同じ理由です」

答えを委ねられる形になり、香純は戸惑った。

「吉沢さんが松栄寺に来ることを教えてくれたのは、ご住職です。私がずっとあの事件から離れられないことを知っていて、連絡をくださったんです。吉沢さんは故人とほとんど交流はなかったようだが、会えばなにかが吹っ切れるんじゃないか、と思ったそうです。そして今日、吉沢さんとお会いして、自分と同じだとわかりました」

「同じ？」

そう繰り返すと、樋口は頷いた。

「この人も、あの事件を受け入れられずにいるんだ、と。響子さんを、ふたりの子供を殺害した極悪人と思いきれないから、遺骨を持ってここに来たんだ、そう確信しました」

窓の外を、街の灯りが流れていく。

樋口は断定するように言う。

「情と交流は比例する、私はそう思っています。情といっても、親愛といったいいものばかりじゃない。憎しみや嫌悪といった負の情もある。それらは良くも悪くも、交流がなければ生まれない。響子さんとほとんど交流がなかったあなたが、情で動くとは思えない。では、どうしてこんな辺鄙《へんぴ》なところにまでやってきたのか。事件の動機に納得できないからです。響子さんが生まれ育った土地にくれば、納得できるなにかが見つかるかもしれない、そう思ったから来たんです」

差し掛かった信号が、赤になった。樋口がブレーキを踏み、香純に目を向ける。

「違いますか」

まるで心のなかが見えるかのように言い当てる樋口に、香純はたじろいだ。新聞記者という職業の人間とははじめて会うが、みな、こんなに鋭いのだろうか。ここで取り繕っても意味はない。香純は自分の膝に目を落とし、素直に認めた。

「樋口さんの言うとおりです。響子さんが逮捕された当初から、自分が知っている響子さんと、犯人である響子さんが重ならなかったんです。一度しか会っていないけれど、あの、真夏の庭で穏やかに微笑んでいた響子さんが子供をふたりも殺したなんて——しかも、そのうちのひとりは自分の子供だなんて信じられなかった。週刊誌やテレビで目にした、鬼畜や悪魔、といった言葉が、記憶のなかの響子さんと重ならなかったんです。その違和感を抱いたまま、刑の執行を知り、遺骨を引き取りました」

信号が青になり、樋口は車を発進させた。

香純はうつむいたまま、話を続ける。

「最初は、ここまで来るつもりはなかったんです。でも、ちょうど仕事を退職するタイミングで時間があったし、この機会を逃したら私はずっとこのもやもやした気持ちを抱えて生きていくことになる。そう考えたら、いまここに来なければ一生後悔する、そう思ったんです。それに、響子さんが残した言葉の意味を、どうしても知りたかったから——」

「響子さんが残した言葉？」

樋口は前を見ながら、香純に訊ねた。

香純は樋口を見た。

「樋口さん、響子さんが誰かと約束していたこと、知りませんか」

香純は、響子が拘置所にいるあいだに書いていた日記に繰り返し出てきた文言のことを伝えた。

「約束——」

樋口がつぶやく。

「響子さんは刑が執行される前にも、約束は守ったよ、と言い残しています。日記には、誰とどのような約束を交わしたのか、書かれていません。彼女が最期まで心の支えにしていた約束が、事件の動機を知る鍵になるような気がしたんです」

「その日記、見ることはできませんか」

気が昂《たかぶ》っているのか、声が上ずっている。

日記は持ってきている。見せることは可能だが、はじめて会った人間に——しかも、松栄寺の住職は信頼できると言っていたが、その気になれば記事にできる立場の人間に見せるのは、気が進まなかった。

「すみません。それはできません」

香純はきっぱりと断った。

樋口は、そうですか、と素直に引き下がった。気を悪くした様子はない。

香純は改めて、約束のことを樋口に訊ねようとした。そのとき、車が急に止まった。信号ではない。窓から外を見ると、香純が泊まっているホテルの前だった。

「着きました」

まだ答えを聞いていないけれど、このまま居座るわけにはいかない。

香純は下唇を嚙《か》んだ。響子の遺骨を弔ってもらうことはできず、知りたいこともわからないまま帰らなければいけないのか。急に虚しさが込み上げてきて、息がもれる。

送ってもらった礼を述べ、車を降りた。ドアを閉める前に、香純は縋る思いで訊ねる。

「最後に、ひとつだけ教えてください。樋口さんが響子さんを調べ続けている理由は、おそらく私と同じだと言いましたよね。あれはどういう意味ですか。樋口さんのなかで、実在の響子さんと犯人の響子さんが重ならないのはなぜですか。世間からは鬼とか悪魔と呼ばれた響子さんを、無垢という言葉で表したのはどうしてですか」

真夏の庭でかげろうのように佇んでいた制服姿の響子と、殺人犯の響子、そして樋口が言った、穢れのない響子。三人の響子は、香純のなかでまったく重ならなかった。すべてが別の人間としか思えない。

響子という人間を探してここまで来たが、樋口に会ったことでさらにわからなくなった。

答えを聞くまで香純はドアを閉めない、そう感じたのだろう。樋口はあきらめたような息を吐いた。

「私は吉沢さんよりもっと前に、響子さんと会っているんです」

香純は驚いた。

「いつですか」

「私が小学生のときです。私は響子さんと、同じ小学校だったんです」

年齢を訊ねると、樋口は三十四歳と答えた。響子の四歳下だ。学年は違うが、小学校に通う時期は重なる。

樋口は響子と同じ、小島町出身なのだろうか。

訊こうとしたとき、樋口が先に香純に訊ねた。

「こっちには、いつまでの滞在ですか」

宿をとっているのは今日までで、明日には帰る予定だ。

そう伝えると、樋口は腕時計を見やった。

つられて香純も見る。七時に近かった。

樋口は少し考えてから、ふたたび訊ねた。

「このあと、予定はありますか」

香純は、首を横に振った。部屋に戻り、適当に夕食をとって、ベッドで眠れない夜を過ごすだけだ。

「飯でも食いませんか。長くは引き留めません。小一時間ほどどうですか」

思いがけない誘いに、香純は驚きつつもすぐに頷いた。

樋口には、まだ答えてもらっていないことがたくさんある。響子が誰かとかわしていた約束について、響子を無垢と感じる根拠、上司に無理を言ってまで響子を調べる理由。いま、思いつくのはそれだけだが、話していればもっと知りたいことが出てくるだろう。すべての答えを引き出すことはできないかもしれないが、いくつかの答えは得られるかもしれない。

香純が助手席に戻り、シートベルトを締めると、樋口はアクセルを踏んだ。

「ハラッツェ、という店です。津軽弁で、腹がいっぱいという意味なんです。車で十分くらいで着きます」

樋口の説明を聞きながら、響子もその店に行ったことがあるのだろうか、と香純はぼんやりと思った。

香純はカタカナっぽい店名から、勝手に洋風の造りを想像していた。樋口が案内した店は古民家風の居酒屋だった。

格子造りの引き戸を開けてなかに入ると、男の大きな声がふたりを出迎えた。

店は入り口を入って右に、八人ほどが座れるカウンターがあり、真ん中の通路を挟んで、ふたり掛けのテーブル席がみっつあった。平日だというのに、席はほぼ埋まっている。

カウンターのなかにいた主人と思しき男が、樋口に親し気に声をかけた。

「樋口さん、今日は美人さんと一緒か。うらやましいね」

年齢は四十前後だろうか。縞《しま》の着流しが板についている。

主人のからかいを相手にせず、樋口は訊ねた。

「奥、空いてますか」

主人は笑顔で頷く。

「誰もいないから、好きなところに座りなよ」

樋口は通路を奥へ進んでいく。香純は主人に一礼し、あとへ続いた。

店の奥は、広い座敷になっていた。八畳の和室をみっつ繋げたくらいだ。そこに、津軽塗と思われる座卓がよっつある。それぞれの席は、雪見障子に見立てた衝立《ついたて》で仕切られていた。

樋口は靴を脱いで座敷にあがった。一番奥の席に向かい、壁を背にして座る。

香純は座卓を挟み、樋口と向かい合う形で腰を下ろした。衝立を背にした香純は、自然と誰からも顔が見えない形になった。

えんじ色の作務衣を着た女性が、おしぼりとお品書きをふたりの前に置いていった。

樋口が、お品書きを香純に差し出す。

「なににしますか。ここにはなかなか外に出ない日本酒がありますよ」

香純は首を横に振った。ここに来たのは、酒を飲むためではない。

香純はウーロン茶にした。料理は樋口に任せた。香純は食材で苦手なものやアレルギーはない。なにが出てきても、たいがい食べられる。

樋口は店の者を呼び、ウーロン茶をふたつと、何品かの料理を注文した。

香純はおしぼりで手を拭きながら、顔を上に向けた。天井から大きな凧《たこ》がぶら下がっている。墨で武者と龍が描かれていた。力強い筆づかいと、色鮮やかな色彩が印象的だ。

「沼田面松斎《ぬまためんしょうさい》と青龍《せいりゅう》です」

言われて、樋口に視線を戻した。樋口も、おしぼりで手を拭きながら、上を見ていた。沼田面松斎はかつて津軽家に仕えた軍師で、青龍は中国に伝わる四神《しじん》のひとつだという。

「いまはどうかわかりませんが、私が小学校に通っていた頃は、図画工作の授業で凧作りがあったんです。意気込んで強そうな虎を描こうと思ったのに、出来上がった絵は墨で真っ黒で、なんの動物かわかりませんでした」

自分の失敗談を語る淡々とした口調からは、笑わせようとしているのか別な意図があるのかわからない。

香純は樋口に訊ねた。

「樋口さんと響子さんは、どこの小学校に通っていたんですか」

「小島町にある、小島第二小学校です」

樋口と響子が小学生だった頃は、町に小学校がみっつあった。小島第一小学校と第二小学校、白石《しらいし》小学校だ。

児童数の減少に伴い、三校が統廃合したのは十五年前だという。いまは小島第一小学校しかない。

「第一小学校が、第二小学校と白石小学校を吸収する形になりました。校舎をなんらかの形で残す話もあったのですが、老朽化が進み危険だと判断され、第二小学校は廃校した二年後に取り壊されました。敷地跡には、東京から進出してきたレジャー複合施設が建っています」

樋口の話によると、小島町の人口が一番多かったのは、高度経済成長で日本が活気づいていた昭和三十年から四十年代だという。終戦後、国が取り組んだ日本経済の立て直しで、自動車産業や電気機械業といった産業が拡大したが、林業も例外ではなかった。

小島町の主な産業は林業だ。高度経済成長の恩恵に小島町も与《あずか》り、多少の上がり下がりはあったが、平成三年に起きたバブル崩壊まで経済は安定していた。

「町の景気が落ちたのは、バブルが崩壊してからです」

バブルの影響を主に受けていたのは、土地や証券の取引が活発だった大都市だ。地方都市への影響はさほど大きくはなかったが、国の中心地における経済の衰退が地方に無関係なはずはなく、都市部からの人や金、仕事の往来がなくなり町は一気に貧しくなった。

「響子さんの家が傾いたのも、その頃だったようです」

国の話から、いきなり響子の家の話に切り替わり、香純は息をのんだ。

思えば香純は、響子の父親——健一がなんの仕事をしていたのか知らない。母親の千枝子に関してもそうだ。働いていたのか、専業主婦だったのかもわからない。自分は響子本人だけでなく、響子の家族のこともなにも知らないのだと、いまさら気づいた。

健一と千枝子のことを訊ねようとしたとき、店の女性がウーロン茶を運んできた。

女性が戻っていくと、樋口は話を小学校に戻した。

「校舎が取り壊されたのは、ちょうど私が津軽日報社の弘前支社に着任した年で、その記事を書きました。私が第二小学校にいたのは十年以上前だったし、たった二年しかいなかった。おぼろげにしか覚えていないと思っていたんですが、校舎を見たら当時の記憶が鮮明に蘇ってきたんです。こんなことまで覚えていたのか、と驚くくらいでした。校庭のあそこで転んだことがある、とか、音楽室に蟬が迷い込んで大きな声で鳴いていた、とか」

樋口は香純に目をやり、困ったように小さく笑った。

「昨日の夕飯より昔のことのほうをよく覚えているなんて、自分でも不思議です」

つられて香純も小さく笑う。

樋口の話に、香純は強く共感した。

自分も響子とは、はるか昔に一瞬会っただけなのに、あの日の暑さや響子の肌の白さまでよく覚えている。

「樋口さんは、何年生のときに小島町にいたんですか」

香純が訊ねると樋口は、二年生から三年生までだ、と答えた。

「親父が医療機器販売の会社に勤めていたんです。私が生まれた頃は、仙台の本店にいたんですが、私が八歳のときに青森県の小島町に転勤になりました。なにかヘマをしたのか、新規開拓を託されたのかはわかりません。二年後には再び仙台に呼び戻され、私も転校しました」

当時、第二小学校は学年ごとに三クラスあったという。

「響子さんは四歳上ですから、私が転入したとき六年生でした」

言葉を続けようとした樋口は、香純の後ろに目をやり口をつぐんだ。

香純の後ろから威勢のいい声がした。

「お待たせ」

店の主人だった。料理を運んできたのだ。

「山菜のてんぷら盛り合わせだ。今年の初物だよ。まだ小振りだが味はいい」

主人は大皿を座卓に置くと、ひとつひとつ指さしながら説明した。

「これがウド、その隣がタラの芽、手前がコシアブラ、そしてヒメタケだ」

小鉢はアイコのおひたしだと言う。

「このあとサクラマスを焼いたのと、握り飯があるから。汁ものは布海苔《ふのり》だ。ときにお嬢さん、こっちの人じゃないでしょ。どっからきたの」

いきなり訊かれ、香純は身を硬くした。

返答に困っていると、樋口が助け舟を出した。

「東京です。古い知り合いで、仕事で近くまで来たから、ここに連れてきたんです。地元の美味い料理が食べたいっていうから」

主人は嬉しそうに笑った。

「そうかい、俺はまたてっきり、やっと純ちゃんにもいい人ができたかと思ったけど、違うのか。まあいいや、遠くから来てくれたんだから、汁もののおかわりサービスするよ。ゆっくりしてってね」

主人はそう言い残し、カウンターに戻っていった。

客商売だからか、樋口が連れてきた客だからか、主人の香純に対する態度は気持ちがいいものだった。敵意や疑惑といったものがない。かげろう橋で出会った、軽トラックの男性とはまるで違う。

主人が立ち去ると、樋口は話を続けた。

「響子さんとはじめて会ったのは、転校してきた年です」

当時、樋口はいじめられっ子だったという。

「いまと比べたら、当時はまだ児童の数は多かった。でも、都市部のように何百人もいるわけじゃない。教師も児童も転校生に慣れていなかった。私もはじめての転校で戸惑っていて、気づくと同級生たちとのあいだに壁ができてしまっていました」

樋口に対するいじめは、言葉の違いをからかうことからはじまった。それが嫌でしゃべらなくなった樋口を同級生たちは、お高くとまっている、と受け止めたらしい。使っている文房具を隠されたり、廊下を歩いていると後ろから走ってきて追い抜きざまに頭を叩かれたりしたという。

「いまになってみれば、土地に馴染《なじ》まない私を彼らもどう扱っていいかわからなかったんだと思います。でも、いい大人になるまでいじめられた心の傷を引きずっていました」

樋口はてんぷらに箸をつけながら語る。

人間関係における摩擦は、ボタンの掛け違いによるところが大きい。互いに悪意はなく、場合によってはよかれと思ってしたことが裏目に出たりする。理由がなんであれ、摩擦によってついた心の傷は簡単には消えない。

見ず知らずの町で、誰の助けもないまま過ごした少年の孤独はいかばかりだったろうか。

香純はふと疑問を抱き、樋口に訊ねた。

「樋口さんは、どうして津軽日報社に就職したんですか」

一般的には、辛い思い出がある土地など二度と訪れたくないと思うだろう。

香純の問いに、樋口は困ったように頭を掻いた。

「うまく言えませんが、嫌な思い出をそのままにしておきたくなかったんです。最初は私も迷いました。いまさら傷口を広げるようなことをしなくてもいいだろうって。でも、いま勇気を出さないと、過去の惨めな自分を引きずったままになる、そう思ったんです」

樋口は、子供の頃から新聞記者になりたかった、と言った。

「父の知り合いに新聞記者がいて、昔、よく家に遊びに来ていたんです。三十過ぎの男性でしたが、頭がよくて、物知りで、ユーモアがあった。家に来るときは、取材で行った先々の土産を私に持ってきてくれました。その人が大好きで、自分も大きくなったら新聞記者になろうと思いました。そのときは、まさか自分がこんな大きな事件を扱うなんて思ってもいませんでした」

大きな事件とは、響子が起こした事件のことだろう。箸が止まっている香純に、樋口が料理を勧める。

「てんぷら、冷めないうちにどうぞ」

香純は慌てて、料理に箸をつけた。うまくかわされたように思わなくもないが、せっかく主人が揚げたてを出してくれたのに、冷めてしまっては申し訳ない。

勧められるまま、てんぷらに箸をつける。主人がコシアブラと言っていた山菜を、口に入れた。

衣がカリッとした音を立てる。

葉の部分は軽く、茎はしゃくしゃくとした歯ごたえだ。クセはなく、ほどよいコクがある。

「美味しいです」

世辞ではなかった。いままで食べた山菜料理のなかで、一番かもしれない。

樋口は天つゆの隣の小皿を、指でさした。

「塩もいけますよ。ここで使っている塩は津軽海峡でとれたものです。まろやかだけどほどよいにがみがあって、てんぷらに合うんです」

勧められるまま、タラの芽を塩で食べる。たしかに美味い。天つゆよりも山菜の風味がしっかり伝わる。

美味いもので腹が満たされてくると、深い息がもれた。硬くなっていた心と身体がほぐれていくような気がする。

ふと、響子もそう感じるときがあったのだろう、と思う。

香純は箸を置き、樋口に訊ねた。

「響子さんとは、どうして知り合ったんですか」

ふたりは学年が違う。

樋口は口のなかにあったものを飲み込み、答えた。

「いじめられていた私を、響子さんが助けてくれたんです」

樋口が小学二年生の夏休みだったという。

ふたりが通っていた第二小学校には、各学年の学級ごとに花壇があった。

「毎日、当番が決まっていて、放課後に花壇に水やりに行くんです。夏休みも同じです。早朝のまだ涼しい時間に、児童が交代で水をやりに行くんです」

その日、当番だった樋口は朝ご飯を食べると、学校に向かった。

校庭の隅にある用具室からじょうろを出し、水道で水をくむ。じょうろがいっぱいになると、両手で抱えるようにしながら花壇に向かった。

校庭に何人かの児童を見つけたとき、樋口は足を止めた。同じ学級の男子生徒だった。常日頃から、樋口をいじめている三人組だ。サッカーボールを蹴りあい遊んでいる。

見つかったら、いじめられる。

引き返そうと思ったとき、ひとりの児童が樋口に気づいた。逃げようとしたが、三人に囲まれて無理だったという。

「三人は私に、サッカーボールをぶつけはじめました。やめてほしいと叫んでも、言うことを聞きません。私が地面にしゃがみこむと、じょうろの水を頭からかけられました」

三人の児童は、ずぶ濡《ぬ》れの樋口を笑いながら、おもらし、とはやし立てた。

「抵抗することもできず、しゃがみこんでいた私を助けてくれたのが響子さんです」

急に三人の笑い声が止まり、不思議に思って顔をあげると、少し離れたところに響子が立っていたという。

「響子さんも、水やりの当番だったんでしょう。じょうろを手にして、じっとこちらを見ていました。夏の日差しを受けながら、花壇のそばに佇んでいた響子さんを、いまでも鮮明に覚えています。白いブラウスに紺色のスカート、長い髪を横でふたつに束ねていました」

香純は胸が詰まった。

自分の記憶にある、夏の日の響子と重なる。白い日光を浴びて佇む姿は、蜃気楼のように儚げだが、凛《りん》とした強さがある。きっと、樋口の記憶のなかにいる響子も同じだろう。

「響子さんは三人に向かって、なにしてるの、と言いました。三人を責めるわけでもなく、叱るわけでもない。でも、その言葉には強い怒りが滲んでいました。三人はなにも言い返さず、走り去っていきました」

響子は児童が投げ出していったじょうろを拾い、樋口に差し出したという。

「地面から立ち上がった私に響子さんは、花壇に水をあげよう、と言いました。私は素直に頷き、一緒に水飲み場へ行きました。花壇に水をあげ終わると響子さんは、またね、と言って帰って行きました」

あとで礼を言わなかったことを、樋口は後悔した。が、その機会はすぐにやってきた。ふたりの水やり当番の曜日が、一緒だったのだ。

「次の当番の日に花壇に行くと、響子さんがいました。その日は響子さんが先に来ていて、水やりを終えて帰るところでした」

用具室へ行きかけていた響子は、樋口に気づき立ち止まったという。

「こっちを見ている響子さんに礼を言おうとしましたが、声が出ませんでした。あんなに緊張したのは、あとにも先にもあのときだけです」

先に声をかけたのは、響子だった。

「当番おなじだね、と響子さんは言いました。私は頷くのがやっとでした」

帰ろうとしていた響子は、じょうろを地面に置き、花壇の前にしゃがみこんだ。帰らないのか、と樋口が訊ねると、守ってあげる、と笑ったという。

「私は一気に顔が熱くなりました。いじめられていたところを助けてもらったことはありがたかったが、それ以上に自分が情けなくなりました。子供にもプライドがある。年上とはいえ女の子から守ってあげる、と言われたのがはずかしかったんです」

樋口は響子の申し出をつっけんどんに断り、急いで水やりを済ませ帰ろうとした。足早に校門へ向かう樋口は、後ろからついてくる響子に気づき立ち止まった。

振り返った樋口に響子は、オオクワガタが欲しくないか訊ねたという。

「昆虫を嫌いな少年は、まずいないでしょう。私も大好きでした。ましてオオクワガタはなかなか手に入らないものです。私は、欲しい、と即答しました。響子さんは嬉しそうに笑いました」

校門を出た響子は、町のはずれを流れる白比女川へ向かった。

川にかかっている橋を渡り、川沿いの小道を歩いていくと、次第に山に近づいていった。

「山の入り口にたどり着いた響子さんは、林道に張られている縄を越えて、山を登っていきます。誰かに見つかったら怒られると思った私は止めました。人の山に入っちゃだめだよ、という私に響子さんは、うちの山だからいいの、と言いました」

事件が起きたあとに樋口が調べたところ、正しくは、響子の父親の取引相手の山だったという。

「響子さんの父親は、なんの仕事をしていたんですか」

訊きそびれていた疑問を、香純は口にした。

樋口は答える。

「リサイクル業です。倒産した店から安く買い取った品や、処分された家電や日用品などを修理して売っていました」

響子の父親が経営していた会社の名前は、三原商会といった。店を創業した三原健一は、実家がある相野町で、中学を卒業するまで暮らしていたという。

「響子さんの父親が相野町にいたのは、中学までですか？」

「そうです」

樋口の答えに香純は戸惑った。母親の静江からは、高校卒業まで地元にいたと聞いている。

香純がそう言うと、樋口は少し考えてから答えた。

「親戚にも――いや、身近な人間だからこそ知られたくないことがあります」

素行不良を知られたくなくて、親戚には嘘を言っていたというのか。

「もとからの性格か、放任過ぎた育て方が悪かったのか、健一さんは地元では素行が悪いことで有名でした」

樋口が言う。

地元周辺では受け入れる高校がなく、父親の正二は健一を弘前市の私立高校に入学させる。

「高校には、自宅から通っていました。入学当初は真面目に通っていたようですが、しだいに帰宅が遅くなり、やがて外泊するようになったそうです。他県から来て下宿に独り暮らしをしていた生徒がいたんですが、そこに入り浸《びた》っていたようです。一年を過ぎた頃から学校に行かなくなり、高校を二年で辞めました。おそらく周りには、高校のそばに下宿させたとか言ってごまかしたんでしょう」

高校を中退したあと、健一は地元を離れ東京へ出て行った。

「なにか目的があるわけではありません。ただ、地元を離れて都会へ行ってみたい、そう思ってのことでしょう。結局、東京でまともな仕事には就けず、親が仕送りをやめたのを機に地元に帰ってきました」

そのとき、健一は十九歳だったという。

「帰ってきたはいいが、家の居心地はあまりよくなかったようです。さんざん親に迷惑をかけたんだからそれも当然でしょう。響子さんの事件が起きたあと、近くに住んでいたという者から話を聞きましたが、健一さんの帰郷後、家からしょっちゅう親子の言い争う声がしていた、と言っていました」

地元に帰ってきたはいいが、結局、健一は一年も経たずに小島町へ引っ越す。

「そこで、知人の紹介で、配送業の仕事に就きました」

健一が勤めた会社の名前は、陸奥《むつ》配送。大きな会社ではなかったが、それが逆に融通が利くと顧客からは評判がよく、それなりに景気はよかったらしい。

「身体を動かす仕事が性に合っていたのか、健一さんはまじめに働いていました。とはいっても、遊び癖はなかなか直らず、酒、女、ギャンブルは楽しんでいたそうです」

やがて妻となる千枝子と知り合ったのは、健一が陸奥配送に来てから二年後――二十二歳のときだった。高校を卒業した千枝子が、就職してきたのだ。

千枝子は、人より容姿が秀でているわけではなかった。それでも健一は千枝子を口説いた。擦れていない初々しさと、若い肌が魅力的だったのだろう。

人は完璧なものより、どこか崩れているものに惹かれる場合がある。千枝子もそうだったのだろう。健一の自由奔放で遊び慣れているところが、魅力として映ったらしい。就職した年の夏には、当時、健一が住んでいた小島町のアパートに出入りするようになった。

健一と千枝子の馴れ初《なそ》めを聞きながら、香純はかつての恋人を思い出していた。名前は槇原省吾《まきはらしょうご》。香純と同い年で、会社の同僚だった。

槇原が会社に来たのは、香純が二十八歳のときだった。車の営業マンをしていたが自分には合わないと思い、香純が勤めていた会計事務所に転職してきた。ふたりが付き合うようになったのは、好きなアーティストが一緒だったからだ。そのアーティストの話をしたり、一緒にライヴに行ったりしているうちに、互いに好意を抱いた。槙原をひと言で表すなら、いい人だった。自分の考えを強く主張せず、相手に合わせる。行く場所も、食べるものも、いつも香純が決めた。物事は、違う方向から見れば、意味が変わる。優しさは優柔不断になり、強さは自分勝手に映る。

槙原がいい人でいる理由は、自分が責任を取りたくないからだ、とわかったのは、付き合って半年が過ぎたあたりだった。ふたりにとって不都合なことが起こると、槙原は決まって、香純が決めたんだろう、と言う。最初は、聞き流していた。いまにして思えば、気づかないふりをしていたのだと思う。しかし、気づいてしまった以上、香純はなかったことにできなかった。

槙原に別れを切り出したのは、香純だった。槙原の返事は、香純が決めたならそれでいい、だった。槙原を愛していたか、と訊かれたら、好きだった、と答える。どうしても槙原でなければいけなかったわけではない。本当に愛していたら、なにかしらの不満を感じた時点で、もっと歩み寄れるように話し合っていたはずだ。しかし、香純はそれをしなかった。そこまでして関係を続けたい相手ではなかったのだ。

健一と一緒になった千枝子が幸せだったのかは、わからない。でも、まわりが目に入らなくなるほど誰かを愛したことがない香純には、千枝子が少し羨ましかった。自分の産んだ娘が殺人犯になってからは、辛い人生だっただろう。しかし、必死に健一を愛した時間は幸せだったはずだ。

「千枝子さん、昔は幸せだったんですね」

香純がつぶやくと、樋口は少し考えるような間のあと、ぽつりと言った。

「そうとも言えなかったようです」

樋口は話を続けた。

ふたりが結婚したのは健一が二十九歳、千枝子が二十六歳のときだった。付き合いはじめてから八年目に結婚した計算になる。

「千枝子さんと付き合ってからも、健一さんの女遊びはおさまらず、ときには複数の女性と関係がありました。そのあいだに千枝子さんは、心も身体も傷ついたことがあったそうです」

身体も――というところで、香純は身構えた。おそらく堕胎だろう。

樋口は言葉を選ぶように、ゆっくりと話す。

「狭い町です。事件に関して調べていくうちに、こっちが訊かなくても耳に入ってくる情報がたくさんあります。それは事件の当事者だけでなく、身内、知人、友人、職場に関するものまで様々です。ともすると、親の代だけでなく、祖父母やさらにその前の代にまでさかのぼることもあります」

香純は、松栄寺の柴原住職の言葉を思い出した。

柴原住職は相野町のことを、人と人のつながりが深く、馴染めばみな親切でいいところだ、と言っていた。それが違うとは思わない。一方で、関係性が深いからこそ、一度、繋がりが崩れてしまったら、そう簡単には修復できないような気がする。

香純は重い息を吐いた。

いまなら、三原家の本家の嫁である寿子が、響子の遺骨や遺品の引き取りを頑なに拒んだ気持ちがよくわかる。仮に寿子がそうしたいと思っても、まわりが許さないのだ。

三原家に嫁ぎ、子を産み、そこで生きてきた寿子にとって、相野町は自分が生きていける唯一の場所なのだ。そこから拒絶されるということは、居場所を失うことを意味する。

話が途切れたところで、主人がふたたび料理を運んできた。

サクラマスを焼いたのと、海苔で巻かれた握り飯、布海苔の味噌汁《みそしる》だ。漬物の盛り合わせもある。

主人は握り飯の具は筋子で、漬物は自家製だと説明した。

「どうだい。うちの料理は口に合うかい」

主人は料理を座卓に並べながら香純に訊ねた。

「美味しいです。とても」

香純がそう言うと、主人は嬉しそうにカウンターに戻っていった。

主人がいなくなると、香純は樋口に訊ねた。

「響子さんが生まれたのは、ふたりが結婚してどれくらい経ってからですか」

樋口はサクラマスに箸をつけながら答える。

「翌年です。千枝子さんが響子さんを身ごもり、結婚したんです」

樋口の話によると、その頃、健一にはほかに熱をあげていた女性がいたという。弘前市のスナックに勤めているホステスで、月給のほとんどを貢《みつ》いでいたらしい。

「その一方で、千枝子さんともずるずると付き合っていたんです。そして、千枝子さんは妊娠した。身勝手な男だけれど、さすがに二回も堕胎させるのはかわいそうだと思ったのか、千枝子さんが頑なにこんどは産む、と言ったのか。ふたりは籍を入れて、翌年、響子さんが生まれました」

健一が、勤めていた陸奥配送を辞めて独立したのは籍を入れた年だった。

「子供ができる、ということで、健一さんも少しはやる気が出たんでしょう。遊び人だが、友人知人はたくさんいたようで、なんとか資金を調達し三原商会を立ち上げました」

設立当初、社員は健一と千枝子、ほかにバイトの青年がひとりしかいなかったという。

「健一さんは社長兼ドライバー、千枝子さんは経理、バイトの青年はドライバーと雑用でした」

小さいながらも仕事は順調で、会社は次第に大きくなっていったという。健一と千枝子にとって、その頃が一番幸せだったのではないか、と樋口は言った。

「会社を設立して六年目が、一番景気がよかったときでしょう。健一さんが三十四歳、響子さんが四歳の頃です。ちょうど世間がバブルのときです」

その頃の三原商会は、数人の従業員も雇っていたという。

「起業当初は、地元周辺で仕事をしていましたが、やがて盛岡や仙台あたりまで手を広げていたそうです」

仕事が順調なころは、きっと裕福な生活を送っていたのだろう。子供の頃の響子は、貧しさを知らなかったかもしれない。

香純がそう言うと、樋口の表情が曇った。

「たしかに、景気がいいときの収入はかなりあったでしょう。でも、父親の健一さんは入ったら入った分、いや、それ以上に金を使う男で、家の者はひもじい思いはしないまでも、贅沢《ぜいたく》はしていなかったようです」

順調だった会社が傾いたのは、健一が三十九歳、バブルが崩壊し世間が混乱したときだ。

「地元でこぢんまりと仕事をしていれば、それほどの損害はなかったんでしょう。でも、遠方まで手を広げていた健一さんの打撃は大きかった」

物事は、大きくなるまでに時間がかかっても、崩壊するときは一瞬だ。

「倒産する会社がたくさん出て、商品の買取には困らなかったらしいです。でも、その商品を買ってくれるところがなかった。在庫と借金を抱えた健一さんは金の工面に奔走したようですが、融資先は見つからず、三原商会は倒産しました」

樋口は料理に落としていた目をあげて、香純を見た。

「響子さんがいじめられていたこと、知っていますか」

意外な言葉に、香純は口のなかのものを急いで飲み下した。

「いじめられていたのは、樋口さんですよね」

樋口は頷いた。

「私もだけど、響子さんも学校でいじめを受けていたんです。私たちはいじめられっ子同士だったんです」

樋口のいじめは小学校二年からはじまったが、響子はもっと前——幼稚園の頃からだった。

「千枝子さんは思い悩み、通っていた幼稚園や小学校になんども相談に行っていました。でも、いじめはなくなることなく、むしろひどくなっていったそうです」

香純のなかにある響子の像が揺らぐ。

夏の庭で穏やかに微笑んでいた響子の顔が、渦を巻くように歪《ゆが》んだ。

※

教育課長は、響子を見つめた。

視線に感情がない。ロボットのようだ。

この男は目が大きい。響子は密《ひそ》かに、ギョロ目と呼んでいた。

ギョロ目は点検のときと同じように、響子の房の番号を呼んだ。

声が出ない。

ギョロ目が、返事を促す。

「答えなさい」

響子は身震いをした。意識したわけではない。反射的なものだ。

自分の番号を答えようとしたが、言い慣れたはずの数字が言葉にならない。苦しそうな息が、口から洩《も》れるだけだ。

ギョロ目がなにか言いかけたとき、遠くで絶叫が響いた。

自分を迎えに来たのではないかと怯える、死刑囚の声だ。

奇声のような叫び声は、すぐに聞こえなくなった。駆けつけた刑務官に、取り押さえられたのだろう。

叫び声が聞こえなくなると、ギョロ目は響子に命じた。

「立ちなさい」

やはり声が出ない。頷くことで、命令に従う意思を示す。

響子は立ち上がろうとした。足に力を入れるが、身体が動かない。腰が抜けているとわかるまで、少しの時間が必要だった。

情けない。響子は心で自分を叱責した。

この八年のあいだ、刑が執行される日のことをずっと考えてきた。死への恐怖、苦痛への不安、この恐ろしさから逃れられる安堵《あんど》といった様々な感情と向き合い、迎えが来たときは、抗《あらが》わず、潔く、死を受け入れようと決めた。千枝子はもういないが、亡くなる前に貰《もら》った手紙に書いてあったとおり、身元引受人を遠縁の吉沢静江さんと娘の香純ちゃんに変えた。千枝子の手紙は、もし自分になにかあっても、ふたりがちゃんとしてくれるからなにも心配ないからね、そう結ばれていた。

香純、という名前を目にし、脳裏に夏の庭で会った少女の姿が浮かんだ。澄んだまっすぐな瞳が印象に残っている。

しばらくは、千枝子がいなくなる悲しみと、約束が本当に守られるかという不安で、薬を飲んでも眠れない日が続いた。やがて千枝子の言葉を信じるしかないと思うようになった。

覚悟はできている。なにも心配はない。そう思うのに、声を出せず、立ち上がることもできずにいる。

脳裏に、中学生の頃に観たテレビ番組が浮かぶ。

催眠術を扱ったもので、黒服にマントをつけた男性がタレントに術をかけていた。タレントはその場で眠り込んだり、ボールペン一本が重く感じて持ち上げられなかったりしていた。その姿を見て、司会者やゲストは声をあげて驚いていた。

番組を観ながら、響子は怯えていた。

もし催眠術をかけられて、死ね、と命じられたらどうなるのだろう。かけられた者は自分で首を吊《つ》ったり、高いところから飛び降りたりするのだろうか。そう思うと怖くて、番組を楽しむどころではなかった。

様子がおかしいと気づいた千枝子が、なにを怖がっているのか訊ねた。理由を話すと、そんな心配はない、と言う。人はもともと自分では死なないようにできている。人から死ねと暗示をかけられても、自分を守る力が働くから死なないのだ、と答えた。

千枝子を疑うわけではないが、本心からその言葉を信じることができなかった。たしかに人は、命の危険に晒《さら》されたとき、本能で生きようとすると思う。本人の意志ではなく、細胞が生きようとするのだろう。でも逆に、生きようとする本能より、思考が勝ることもある。

響子は物心ついたときから、あの世、について考えてきた。あるとき、それはどうしてだろうと考えて、ふたつの理由に思い至った。

あのときのことを、響子はいまも鮮明に覚えている。健一や千枝子の若い姿から、響子はまだ二、三歳くらいだったと思う。

夏の夜、生家の庭先で夕涼みをした。縁側には、ゆでたトウモロコシと枝豆、真っ赤なスイカ、冷えたビール、夏野菜の漬物、蚊取り線香があった。

健一はランニングシャツに半ズボン、母はゆったりとした部屋着だった。自分がなにを着ていたかまでは記憶にないが、赤いサンダルを履いていたのは覚えている。

そのとき、健一の兄夫婦――響子の伯父と伯母もいた。伯父は三原耕太《こうた》、伯母は安《やす》子《こ》という。響子はふたりを、コウおじちゃん、アンおばちゃんと呼んでいた。

当時、安子は出産間近で、大きな腹をしていた。

響子は周りの大人たちから、安子の腹を触れと言われた。やがて生まれてくる従弟妹をかわいがる幼子、という光景が見たかったのだろう。しかし、響子は嫌だった。これから生まれてくる従弟妹を愛《うつく》しむどころか、異様に膨らんだ腹が怖かった。

子供心に拒むことができず、恐る恐る腹を触ると、腹がぐにょんと動いた。響子は驚いて手を引っ込めた。腹のなかには赤子ではなく、得体のしれないものが入っているように感じた。

大人たちが夕涼みを楽しんでいるあいだ、響子はずっと、安子の腹をなにかが突き破って出てくるのではないか、と怯えていた。自分から離れない娘を、千枝子は笑っていた。夜の闇が怖くて、自分に縋りついていると思っていたのだろう。

安子の子供は死産だった。ちゃんと子供が生まれ、この目で腹に入っていたのは確かに赤子だったのだ、と確かめられていたら、子供に対する恐れは残らなかっただろう。響子のなかで膨らんだ腹に入っていたものは、得体のしれないもののままになってしまった。

安子の子供が死産だったと知ったとき、あの子はどこに行ったのだろう、と思った。身体が焼かれ、遺骨は墓に埋められたことは子供心にもわかった。でも、赤子の心がどこへ行ったのかはわからなかった。

考えれば考えるほど、胸がざわざわして落ち着かなかった。怒り、恐怖、喜びといった感情は、死んだらどこへ行くのかを考えれば考えるほど、怖くて眠れなくなった。その恐怖を打ち消すために、あの世、と呼ばれるものがあると自分に言い聞かせた。天国や地獄はない、と決めた。天国に行きたいと望めば、地獄に落ちたときのことを考えなければならない。それが怖くて、あの世という場所だけがある、と思うようにした。

あの世にはこの世を去った者たちがいて、きれいな野原で戯れている。安子の赤子もそこにいて、誰かの腕のなかですやすやと眠っているのだ。そう思うと、怖さが和らぎ、いつのまにか眠っていた。

あの世を考えるようになった理由のもうひとつは、自分に浴びせられる心無い言葉だった。

響子の人生は、いじめとともにある。

幼稚園、小学校、中学校、高校を卒業して大人になってからも、ずっと誰かに蔑《さげす》まれ、疎まれてきた。

自分を愛してくれていると思っていた男たちも、あとになれば違っていたのだとわかる。自分は愛されていたのではなく、ただそこにいた都合のいい女でしかなかったのだ。

離れていった男を恨んだこともあったが、やめた。考えても辛いだけだし、男から愛されなかったのは、自分にその価値がないからだ、と思った。

響子は子供の頃から、なにもできなかった。勉強も運動も、がんばっても無理だった。

父親の健一からは、名前を呼ばれるより、馬鹿、と言われるほうが多かった。

テストの点数や、通知表の評価が悪いと叱られるから、見つからないように机のなかに隠した。

見つかったときは大変だ。いつもなら一時間で終わる説教が倍になり、平手打ちも多くなる。腹を蹴られたときは、さすがに千枝子があいだに入ってくれたが、健一の怒りを買い背中を蹴られていた。

健一の口癖は、お前は馬鹿だから俺が教えないとだめなんだ、だった。親がしっかり躾をしないと、将来だめな大人になる。俺が叱るのはお前を立派な大人にするためだ。俺に感謝しろ。それが健一の言い分だった。

健一の言葉を疑ったことはない。

教誨師の下間住職からは、あなたは罪を犯したけれど、父親が言うような人間ではありませんよ、と言われた。

下間住職はいろいろなことを知っていた。最初はうまく話せなかったけれど、次第に話せるようになってきて、やがてあの世の話もするようになった。

下間住職に、あの世はあるのか、と訊ねると、穏やかな笑みを浮かべ、心のなかに、と答えた。

どういう意味なのかいまだにわからないが、愛理も栞ちゃんも思い出そうとすれば、可愛らしい声も白いうなじもはっきりと浮かぶ。それは、心のなかにふたりがいる、ということだ。きっと自分が故人を覚えていることが、下間住職が言った、心のなかに、ということなのだと勝手に解釈した。

この世で好きな人は誰か、と訊かれたら迷わず、愛理と母親だと答える。ただ、話したい人は誰か、と訊かれたら、下間住職、と言う。

下間住職はいつも穏やかな顔をしている。無理に笑うこともなく、大きな声を出すこともない。響子のたどたどしい話にじっくりと耳を傾け、ときに同意し、ときにたしなめた。

下間住職の声が、響子は好きだ。低く静かだが、温かさがある。つぶやくような言葉は、響子の胸に染みるように入ってくる。きっと押し付けではなく、本心を口にしているからだろう。下間住職が語るすべてに頷くことはできないが、多くは聞き入れられるものだった。

頷くことができなかった話のひとつに、健一のことがある。

響子がたびたび、自分は馬鹿だから、と口にすると、下間住職はそのたび否定し、健一が我が娘に浴びせた乱暴な言葉の数々を打ち消した。

この世に愚かな人間はいないし、誰にも人の価値など決められない。根っからの善人もいなければ、悪人もいない。鬼も仏も己のなかにいる、と響子に言った。

繰り返し言われ、健一のほうが間違っていたのではないか、と思ったときもある。自分は馬鹿ではない。運動も勉強も不得手だっただけで、ほかに得意なものがあったのかもしれない。そう考えたが、やはり思考は、自分はだめな人間だ、に行き着く。いじめられたのは、自分が馬鹿だからだ。

行動はのろいし、機転もきかない。口が重いから、面白いことも言えない。言えたとしても空回りで、失笑を買う。

幼稚園のときについたあだ名は、かあちゃんだ。

響子がいじめられて泣いて帰ると、千枝子はすぐに幼稚園に行き、担当の先生に相談していた。ときには、響子を泣かせた園児とその親を呼び出して叱責もした。なにかあるとすぐにかあちゃんが駆けつける、それがあだ名の由来だ。

自分は母親ではないし、カラスみたいで嫌だ。そう泣いて訴えたが、子供たちは余計に面白がりはやし立てた。

響子は千枝子のことを、かあちゃんと呼んだことはない。呼び方は、おかあさんだった。

まわりの子供の多くは、かあちゃん、と呼んでいた。

みんなの真似をして、かあちゃん、と呼んだことがある。夕飯のときにそう呼ぶと、健一の顔色がかわった。手にしていた箸を壁に投げつけ、そんな呼び方をするな、と響子を怒鳴った。続けて千枝子を睨み、お前が教えたのか、と訊く。そうだ、と言えば自分が責められ、違う、と言えば娘が叱られる。千枝子が答えられずにいると健一は響子の頬を張り、かあちゃんと呼ぶな、と言い捨て茶の間から出て行った。それから響子は千枝子を、かあちゃん、と呼んだことは一度もない。

当時は、健一がなぜその言葉にこだわるのかわからなかった。拘置所に収容され、自分の生い立ちをじっくり考えるようになってから、ひとつの理由が思いついた。健一の仕事だ。

健一は仕事で、地元以外の土地での取引も多かった。きっと、現場の作業員だけではなく、もっと上の立場の人間ともやり取りをしていたのだろう。言葉遣いにはかなり気を遣っていた。

ときどき食事の席で、言葉遣いに人間性が出る、と言っていた。おそらく健一は、響子が成長して地元を離れたときはずかしい思いをしないように教育していたのかもしれない。しかし、それが裏目に出た。

健一の考えと千枝子の娘を守ろうとする思いは、響子のいじめに拍車をかける形になった。

子供たちは、自分たちからすれば些細《ささい》なからかいなのに、すぐに口を出してくる千枝子を疎ましく思い、地元の言葉を使わない響子をお高くとまっていると感じた。

子供たちの不満は、響子に跳ね返ってきた。いじめは歳を重ねるごとにエスカレートし、次第に陰湿になった。喩えるなら、幼稚園のときは小突くくらいだったものが、小学校では拳で殴るようになり、中学校になると、服で隠れて見えないところをつねるようになった感じだ。

響子も成長するにつれ、千枝子にいじめを受けていると言わなくなった。話してもどうにもならないとわかったからだ。健一は、お前が馬鹿だからだ、としか言わないし、千枝子が学校に相談しても、解決には至らず逆に子供たちの反感を買い、響子はさらにいじめられる。

いじめから両親が救ってくれなかったからといって、響子は健一と千枝子を責めはしない。

健一の響子に対する厳しい躾は、娘を大事に思うが故のことだったのだろうし、千枝子も娘を守るために必死だったのだ。そう思うと、いい娘になれなかった自分が情けなく、申し訳ない気持ちでいっぱいになる。

独房で、健一の怒った顔や千枝子の辛そうな顔を思い出すと、下間住職がいくら健一が響子に浴びせた言葉を否定しても、受け入れることはできなかった。健一の言うとおり、自分が馬鹿だったから、愛理を育てられず栞ちゃんを殺してしまったのだ。子供のときから人よりなにかしら劣っていた響子は、大人になっても変わらなかった。

仕事も家事も料理も、なにひとつ満足にできない。

勉強ができなかった響子は、大学に進学しなかった。高校を卒業したら働こうと思っていたが、地元に就職するのは嫌だった。

小島町は狭い。どこに行っても、自分を知っている者がいる。あの娘は馬鹿でいじめられっ子だった、と言われ続ける生活に嫌気がさしていた。

健一に地元を離れたい、と言うと反対しなかった。反対しなかった理由は、響子が高校のときに窃盗事件を起こしたことにある。

ある日、響子の体操着がハサミで切られていた。犯人はわかっていた。いつも響子をいじめている四人の女子だ。

彼女たちが犯人である証拠はないが、確信はあった。ばらばらになった体操着をゴミ箱から見つけた響子を、彼女たちはにやにやしながら見ていた。

両親には、体操着をハサミで切られたから新しいものを買ってくれ、とは言えなかった。言えば千枝子が騒いで大事《おおごと》になり、さらにいじめられるからだ。

響子は次の日の体育の時間、教室から人がいなくなると、体操着を切った四人のうちふたりのカバンから財布を盗《と》った。合わせると五千円ほどになった。体操着を買うには充分だった。

中身を抜いて、財布は外の焼却炉に捨てた。響子が疑わしいことは、すぐに知れた。ある生徒が、焼却炉に響子がなにかを入れているのを目撃していたのだ。

担任から相談室に呼ばれ、話を聞かれた。

なにを訊かれても、自分じゃない、と言い張った。犯人だと健一に知れたら、ぶたれるだけでは済まないと思ったからだ。

刑事事件ならば、響子は証拠不十分で不起訴、という形だろう。財布を盗んだ証拠がないため、響子は犯人にならなかった。

窃盗事件は、犯人が確定しないままとなったが、学校や地域では響子が犯人だとの噂が広がった。

噂が聞こえてきても、響子は気にならなかった。自分は悪くない、体操着を切り裂いた者が弁償するのは当然だ、と思っていたからだ。

どこにでも話し好きはいる。噂はすぐに健一と千枝子の耳に入った。

ふたりは響子を問い詰めた。もし本当ならば、被害者に金を返し詫びなければならないと言う。

響子は泣きながら、自分ではない、と訴えた。涙が流れたのは謝罪のためではない。犯人だとばれたら健一になにをされるかわからない恐怖からだった。

必死に訴える響子の姿に、健一は無実を信じたようだった。しかし、千枝子は響子が犯人だとわかっていたようだ。健一がいなくなると小声で、新しい体操着を買う金はどうしたのか、と響子に訊ねた。家の者の洗濯をしている千枝子は、金を渡していないのに体操着が新しくなっているのを不思議に思っていたらしい。

響子はぎくりとした。

どう答えたのか、よく思い出せない。貯金があったとか、先輩からもらったとか、そんな言い訳をしたのだと思う。

もちろん、千枝子がすぐにわかる嘘を信じるわけがない。でも、信じたふりをした。健一に知れたらどうなるかわからないし、事が公になったらこの土地では一生、あそこの家の娘は盗人《ぬすっと》だ、と言われる。このままなかったことにしたほうがいい、と考えたのだろう。

いまにして思えば、はじめての窃盗のときに犯人として捕まっていれば、道を誤らなかったかもしれない。

盗んでもばれなかったのをいいことに、響子は次の窃盗を犯した。

相手は、自分をいじめてきた生徒だった。

自分がいままで受けた心の傷の代償として、彼女が机の引き出しに入れておいた腕時計を盗った。

腕時計は、学校の近くの川に捨てた。別に腕時計が欲しかったわけではない。彼女を困らせたかっただけだ。

人は最初から、大胆な行動をとるわけではない。小さなことを繰り返し、次第に大きなことに手を出していく。

響子の場合もそうだった。

腕時計を盗んだあと、響子は何度か窃盗を犯した。回数は覚えていない。多くは一度目と同じように財布から中身を抜き取ったが、ときには小型の音楽プレーヤーを盗んだりもした。

最初はあたりの様子を窺い慎重に盗んでいたが、回を重ねるごとに安易な気持ちが強くなり隙ができた。

教室にひとりになり、いつものように物色しはじめたとき、忘れ物をしたクラスメートが戻ってきたのだ。

注意していれば、足音や気配でわかったはずなのに、油断していた響子は気がつかなかった。

響子が他人のカバンから財布を抜き取っているところを見つけたクラスメートは、大声で人を呼んだ。騒ぎを聞きつけた生徒や教師に取り囲まれて、響子は相談室へ連れていかれた。

現場を見つかってしまった響子は、言い逃れができなかった。担任から、いままでの窃盗もお前がしたのか、と訊かれたが、違う、と嘘をついた。

理由を訊かれたが、答えなかった。子供にもプライドがある。いじめを受けていた、とは言えなかった。担任は勝手に、金と刺激が欲しくてやった、と決めつけた。

やがて、呼び出された健一と千枝子が相談室へやってきた。

担任から話を聞いた健一は、ものすごい形相で響子を殴った。響子の身体は横に吹っ飛び、床に倒れた。

急いで千枝子が止めに入ったが、健一はやめなかった。横たわっている響子の胸倉を摑み、何度も張り手をくらわした。騒ぎを聞きつけてやってきた体育の教師が健一を羽交い締めにして、ようやく収まった。

千枝子は泣きながら、お父さんに謝りなさい、と言った。泣きながら言い続ける千枝子を見ながら、どうして父親なのか、と思った。謝るなら被害にあった生徒に対してではないのか、と言いかけたがやめた。訊ねても千枝子は泣きじゃくるだけで答えられないと思ったからだ。

事件は響子と両親が、被害にあった生徒と親に謝罪することで解決した。

当初、警察に被害届を出す話もあったが、生徒の両親が事を大きくしたくない、と申し出て、事件は当事者同士の和解という形に収まった。

犯人が響子だとされたのはこの一件だけだが、そんなことを信用する者は誰もいない。学校関係者だけでなく、地域の者たちのあいだでも、響子は手癖の悪い人間だ、と知れ渡った。

響子は悔しかった。

たしかに人のものを盗むのは悪いことだ。しかし、響子にもそうしてしまった理由はある。誰ひとり、親ですら響子の気持ちをわかってくれない。それが辛かった。

健一が、響子が高校卒業後に地元を離れることに反対しなかった理由は、こいつがいなくなれば地元での強い風当たりが少しは和らぐ、そう思ったからだ。時間が経てば娘の悪行も人の口にはのぼらなくなる、そう考えたのだろう。

響子の就職先は、宮城県仙台市にある建設会社だった。

地元では名が知れた会社で、健一の取引先だった。健一はそこの社長になにかしらの貸しがあり、強引に響子を就職させた。

直属の上司は、響子が取引先の娘だと知っていた。社長から聞いたようだった。

子供のころから要領が悪かった響子は、仕事でもミスが多かった。でも、上司は響子を叱らなかった。社長の肝いりで入社した響子にきつくあたれば、自分が社長から責められると思ったのだろう。響子ちゃんは抜けているからな、と笑って許してくれた。

響子は楽だったが、ほかの社員は気に入らなかったらしい。特に女性社員の不満は大きかった。上司にぶつけられない不服を響子にぶつけた。響子は職場でもいじめられることになった。

物事は見方によって、別な解釈になる。臆病は慎重、大胆は向こう見ず、抜けているは可愛らしい。

響子の人より劣っている部分は、人によっては好ましく映るらしく、響子はある男性から言い寄られた。

同じ会社に勤める社員で、現場の作業をしていた。

名前は梶智也《かじともや》。歳は響子の三歳上で二十一歳だった。宮城の出身で、高校を卒業したあと就職した。

背は高く、体つきがいい。口は悪いが、優しかった。いじめられて落ち込んでいる響子に缶コーヒーをくれたり、冗談を言って笑わせてくれたりした。

ドライブに誘われた日に、ホテルに行った。

智也のことをどう思っていたのかと訊かれたら、嫌いではなかった、と答える。相手を好きである前に、こんな自分を好いてくれていることに喜びを覚えた。

智也が、響子のアパートに転がり込んでくるのに、そう時間はかからなかった。

毎日のように会っていても、ともに暮らすようになってはじめて見えてくるものがある。同棲《どうせい》してから気づいたが、智也はだらしない男だった。

響子も働いているのに家事は一切せず、食費も入れない。響子の生活にいきなり大きな子供がひとり増えたような感じだった。

話を聞いて、そいつはヒモだ、と言う者もいるだろう。その言葉を否定はできない。自分が稼いだ金は自分のためだけに使い、足りなくなると響子に無心した。

響子と暮らすようになり、真面目だった仕事も休みがちになった。会社に行くよう促しても、頭が痛いとか気分が悪いとか言い布団から出てこない。まるで不登校の子供だった。

結婚して智也の子供――愛理を産んだがうまくいかず離婚した。だけど、後悔はしていない。智也に求められることで馬鹿な自分にも価値がある、と、生まれてはじめて自分の存在理由を感じられた。

人は自分ひとりでは存在できない。自己の認識ができないからだ。愛理を産むまでの響子にとって、どんなにだらしない男でも智也は自分を認識させてくれる唯一の人間だった。なにより、智也は愛理を授けてくれた男だ。公判のときに、自分は響子を愛していなかった、とか、夜の欲求が強くうんざりしていたとか、ひどいことを言われても、悲しいが恨んではいない。

そこまで考えたとき、響子のなかに強い悔恨の念が込み上げてきた。そうだ。自分はつきあった男たちより、愛理を愛していた。それなのに、どうして死なせてしまったのか。

死を目前にしても、なお自分に問い続ける。なぜ、愛する者を死なせた。

「聞こえないのか。立ちなさい」

響子の思考を、厳しい声が遮った。

畳に落としていた視線をあげると、ギョロ目が響子を見下ろしていた。

我に返る。

そうだ、いまから自分は死刑に処されるのだ。

響子の脳裏に、走馬灯《そうまとう》という言葉が過《よぎ》った。

人が死を目前にしたとき、それまでの過去が一気に蘇るという。自分の身に起きるまで信じられなかったが、いまになって本当にあるのだと知った。

響子は腹に力を入れた。

「はい」

ようやく、答えになっていない答えを、のどから絞り出す。

再び足に力を入れて、立ち上がろうとした。

こんどは尻があがった。立てる、と思ったとき、中腰のまま後ろに倒れた。やはり腰が抜けている。

ギョロ目は、自分の後ろにいる保安・警備担当の刑務官を振り返った。

小声で何か命じる。

頷いたふたりの刑務官が、前に出た。靴を脱ぎ部屋にあがると、響子の腕を掴み立ち上がらせた。

引きずるように響子を部屋の出口まで連れていくと、控えていたほかの刑務官に引き渡す。

部屋から出ると、ギョロ目は自分についてくるように響子に命じた。歩き出したギョロ目についていこうとするが、足が動かない。頭では歩こうと思っているのに、死から逃れようとする本能なのか、身体が拒んだ。

両腕を摑んでいる刑務官が、半ば抱えるように歩かせる。

独房から出された響子は、フロアの突き当たりまで歩かされ、エレベーターに乗った。

東京拘置所に収容されてからエレベーターに乗るのは、面会のときしかなかった。響子がエレベーターに乗ったのを確認すると、ギョロ目は一階のボタンを押した。

面会室は一階にある。ここまでは面会のときと一緒だった。

一階に着くと、いつもと様子が違っていた。廊下に誰もいない。人の気配はあるのに、姿が見えない。廊下のあちこちに置かれているパーティションの奥にいるのだろう。

パーティションで作られた通路を進むと、ひとつのドアの前に着いた。

ギョロ目がドアを開けると、白い壁の廊下があった。窓がない。床は緩やかな下り坂になっていた。どこからか、香のようなにおいがする。

いくつかの角を曲がると、突き当たりにまたドアがあった。ドアの前に、盛り塩が置かれ、線香がたかれていた。通路に漂っていた香のにおいはこれだったのだ。

香のにおいに、嫌なにおいが混じった。下半身が気持ち悪い。

自分の下半身を見て、響子は自分が失禁していることに気づいた。ギョロ目も刑務官も、響子が尿を洩らしていることに気づいているはずなのになにも言わない。

ギョロ目が目の前のドアを開けた。

四角い部屋に、机とふたつの椅子が置かれていた。椅子は机を挟んで向かい合うように置かれている。

なかにいる人物に、響子は目を見張った。

教誨師の下間住職だった。

第四章

響子がいじめを受けていた話を聞いた香純は、眉根を寄せた。

「その話、本当ですか」

樋口がむっとしたように言い返す。

「私が嘘を言っていると言うんですか」

香純は慌てて首を横に振った。

「違います、樋口さんを疑っているわけではありません。でも、いまの言い方だとそう聞こえますすよね。すみません」

詫びられた樋口は、我に返ったような顔をした。

些細なひと言に苛立った自分を大人げないと思ったのか、樋口は硬くしていた表情を緩めた。香純の目を見て、訴えるように言う。

「私の仕事は事実を記事にすることです。嘘はつきません」

樋口の言葉には、真摯《しんし》な重みがあった。

それに──と樋口は言葉を続ける。

「私は小島第二小学校に通っているとき、響子さんが同級生たちからいじめられているところをこの目で見ています。馬鹿とか死ねとか心無い言葉を言われたり、髪を引っ張られたりしていました」

香純は樋口に訊ねた。

「それならどうして響ちゃんがいじめを受けていた話がもっと表に出ていないんですか。いじめがあったなら、誰かがその話をするでしょう」

樋口は口を湿らせるようにウーロン茶を口にして、ぼそりと答える。

「誰も認めなかったんです」

香純は耳を疑った。

そんなことがあるだろうか。

響子が逮捕された当時、小島町と相野町には報道陣が押し寄せていた。テレビでは通りかかった住人や響子の自宅付近の人間への取材風景が流れ、週刊誌には響子と同じ小学校や中学校に通っていた者のコメントが掲載されていた。

樋口は遠くに目をやった。

「人は自分に都合の悪い話をしません」

いじめは加害者と被害者の両者が口を閉ざすケースが多い。加害者は自分が責められないために秘し、被害者は自分のプライドを守るために隠す。

響子をいじめていた本人たちが言わないとしても、気づいていた周囲の者が話すことはなかったのだろうか。

香純がそう言うと、樋口は複雑な表情をした。

「一部の週刊誌は、響子さんが幼い頃いじめられていたのではないかという憶測めいた記事を出しました。しかし、決定的な証言は含まれていなかった。このあたりの人たちは、よくも悪くも身内意識が強いんです。余計なことを言って反感をかうと住みづらくなる」

樋口の言葉に、香純はつい声が大きくなった。

「みんなで口裏を合わせたんですか」

樋口はあたりにさっと目を配り、声を潜めた。

「もう少し静かにお願いします。誰かに話を聞かれたら面倒です」

香純は慌てて、周囲の様子をうかがった。座敷には香純と樋口だけだ。店の者もそばにいない。話を聞かれている心配はなかった。

ほっとした香純に、樋口は小声で言う。

「いじめの話ですが、口裏を合わせたわけではありません。余計なことを言って事件に巻き込まれるのは嫌だとか、不用意な発言をして住人と気まずくなるのは困るとかいったことが重なり、結果としてそうなったんです」

香純は柴原住職の話を思い出した。

事件当初、全国から相野町や小島町に取材陣が訪れ、住人たちは嫌な思いをしたという。話を聞かせてほしいとしつこく付きまとわれたり、私有地に勝手に入り込まれたりしたらしい。住人が口を閉ざす気持ちもわかる。

報道されなかった理由はわかったが、胸のもやもやは晴れない。言葉を選びながら訊ねる。

「樋口さんは、いじめの話をどうして記事にしなかったんですか」

再び樋口の表情が厳しくなる。

香純は急いで否定した。

「誤解しないでください。樋口さんを責めているわけではありません」

香純は言葉を続けた。

「さっき樋口さんは、自分の仕事は事実を記事にすることだ、とおっしゃいましたよね。いじめを証明するのが難しいのはわかります。傷つけられたものが、物や身体といった目に見えるものなら立証しやすい。でも、いじめで傷つくのは、目に見えない心です。目に見えないものを理解してもらうのは容易ではありません。いじめがあったとわかる物理的な証拠や関係者の証言が必要です」

香純は樋口の目を見た。

「樋口さんは、響ちゃんがいじめられていたところをその目で見て、いじめは事実だったと知っていた。事実を記事にするのが自分の仕事と言い切る人が、どうして犯人に関わる重要なことを記事にしなかったんですか」

樋口はためらうように香純から目をそらした。香純は黙って答えを待つ。やがて樋口は視線を戻すと、意を決したようにはっきりと答えた。

「母親に止められたからです」

意外な答えに、香純は戸惑った。聞き間違いではないことを、繰り返すことで確かめる。

「千枝子さんが――ですか」

樋口は頷く。

「私が千枝子さんに会ったのは、響子さんが最初に逮捕されてからおよそ一か月が経ったころです」

樋口は、愛理ちゃんが亡くなったときから、取材のために響子の実家に幾度となく足を運んでいた。日を置かず通い詰めたが、いつも門前払いだったという。

「特に父親の健一さんの剣幕はすごかった。家の窓から顔を出し、周囲にいる報道陣に向かって、うるせえ、帰れなどと怒鳴っていました」

見ず知らずの相手に怒鳴り散らすなど、そうそうできることではない。

「健一さんは、気性が荒い人だったんですか」

香純の問いに、樋口は肯定とも否定ともとれる返答をした。

「穏やかな人ではありませんでした。でも、あのときは健一さんじゃなくても、怒鳴りたくなったと思います」

事件当時の報道陣の取材は常識から大きく外れていたという。

「ワゴン車を響子さんの家や実家に横付けして張り込んだり、アウトドア用の椅子を持ち出して、一日中、家の前で誰か出てこないか待っていたり。あれではどんな人間でもまいってしまう」

樋口は重い息を吐いた。

「報道に携わる人間のなかには、スクープをとるためなら事件関係者の生活を土足で踏みにじるのも厭《いと》わない者がいます。心無いことを言われたり、嫌な思いをしたりしたんでしょう。同じ報道に携わる者として、申し訳ない気持ちです」

取材を拒んでいた千枝子が、樋口を受け入れることになったきっかけは、なにげなく口にしたひと言だった。

「その日、私は別件で柴原住職のところにおじゃましていたんですが、そこに偶然、千枝子さんがやってきたんです」

ふたりが顔を合わせたとき、境内には誰もいなかった。千枝子のそばにはいつも取材陣が張り付いていたが、さすがに寺のなかまでは追いかけてこなかったらしい。落ち着いた状況で、千枝子に話を聞いてもらえるのはいましかない。そう思った樋口は、言葉を尽くして取材を受けてくれるよう頼んだ。しかし、千枝子は断った。なにもお話しすることはありません、と言い残しその場を立ち去ろうとした。

「そのとき咄嗟に、響子さんがいじめられていた話も聞きたい、と千枝子さんの背に向かって言ったんです。幼いふたつの命が奪われた事件の加害者は、別な出来事では被害者だった。そう伝えることで凶悪な犯人というバイアスを取り払い、三原響子という人間そのものを浮かび上がらせたい、そう思ったんです」

いじめ、という樋口の言葉に、千枝子は足を止めて振り返った。そのときの顔を樋口はいまでも覚えているという。

「その表情を、ひと言で表すなら恐怖でしょうか」

千枝子は樋口に駆け寄り、腕を摑んで境内の隅に連れて行った。

大きな杉の樹木の陰に行くと、千枝子は摑んでいた腕を離し、膝につくほど頭を下げたという。

「千枝子さんは驚いている私に、その話はしないでくれ、と言ったんです」

響子はいじめられていなかった。なにもなかった、と必死に訴える。

「私は、いじめはあった、と反論しました。私は響子さんと同じ小学校にいた時期があり、この目で響子さんがいじめられていたところを見ている。それに、うちの社の人間にも千枝子さんがいじめの件で、響子さんが通っていた幼稚園や小学校に相談に行っていたことを知っている者もいる、そう言ったんです」

樋口がいううちの社の人間とは、樋口の上司——釜淵だった。

釜淵は生まれも育ちも小島町で、地元には詳しかった。日常のなかで、身内や友人知人から、さまざまな情報が耳に入ってくる。

そのなかに、響子の話があった。

千枝子の響子に関する過保護めいた行動は、昔から住人の口に上っていたという。

過保護という言葉が、香純はひっかかった。

「響ちゃんは、甘やかされて育ったんですか」

ううん、と樋口は唸《うな》った。

「そういうことではなく——なんていったらいいかな。擦《かす》り傷のような軽傷を骨折でもしたかのように心配する、そんな感じでしょうか」

千枝子の響子に対する心配の仕方は、誰が見ても過剰だったという。

「釜淵は、響子さんのいじめがエスカレートしたのは、千枝子さんにも原因があるんじゃないか、と言っていました」

「母親に、ですか」

樋口は、これは譬《たと》え話ですが、と前置きをして説明した。

「幼い男の子が好きな女の子をいじめてしまうことがありますよね。男の子に悪意はなく、むしろ好意を抱いている。伝え方がわからなくて行き違いが生じるんですが、そのときそばにいる大人があいだに入って誤解を解いてあげればいいんですけれど、千枝子さんはそうしなかった。誤解を解くどころか、娘がまるで強姦されかけたような勢いで幼稚園や学校に訴えた、そんな感じです」

娘を守ろうとした千枝子の行き過ぎた行動は、周囲を困惑させ、結果的にいじめを増長させた。

「誤解がないように言っておきますが、私はいじめをした側を擁護するつもりはまったくありません。どんな理由があってもいじめは許されないことです。ただ、千枝子さんが響子さんに対して過保護気味だったという事実を述べているだけです」

「それで、千枝子さんはどうされたんですか」

香純は先を促した。

樋口は首を横に振る。

「私が知っている事実を並べて、千枝子さんにいじめがあったと認めてもらおうとしましたが無理でした。私がいじめの現場を見たのは思い違いだし、自分が幼稚園や学校に相談に行っていたのは別の用件だった、の一点張りでした」

樋口は料理に箸をつけた。

「週刊誌や情報番組と違い、新聞は事実のみを載せるものです。社としての意見や主張を公表する論説や、個人の考えを述べるコラム欄はありますが、私は論説委員でもなければコラムニストでもない、ただの新聞記者です。肉親がいじめはなかったと言い切る以上、新聞に書くことはできませんでした」

樋口は店の女性がそばを通りかかったときを見計らって、新しいウーロン茶を注文した。香純も同じものを頼む。

女性がウーロン茶を運んできて立ち去ると、香純は訊ねた。

「どうして千枝子さんは、いじめがあったことを隠そうとしたんでしょう」

香純の頭に自分の母親――静江の顔が浮かんだ。

ふたりの子供の命を奪った響子は、社会から激しく糾弾された。それは当然のことだと思う。しかし、親はどうだろうか。

我が子に九十九パーセント非があっても、親ならば一パーセントでも汲《く》むべき事情があるなら擁護したくなるのではないだろうか。

「いじめられていたことで、響子ちゃんの罪が軽くなるわけではありません。でも、世間から鬼畜のように思われている我が子は、決して面白おかしく生きていたわけではない。辛い経験もしていた、そう千枝子さんは伝えたいと思わなかったんでしょうか」

樋口は意表を突かれたような顔で、香純を見た。感心したように言う。

「なるほど、それは女性ならではの考えかもしれませんね。私は単に、これ以上余計なことを知られて、マスメディアに騒がれたくないと思ってのことだと、疑問に思いませんでした」

香純は急いで言い添えた。

「思い付きで言っただけで、樋口さんの考えが正しいかもしれません」

取材のプロともいえる樋口に、素人の自分が知った風なことを言ったのを恥じる。

樋口は香純の声が耳に入らないかのように、手の甲に顎を載せて考えこんだ。

会話のない時間が過ぎていく。

このままでは閉店まで無言が続くような気がして、香純は樋口にそっと声をかけた。

「あの、考え事の最中に申し訳ありませんが、もうひとつ教えてもらっていいですか」

樋口は我に返ったような顔をして、逆に香純に詫びた。

「こちらこそすみません。ひとつのことを考えるとほかのことが目に入らなくなるんです。昔からの悪い癖です。なんでも訊いてください」

「響ちゃんが逮捕されたあと、樋口さんは響ちゃんと会ったことはありますか」

樋口は言葉を換えて、訊きなおした。

「面会のことを言っているんですか」

香純は、はい、と答えた。

「いじめの件、樋口さんが直接、本人に訊く機会はなかったのかなと――」

樋口の答えは、会えなかった、だった。

響子が逮捕されたあと、樋口は響子の身柄が拘束されている弘前の拘置所に面会を申し入れた。しかし、面会は却下された。響子は接見禁止になっていたのだ。

「接見禁止とは、弁護士以外の者との面会を禁止することです。証拠隠滅や共犯者との口裏合わせなどの危険がある被疑者に出されるものですが、一般的には起訴されると解かれることが多い。でも、響子さんの場合、起訴後も接見が禁止されていました」

接見禁止にした理由は、響子が起こした事件は社会に対する影響が大きく、接見を許すと面会の申し込みが殺到し、被疑者の精神の安定に支障をきたす恐れがある、とのことだった。ふたりの少女を殺めたとされる響子への心証の悪さも影響している可能性があるという。

樋口が言うには、死刑囚は親族や弁護人といった特別な関係の人間を除いた外部者とは交流できないという。

「事実上、社会と切り離されるんですね」

香純がそう言うと、樋口が訊ねた。

「接見交通権という言葉を知っていますか」

はじめて耳にする言葉だ。

「被疑者や受刑者が外部の人間と面会したり、文書のやり取りができる権利のことです」

この権利に関しては、国と弁護士会が幾度となく争っていた。

「私は響子さんが接見禁止になっていると知ったあと、刑が確定になるまで接見の申し出は控えていたんです。死刑でなければ、接見できる可能性がありましたから。でも、一審の判決は死刑でした。響子さんは控訴せず、死刑は確定し、面会できる可能性はほぼなくなってしまった」

「じゃあ、響ちゃんの口から、いじめがあったかどうかを聞くことはできなかったんですね」

樋口はあたりをさっと見渡し、小声で言う。

「口から聞くことはできなかったけれど、響子さんの答えを知ることはできました」

香純は前に乗り出した。

「どういうことですか」

「手紙です」

樋口が答える。

「私は響子さんの死刑が確定しても、どうしても諦めきれなくて、響子さんの弁護士に手紙を出したんです」

内容は、響子との面会を望むことと、面会が叶わないならせめて文書のやり取りがしたい、というものだった。

「それで、どうなったんですか」

続きを急かす。

「何事にも例外がありますが、接見禁止も同じです。拘置所長の許可が得られれば、外部者でも面会や手紙のやり取りができる。響子さんの弁護士が、私とやり取りできるよう拘置所長に掛け合ってくれたんです」

響子が収容されている拘置所長の答えは、面会は許可できないが、問題がないと判断した手紙は渡すことを検討する、といったものだった。

「私はすぐに響子さんに向けて手紙を書きました。といっても、送り先は響子さんの弁護士です。彼がその手紙の内容を転送してくれたのです。そ
手紙の内容は、いまの響子さんの気持ちを聞かせてほしい、といったものです。そ

のなかで、自分はかつて響子さんと同じ小学校に通っていた、と書きました。信じてもらうために、昔いじめられていたところを助けてもらったことや、響子さんがいじめられているところを見たこともある、と記しました」

弁護士経由で響子からの返信が届いたのは、樋口が手紙を出してから二か月後だった。

「手紙をくれた礼と面会ができない詫び、そして、自分がいじめられていた事実はないとのみっつが書かれた、短いものでした」

香純は響子の日記を思い出した。引き取った遺品のなかにあったものだ。日記にあった響子の字は、とても丁寧だった。おそらく手紙も、きれいな字で書かれていたに違いない。

「どうして——」

香純の口から、誰に言うでもない言葉がもれた。

「どうして千枝子さんと響ちゃんは、いじめられていたことを隠そうとしたんでしょう」

人は辛かった出来事や経験を、誰かに言いたくなると思う。そのさなかは口にできなかったとしても、時間が経ち少しだけ出来事を俯瞰《ふかん》できるようになったとき、話したくなるのではないか。

理由は様々だ。話すことで気持ちに整理がつく人もいるだろうし、かけてもらう労《ねぎら》いや励ましの言葉で、傷ついた心が癒される人もいるだろう。口にしたから問題が解決するとは限らないし過去がかわるわけではないが、話すことで心が救われたり気持ちが楽になったりする人がいることも確かだ。

ましていじめに関して、響子は被害者だ。恩情をかけられることはあっても、責められはしない。情状酌量が認められて、死刑判決を免れられたかもしれない。

樋口は難しい顔をしたまま、黙った。樋口も理由がわからないのだ。

香純は角度をかえて質問をした。

「樋口さんは、響ちゃんの裁判の傍聴には行かれたんですか」

この問いに、樋口は即答した。

「もちろんです。裁判は青森地方裁判所で開かれたんですが、ただでさえ少ない傍聴席に、ものすごい数の申し込みが殺到したんです。私は記者席に座れたけれど、一般で申し込んだ人は大半が傍聴できなかったでしょう」

「そこでも、響ちゃんはいじめに関する話はしなかったんですか」

裁判は検察と弁護人が、被告人や証人にたいしてさまざまな質問をする。答弁するときの流れで、いじめを受けていたことについて言及されたことはなかったのだろうか。

樋口はぼそりと言った。

「ありませんでした」

それきり、話が途絶えた。

重い沈黙がふたりのあいだに広がる。

店の引き戸が開く音がして、店主の威勢のいい声が聞こえた。

「ありがとうございました、またこいへえ」

樋口が腕時計に目をやった。香純も自分の腕を見る。

九時を回っていた。

樋口は申し訳なさそうに詫びる。

「すみません、小一時間といったのに、長くなってしまいました」

香純は手を顔の前で横に振った。

「こちらこそ話し込んでしまって――」

樋口が、少し離れたところにいた店の女性を呼び会計を頼んだ。

香純はバッグを引き寄せた。

財布を取り出そうとする香純を、樋口が止める。

「私が誘ったんです。ここは私が持ちます」

香純は樋口の心遣いを断った。たしかに誘ったのは樋口だが、香純にとってもありがたい申し出だった。

香純が半分支払おうとしても、樋口はそうさせない。伝票を持ってきた女性に、手早く支払ってしまった。

店を出るとき、店主が外まで見送ってくれた。

「どんな人でもお客さんはありがたいが、美人が来てくれるともっと嬉しいね。またこいへえ」

満面の笑みで香純に言う。

さっきも聞いたが、こいへえ、とはどういう意味か。

香純の疑問を察したらしく、横から樋口が説明した。

「こいへえは、また来てください、という意味です」

香純が頭を下げると、店主は店のなかに戻っていった。

車に向かう道を歩く香純は、足取りが重かった。

樋口から話を聞けば胸のもやもやが少しは晴れるかと思ったが、逆に重くなってしまった。

夏の庭に佇む響子のおぼろげな姿が、もっとぼやけていく。

歩きながら香純は上を見た。

冷たい夜気は透きとおり、星がくっきりと見えた。深い群青色の空に、小さな光がいくつも瞬いている。きれいすぎる景色が、なぜか哀しい。

車のそばまできた香純は、足を止めた。

隣を歩いていた樋口が、少し先で立ち止まる。

「どうしました」

香純は、地面に落としていた視線をあげた。樋口を見る。

「私、もう少しここにいます。響ちゃんのことが知りたいから」

樋口が眉根を寄せた。

「どうしてそんなに三原響子にこだわるんですか。好奇心ですか、それとも責任感ですか」

香純は首を横に振った。そのふたつがないわけではない。でも、もっと違うなにかがあった。自分でもよくわからない気持ちをそのまま伝える。

「自分でもよくわからないんです。でも、自分と少しでも繋がりがある人が事件を起こしたことはとてもショックで——しかも、一度は会って話した人で——あの時の少女があんなひどいことをするなんて信じられなくて——そう思うと、どうしてこんなことになったのか、もしかしたら、自分が彼女になっていたんじゃないかって、突拍子もなく考えたりもして——」

香純は声に力を込めた。

「私、ここに来れば少しは響ちゃんのことがわかるかもしれないと思っていました。でも、もっとわからなくなってしまった。ここで帰ったら、私はずっとこのモヤモヤした気持ちを抱えて生きていくことになる。そんなの嫌なんです」

黙って話を聞いていた樋口は、香純に訊ねた。

「どのくらい、いるんですか」

「わかりません。でも、しばらくはいられます」

香純は、このあいだ転職を決めたばかりで、新しい職場は五月からの勤務だ、と言った。

「泊まっているホテルもそんなに高くないし、貯金を取り崩せば滞在費はなんとかなります」

なにか考えるような間のあと、樋口は寒さを紛らわすように足踏みをしながら香純に言った。

「釜淵に会ってみますか」

樋口の上司だ。

「さっきも言いましたが、釜淵はここの出身だから土地のことに詳しいんです。私も釜淵から響子さんに関していろいろ話は聞いているけれど、香純さんなら私がわからないなにかに気づくかもしれない」

香純はありがたい申し出に飛びつきそうになった。

「釜淵さんは、迷惑じゃないでしょうか」

地元の住人は、響子の関係者を忌み嫌っている。釜淵も、香純が会いに行くことを嫌がるのではないか。

そう言うと、樋口は笑った。

「そんなことありませんよ。たしかに釜淵は地元の人間だけれど、あの事件の関係者と会えると知ったら飛び跳ねて喜びます。釜淵は根っからの記者なんです」

樋口は、釜淵は口が堅い、と言い添えた。

香純の胸に、安堵が広がった。

もう少しここにいる、と言ったはいいが、どうすればもっと響子を知ることができるのか見当もつかなかった。釜淵に会うことで響子を知る手がかりが得られるとは限らないが、次に自分がすべきことが見つかったのが嬉しかった。

香純は微笑んだ。

「ありがとうございます。よろしくお願いします」

樋口は頷き、大げさに肩をすくめた。

「そうと決まったら、急いで帰りましょう。このままだと凍えてしまう」

車に向かって歩き出した樋口のあとを、香純は追う。

重かった足取りは軽くなっていた。


香純が釜淵に抱いた第一印象は、野良犬、だった。

狼《おおかみ》のような危うさはないが、主人におとなしく従う飼い犬でもない。組織に属しながらも、自由奔放に生きている。そんな空気を身にまとっていた。

香純は津軽日報社の弘前支社を訪れていた。

「あなたが三原響子のご親戚ですか」

釜淵はテーブルをはさんだ向かいに座る香純を、無遠慮に眺めた。上から下までじろじろ見る目は、物めずらしい動物を見るそれに近い。

どうしていいかわからず、香純はとりあえず頭をさげた。

「すみません。お忙しいところおじゃまして――」

「や、や、やあ」

釜淵は、歌舞伎のような声をあげた。右の手のひらを香純にかざし、続く言葉を手で制する。

「あなたが謝ることはありません。むしろこっちは礼を言いたいくらいだ。あの事件の関係者が――それも犯人の身内がやってくるなんて、棚からぼた餅、瓢簞《ひょうたん》から駒、濡れ手で栗《くり》だ」

「粟《あわ》です」

釜淵の隣に座っている樋口が、あきれたように小声で訂正した。

部下から過ちを指摘されてばつが悪かったらしく、釜淵は誰がみても嘘とわかる言い訳で、上司の威厳を保とうとした。

「うるせえ、そんなことはわかってるよ。場を和ませるために、ちょっとギャグで言ったんだよ。それを鬼の首をとったみてえに突っ込みやがって。だからお前は女にもてねえんだよ。ユーモアのひとつも言えるようになれ」

セクハラ、パワハラの塊のような言葉に、香純は居すくまった。

たしか釜淵はまもなく五十歳という年齢だったはずだ。いまの時代では問題となる発言が、日常会話として交わされていた時間を過ごしてきた世代だ。ハラスメントという言葉が世にあふれてから、多くの企業や職場で研修が行われるようになった。それは新聞社も同じだろう。釜淵も当然、研修は受けているはずだ。それなのにいまのような発言をするのは、釜淵個人の意識の問題か、津軽日報社にまだ時代錯誤の風潮が残っているのか。

上司からハラスメントを受け萎縮《いしゅく》しているだろうと思ったが、樋口は涼しい顔をしていた。不満や不服を抱えている様子はない。釜淵の幼い攻撃など、意に介さないといった感じだ。ふたりの関係性は、樋口の賢い立ち回りで成り立っているのだろう。

「――で」

釜淵は、話を本筋に戻した。

「吉沢さんは、死刑になった三原響子のことがかなり心にひっかかっている――とこいつから聞いたんですが」

こいつ――と言いながら、釜淵は親指を立てて樋口を指した。

「私でお役に立てるなら、喜んでお力になりますよ」

もみ手でそう言う釜淵を見ながら、樋口が言っていたことは本当だったのだ、と香純は改めて思った。

昨日、樋口は香純と別れるとき、釜淵に事情を伝えて予定が見えたら連絡する、と言って帰っていった。

香純は新聞記者の日常は知らないが、暇な仕事でないことはわかる。釜淵の都合がつくまで数日はかかるだろうと思っていたから、翌朝、樋口から今日どうですか、と電話があったときは驚いた。

日中は業務が立て込んでいて時間が取れないが、午後の六時くらいからなら大丈夫だという。

樋口は面会場所に、津軽日報社の弘前支社を指定してきた。昨日のように外で食事でもしながら話したいと思ったが、釜淵も樋口も七時からどうしても外せない別件が入っていてゆっくりしている時間がない。

社の人間には、香純が響子の関係者であることは伏せておくので、弘前支社に来てもらえないか、と樋口は言った。

当然、返事は是《ぜ》しかない。

電話を切る前に香純は、話を聞いた釜淵はどんな様子だったか、と訊ねた。すると電話の向こうから、昨日の今日で会う予定を入れたことでわかるでしょう、との言葉が返ってきた。

新聞記者という仕事は、昨日の今日で予定を入れられるほど暇ではない。そこを押して、釜淵は時間をつくった。それが、釜淵が香純と会えることを喜んでいる証拠だ、という。

樋口がいう釜淵の〝喜ぶ〟は、親しい友人と会えるような楽しさではない。興味や怖いもの見たさからくる感情だ。

気持ちの根源がどのようなものであっても、迷惑がられていないとわかっただけで気持ちが楽になった。香純は六時に津軽日報社の弘前支社に行く約束をして、電話を切った。

弘前支社は、考えていたより小ぶりな造りだった。高さは五階まであるが、間口や奥行きが狭く、横に広がれないから上に伸びたような印象を受ける。

玄関を入ると、真正面に受付があった。席にいる女性に、樋口と六時に待ち合わせしている、と伝えると、話は通っているらしく、女性はなにも訊かずに内線電話をかけた。

樋口はすぐにやってきた。女性に茶をみっつ持ってくるよう頼み、香純を二階にある接客室へ案内した。

香純が部屋に入ると、挨拶を交わす間もなく、ひとりの男がやってきた。背はあるが姿勢が悪いため、実際の身長より低く見える。身体はひょろりとしているが、引き締まっているとは言い難く、健康な食生活に関心がないと思わせる細さだった。

櫛《くし》を通していないのか、短い髪はあちこちに乱れ、身に着けているシャツやジャケットの襟はよれている。

男は樋口の隣にいる香純を見つけると、こちらがためらうほど近くまでやってきてにやっと笑った。

「あなたが吉沢さんですか。お待ちしてました。まあ、立ったままでもなんですから、そちらにどうぞ」

男は部屋の中央にある応接セットのソファを香純に勧めた。

香純が座ると自分も向かいの席に着き、ジャケットの内ポケットから名刺を取り出し、香純に差し出した。

名刺には、津軽日報社弘前支社長、釜淵学とあった。着ているものと同様、名刺も角がよれていた。

釜淵が乗り気なのは、香純の気持ちを慮《おもんぱか》ってのことではない。自分の好奇心を満たしたいがためだ。そうわかっているが、力になってもらえるのは嬉しかった。

ドアがノックされ、受付の女性が茶を運んできた。女性が退室するタイミングを見計らい、香純は口を開いた。

「樋口さんからだいたいの事情はお聞きになっていると思いますが、私、響ちゃんの本当の姿が知りたいんです」

釜淵の、あがっていた口角が引き締まった。香純の言葉を繰り返す。

「本当の姿？」

香純は頷く。

「響ちゃんが逮捕されたとき、世間は響ちゃんを鬼畜か悪魔かのように扱いました。でも、私のなかでは、響ちゃんがそんな冷酷な殺人犯とは重ならないんです。響ちゃんがふたりの子供の命を奪ったのは事実です。でも、事件の真実は、なぜ響ちゃんがそんなことをしたのかにあると思います」

香純は釜淵の目をまっすぐに見据えた。

「事件の真実を――本当の響ちゃんを私は知りたいんです。だから、お願いです。どんなことでもいいので、響ちゃんのことを教えてください」

香純はソファのうえで頭をさげた。

「や、や、やあ」

人を制止するときに歌舞伎のような口調になるのは、釜淵の癖らしい。顔をあげると、やはり釜淵は先ほどのように右手を香純にかざしていた。

「さっきも言ったように、私はあなたと会えてうれしいんです。どうかそんなに頭をさげないでください」

釜淵は本当に困っているようだった。

互いにかしこまり、見合いの席のようになってしまった場を動かしたのは樋口だった。

確かめるように釜淵に訊く。

「事件が起きたのは、釜淵さんが弘前支社に来て七年目のときでしたよね」

どのように話を本題に戻そうか悩んでいたのだろう。釜淵は樋口が差し出した話の糸口を、急くようにつかんだ。

「そうそう、俺がここに赴任したのは、小島町の小学校が合併する前の年だからな」

津軽日報社は、青森本社のほかに、東京と仙台、弘前と八戸《はちのへ》の四つの支社で構成されている。

釜淵は地元の大学を卒業したあと、津軽日報社に入社し、八戸支社へ赴任した。

八戸支社には四年いた。その後、青森本社へ異動。五年間の本社勤務を経て、十六年前に弘前支社へ来た。それからはずっと弘前支社に籍を置いている。

釜淵はソファの背もたれに身を預け、天井を仰いだ。

「来年あたり、希望を出していた仙台か東京支社に異動だろうと踏んでいた矢先に、事件が起きた。あの事件で綾《あや》がつき、気づいたら十六年もここにいる。お前はいま十四年目だな」

お前、と言いながら釜淵は樋口に目をやった。

事件当時、弘前支社の在籍が一番長かったのが釜淵だった。釜淵があとで知った話だが、次の異動で仙台勤務の話が出ていたという。しかし、事件発生後、地元をよく知っている人間が支社にいたほうがいい、と上が判断し釜淵の異動はなくなった。

響子が逮捕され事件は解決したが、津軽日報社としては地元の新聞社であることから、事件発生から一年、二年という節目に事件を振り返る記事を掲載するべきだと判断し、ひいては、事件発生時から取材に関わっている記者をしばらく弘前支社にとどめておくことにした。それが、釜淵と樋口だった。

釜淵は上を見ながら、大きく息を吐いた。

「一生に一度は、都会暮らしがしてみたかったが、この歳じゃあもう無理だ。デカいところへは活《い》きのいい奴《やつ》が行くと決まっている」

釜淵は姿勢をもとに戻し、隣にいる樋口の肩を軽く叩いた。

「お前はまだ若い。チャンスはある。ふんばれ」

樋口はなにか言おうとしたが、釜淵はそれを遮るように香純に訊ねた。

「ところで、こっちにはいつまで?」

急に訊かれて戸惑う。ここにいつまで滞在するかは決めていなかった。曖昧に答える。

「しばらくいます」

「しばらくって、どんくらい?」

五月一日から新しい仕事がはじまる。準備があるから、それより少し前には戻らなければいけない。滞在費のことも考えると、二週間が限界だろう。

「半月くらいはいられます」

香純がそう言うと、釜淵はひどく驚いた。

「そんなに長く大丈夫なんですか。誰か心配しませんか」

言われて真っ先に頭に浮かんだのは、母の静江だった。

昨夜、ホテルの部屋に戻ってから、香純は静江に電話をした。

明日帰る予定を延ばしもう少しここにいる、と伝えると、電話の向こうで静江は取り乱した。

静江は怒ったように、なにがあったのか、どうして予定を変えたのか、など矢継ぎ早に訊ねる。

響子のことを調べるために残る、とは言えなかった。そんなことを口にしたら、余計なことにかかわらないでいますぐ帰りなさい、と言われるにちがいない。心配のあまり、いまから迎えに行く、とまで言い出しかねない。

香純は、次の仕事がはじまる前のリフレッシュだ、と嘘をついた。いままでこれほど長く休んだことはない。五月から、また忙しい日々がはじまる。せっかくだから少し羽を伸ばしていく、と伝えた。

静江が信じた様子はなかった。羽を伸ばすならそんな寂しいところではなく、人気の観光地があるとかいい温泉があるとか、もっと別な場所があるだろう、どうしてそこなのか、と食い下がる。

香純は、静かにゆっくりするにはいい土地だから、と適当な理由をつけて、早々に電話を切った。

心配をかけて申し訳ない、と思いながらも、香純は重い気持ちのまま帰ることはできなかった。

香純の顔色から心内を察したらしく、樋口が話を本題に戻した。

「それより、三原響子についてですが――」

「ああ、わかってる、わかってるよ」

釜淵は樋口に手をかざし、続く言葉を途中で遮った。腿《もも》に肘を載せ、顔の前で手を組む。

香純を見る釜淵の視線が先ほどとは変わった。その鋭さに、息をのむ。

「たしかに吉沢さんの言うとおり、世間が思う三原響子と俺が感じた三原響子はちょっと違うね」

香純は、釜淵のほうへ身を乗り出した。

「どう違うんですか」

釜淵は樋口に目をやった。

「こいつから、三原響子がいじめを受けていた話、聞いてますよね」

香純は樋口の顔をちらりと見やり、頷いた。

「じゃあ、高校生のときに窃盗騒ぎを起こしたことも？」

香純は驚いた。はじめて聞く話だ。

横から樋口が釜淵に言う。

「それはまだ話していません」

釜淵はジャケットの胸ポケットに入れていたボールペンを取り出し、指先でくるくる回した。朗読のように語る。

「事件が起きる前から、三原響子の名前は知っていました。狭い町です。どこにいても、住人のうわさ話は聞こえてくる。俺がはじめて三原響子の名前を聞いたのは、弘前支社に赴任してきた年の秋——防犯運動の取材で、小島町役場に行ったときだった」

地域の防犯運動の取り組みを記事にするために、釜淵は小島町役場の地域課の職員を訪ねた。

「その職員のばあさんちが、俺の実家の近くでね。話が弾んでやがて住人のうわさ話になった。あそこの家は嫁と姑《しゅうとめ》の仲が悪いだの、こっちの家の息子は金遣いが荒いだの、職員は嬉々《きき》として話す。そのなかに、手癖が悪い女の話があったんだ。それが三原響子だった」

職員の息子は、響子が通っていた高校の生徒だった。当時、保護者だった職員は、響子が起こした窃盗騒ぎをよく覚えていたという。

「小島町は小さな町だ。事件らしい事件は起きたことがない。あったとしても些細な揉め事で、話し合いで解決するようなものだった。そんな町で起きた高校生の窃盗騒ぎは、住人たちのあいだであっという間に広まった」

警察沙汰にはならなかったが、響子が犯人であることは、小島町の住人のほとんどが知るところとなった。

「多くの住人の三原響子に対する認識は、問題児、というものだったが、職員は少し違っていた」

「どう違ったんですか」

香純は前のめりに訊ねた。

釜淵は指で回していたボールペンを止めた。香純を見る。

「職員の話だと、被害に遭った生徒は普段から三原響子をいじめていた女子だったんです。表向きは三原響子が金品欲しさに窃盗を犯したということになっているが、あれはいじめに対する仕返しだったんじゃないかって、職員は言っていました」

その話がなんとなく頭に残った釜淵は、窃盗騒ぎがあった当時、高校にいた関係者から、それとなく話を聞き出した。

「最初はみんな口が堅いが、一度話しはじめると、いやあ、出てくる出てくる」

釜淵は眉間にしわを寄せて苦い顔をした。

「三原響子へのいじめはかなり陰湿でね。無視や陰口だけじゃなく、私物を傷つけられたり隠されたりしていたらしい。それが幼稚園のころからだったっていうから、積もる恨みは大きかっただろうよ」

隣で樋口が言葉を添える。

「いじめられた者の心の傷は深いですからね」

樋口の言葉には実感がこもっていた。樋口も響子と同じいじめの被害者だったことを思い出す。

香純は釜淵に訴えた。

「どうして響ちゃんは、いじめられていたことを隠していたんでしょう。どんな理由があっても窃盗は許されることではありません。でも、盗みを犯した発端がいじめに対する恨みだったとしたら、響ちゃんにも多少の言い分はあったはずです。なにより人の心を傷つけた人たちが、誰からも咎められずにいるのは許せません」

釜淵の答えは冷めたものだった。一度止めたボールペンを再び回しながら、淡々と言う。

「樋口から聞いたと思うが、この土地は仲間意識が強いんだ。一度、仲間から外されたら、関係性を修復するのはむずかしい。それを三原響子は、幼いころから子供心に理解していたんだろう。言ってもなにも変わらない、そうわかっていたんだ」

世間では鬼畜のように言われている響子だが、地元での暮らしを知るにつれ不憫《ふびん》に思えてくる。

香純のなかにやるせない思いが込み上げてくる。膝の上で拳を握り、釜淵に訴えた。

「罪を犯した響ちゃんを擁護するつもりはありません。でも、それでは響ちゃんがあまりにかわいそうです。窃盗騒ぎがあったときも、愛理ちゃんと栞ちゃんを殺害したときも、自分がずっと辛い思いをしてきたことを話していれば、周りの響ちゃんに対する目がなにか変わっていたかもしれない。もっと周囲に事情を話せばよかったのに――」

香純の訴えを黙って聞いていた釜淵は、吐き出すようにぽつりと言った。

「そりゃあ無理だ」

「どうしてですか」

すかさず問い返す。

釜淵はボールペンに落としていた目を、香純に向けた。

「ケンカってのは味方がいないとできないんだ。独りで挑んでいっても、返り討ちにあっちまう」

「それって——響ちゃんには味方がひとりもいなかったということですか」

釜淵は、そう、と短く答える。

「三原響子だけじゃない。母親の千枝子にもいなかった」

香純は眉根を寄せた。

「どういう意味ですか」

横から樋口が答える。

「千枝子さんも、地元では肩身の狭い思いをしていたみたいです」

樋口の話によると、千枝子と健一の結婚は、三原の本家から反対されていたという。理由は家柄が釣り合わないからだった。三原の本家は古くからの地主で、千枝子の実家の末野家は小作人だった。

「その話をまとめたのが、健一さんの父親——正二さんです」

正二は三原家の次男で、自分の兄にあたる家長の正一を説得した。

「いまどき家柄が釣り合わないなど古臭い。まして三原家は皇族や華族でもない。たかが小さな田舎町の地主だ。そんな時代錯誤な話があってはならない、そう本家に訴えたそうです」

正二の申し立てで本家が折れ、ふたりは結婚したが、周囲の千枝子への風当たりは強かったらしい。

「結婚したはいいが、本家の反対を押し切った形の婚姻に、住人たちはいい顔をしなかった。本家に対する忖度《そんたく》があったんでしょう。千枝子さんは本家や夫だけでなく、周囲の人間にも気を遣っていました」

「健一さんは――響ちゃんの父親は、千枝子さんを守らなかったんですか」

こんどは釜淵が答える。

「結婚といっても、子供ができたから致し方なくってとこだったからなあ。健一ってのは地元では素行が悪いことで有名で、女にもだらしがなかった。ほかにも女がいたらしいし、自分が矢面に立って千枝子を守っていたって話は聞いてないなあ」

「でも」

横から樋口が口をはさんだ。

「結婚してからは、真面目に仕事に励んでいました。結婚した理由がなんであれ、彼なりに家庭を守ろうとしていたんだと思います」

「まあな」

釜淵は同意した。

「生きていれば、なにかのタイミングで人生をやり直そうと思うときがある。それが健一にとっては千枝子との結婚だったのかもしれないな」

健一は生きていれば七十手前。男は外で働き女は家を守るという考え方が主流だった世代だ。健一もそうだったのだろう。自分が家を顧みずに働くことが家族を守ることだと思っていたに違いない。

香純の脳裏に、千枝子が寂寞《せきばく》とした荒れ地に佇む姿が浮かぶ。きっと、人間関係や育児の悩みを、ひとりで背負っていたのだろう。

育児――との言葉に、香純の胸にひとりの男が浮かんだ。

響子の夫――愛理ちゃんの父親だ。

「響ちゃんの夫はどんな人なんですか」

釜淵と樋口が互いを見やった。どっちが答えるか、目で相談している。

答えたのは樋口だった。箇条書きのように言う。

「名前は梶智也。響子さんの三歳上で、響子さんが勤めていた仙台にある建設会社の社員でした。響子さんとは、愛理ちゃんが二歳のときに別れています。二回目の公判のときに証人として出廷しましたが、離婚してから連絡は取っておらず、慰謝料も払っていませんでした」

釜淵が遠くを見やりながら言う。

「娘ってのは自分の父親と似たような男を選ぶっていうけれど、三原響子もそうだったんだろうなあ」

樋口が言うには、智也は女癖が悪く、響子とともに小島町にやってきてからも、近場のスナックに出入りし女を口説いていたという。

「仕事はなにをしていたんですか」

香純の問いに樋口が答える。

「決まった仕事にはついていなかったようです。パチンコ店やコンビニエンスストアでバイトをしていました」

バイトの給料で、家族三人が暮らしていくのは苦しい。

香純がそう言うと、樋口は頷いた。

「だから、響子さんは愛理ちゃんが一歳になったときに、近場のスナックで働きはじめたんです。響子さんが働いているあいだ、愛理ちゃんは千枝子さんが実家で預かっていたそうです」

やがて智也は響子の稼ぎをあてにするようになり、バイトすらしなくなった。

子供の面倒も見ず、暇さえあればスナックに入り浸りホステスを口説く。響子がいないときに響子が働く店にやってきて、ツケで飲んでいくこともあったらしい。

「さすがに響子さんも耐えられなかったんでしょう。離婚は響子さんから言い出したそうです」

離婚したあとも、響子は同じ店で働き続けた。智也と別れたのちに親しくなった男たちは、すべて店の客だったという。付き合いはみな長くは続かず、響子が再婚をすることはなかった。

「響ちゃんが働いていたお店は、いまでもあるんですか」

香純は訊ねた。

「もしあるなら、見てみたいんですけれど」

もう潰れていたとしても、響子がどんなところで働いていたのか見てみたかった。

釜淵がわくわくした表情で、もたれていたソファから身を起こした。

「その店、まだありますよ。名前はコスモス。ママと女の子が二、三人いるだけの小さな店ですよ」

釜淵は響子が逮捕されたあと、響子の話を聞くためにいくどか店に足を運んでいた。

「取材ではなく、個人的にですよ。三原響子に関心があったんでね。でも、そこのママのことが気に入って、いまでもときどき行ってるんです」

そこまで言って、釜淵は慌てたように片手を香純にかざし左右に振った。

「誤解しないでもらいたいんだが、下心があるわけじゃない。ママは俺のひと回り以上うえで、還暦をとうに過ぎている。俺の好みは年下だ。ママの口が悪くて本音で話すところが好きでね。たまに愚痴を吐きたくなると行くんだ」

響子が働いていたときからいた人ならば、愛理ちゃんの父親や、離婚したあとに響子が付き合った男たちを知っているということか。

香純がそう言うと、釜淵は大げさに声を潜めた。

「それだけじゃない。そこにはかつて父親の健一も通っていた。ママは健一についてもよく知っているんだ」

香純は前のめりになった。

「そのママに、会えないでしょうか」

樋口が驚いたように香純を見た。

「響ちゃんのことをよく知っているその人から、話を聞きたいんです。お願いです。ママに会わせてください」

釜淵がにやりと笑った。

「吉沢さんが言わなかったら、こっちからそう言ってみるつもりでした」

「ちょっと待ってください」

樋口が横やりを入れた。

「それはちょっとやめたほうがいいんじゃないでしょうか」

釜淵がむっとしたように訊く。

「なんでだよ」

樋口は香純に気を遣うように、小声で釜淵に訴えた。

「吉沢さんがここに来ていることを住人に知られたらまずいですよ。吉沢さんが嫌な思いをするかもしれない」

香純は橋のうえですれ違った、軽トラックの男を思い出した。樋口が、川下の笠井さんと言っていた人物だ。笠井は敵意むき出しの目で、香純を睨んでいた。

樋口の心配を、釜淵は一蹴した。

「大丈夫だよ。ママには店が開く前に時間をもらうよう頼むし、ママは口が堅い。ほかのやつらには漏らさないよ」

香純は樋口に膝を向けた。

「ご心配はありがたいのですが、私、どうしてもママに会ってみたいんです。できる限りご迷惑はおかけしないようにします。どうか頼みを聞いてください」

香純の必死の頼みに、樋口は強く反対できなかったようだ。納得がいかないような顔をしながらも、それ以上なにも言わなかった。

釜淵は手にしていたボールペンを上着の胸ポケットにしまい、気合を入れるように両腿を強く叩いた。

「よし、そうと決まれば、俺がママに連絡してみるわ。ママの都合がわかったら、お前に連絡するから吉沢さんに伝えてくれ」

言われた樋口は頷いた。

話がちょうどまとまったタイミングで、香純は自分の腕時計を見た。

六時四十分。

釜淵と樋口は、七時から予定があると言っていた。そろそろ暇を告げたほうがいい。

香純はソファから立ち上がり、ふたりに頭をさげた。

「今日は忙しいなか、ありがとうございました。コスモスのママの件、どうぞよろしくお願いします」

ふたりもソファから立ち上がる。

釜淵は破顔して樋口の背を強く叩いた。

「こいつからの連絡、待っててください」

香純は一礼し、下まで送るという樋口の申し出を断って、接客室をあとにした。

樋口から電話があったのは、津軽日報社の弘前支社を訪れた翌日だった。ホテルで朝食をとり、部屋に戻るとほぼ同時にスマートフォンが鳴った。

簡単な朝の挨拶を交わすと、樋口は香純に用件を伝えた。スナックコスモスのママが明日なら会えるというものだった。

場所と時間を教えてくれればそこへ行く、と答えると、午後六時にホテルへ迎えに行く、と樋口は言った。そこから一緒にコスモスへ向かう、という。約束の時間に駐車場へ行く、と約束をして香純は電話を切った。

電話を切ると、一気に力が抜けた。自分では気がつかなかったが、響子の地元を訪れてからずっと気が張っていたのだろう。今日はなにも予定がないと思うと、全身に疲れを感じた。

ぽっかりと時間が空くと、なにをしていいのかわからない。とにかく、少しゆっくりしよう、そう思いベッドに横になったが、気がつくとあたりは薄暗くなっていた。すっかり寝てしまったらしい。

ベッドに備え付けのデジタル時計を見ると、午後七時を回っていた。変な時間に寝たから頭がぼうっとしている。

部屋に置いている、響子の遺骨を見る。なにもすることがなく、独房で自分が犯した罪と向きあう日々を響子はどのように過ごしていたのか。怒り、恨み、悲しみ、諦め、様々な感情を抱くなか、頑なに守り続けた約束。孤独な響子を支えたものはなんだったのか。

よほど疲労がたまっていたのだろう。あれだけ寝たのに、まだ眠い。再びベッドに横たわり響子の遺骨を眺めていると、強い眠気を感じた。そのまま寝てしまったらしく、目が覚めると朝だった。

香純はホテル内のレストランでバイキング式の朝食を済ませ、外へ出た。

一日ぶりに吸った外の空気は、美味しかった。ここ数日は慌ただしく過ごしていて、この町の匂いや空気を感じる暇がなかった。北の町に吹く春の風はまだ冷たいが澄んでいて、重い気持ちが少し軽くなる。

ホテルに戻り、響子の日記を読み返したり、静江に電話をしたりして約束の六時前に部屋を出た。

駐車場に見覚えのある車があった。松栄寺に来た樋口が乗っていた、白いコンパクトカーだ。フロントガラス越しに、樋口が運転席にいるのが見える。

樋口が香純に気づき、車から降りた。

「どうぞ」

樋口は香純に、助手席を勧めた。頭を下げて車に乗り込むと、樋口は車を発進させた。

コスモスは、ホテルから車で十五分ほどのところにあった。

大通りをしばらく進み、横道にそれる。さらに進み細道に入ると、樋口は道路わきのコインパーキングに車を停めた。車が五台しか停められない、狭い場所だった。もとは有人だったが、無理やり機械を取りつけて無人にした、そんな感じだ。

車を降りて、香純はあたりを見渡した。

薄暗い路地裏のところどころに、古びた電光看板が灯っている。

「こっちです」

樋口はそう言って歩き出した。あとをついていく。

少し歩いたところで、樋口は足を止めた。

「ここです」

そういった樋口の目を追いそちらを見やると、道路わきにコンクリートの建物があった。二階建てで一階部分の壁に、コスモス、と書かれた看板がある。明かりはまだついていない。二階は住居だろうか。干されたままの洗濯物が、夜風に揺れている。

「行きましょう」

歩き出した樋口に、香純は戸惑った。

道路と建物のあいだには、用水路があった。幅は二メートル以上ある。用水路の底を、藻《も》を揺らし水が流れていた。

樋口は、用水路にかかっている橋を渡っていく。橋といっても、建築現場の足場のような、鉄製の狭いものだ。

とっさに、こちらは店の裏口で、逆側が表なのだろうかと思ったが、看板がかかっているのだから、やはりこちら側が入り口なのだろうと思い直した。目が薄闇に慣れてきてあたりをよく見ると、コスモスの両側のビルも、入り口が同じ向きだった。こんなかわった造りになったのは、市内の道路拡張かなにかのしわ寄せだろうか。

橋を渡った樋口は、コスモスの入り口についている古めかしいドアノッカーを鳴らした。

「樋口です」

なかで人の動く気配がして、ドアが開いた。

隙間から顔を出したのは釜淵だった。火がついた煙草《たばこ》を口にくわえている。

釜淵は口にしている煙草を指でつまみ、にやりと笑った。

「いらっしゃい」

まるで店の者のような口ぶりだ。

釜淵はドアを大きく開き、ふたりをなかへ招き入れた。

店の中は狭かった。

壁沿いに四人が座るといっぱいになるカウンターがあり、その背中越しに四人掛けのボックスがひとつあるだけだ。ぎりぎり詰めて十人で満席といったところだ。

釜淵はカウンターの一番奥のスツールに座り、ふたりを手招きした。

「おう、ここに座れ」

落とした照明のなかで、釜淵が吸っている煙草の紫煙が揺れている。狭い店内は、ひとりが吸っているだけでも煙でいっぱいだ。

樋口は釜淵の前に行くと、厳しい口調で諌《いさ》めた。

「今日は吉沢さんが一緒です。それに、まだ開店前でしょう。煙草は客の時だけにしてください」

釜淵は、大げさに肩をすくめて、目の前の灰皿で煙草をもみ消した。

「すまんすまん、吉沢さん、煙草は吸わないか」

訊かれて香純は頷いた。

横で樋口が不機嫌そうに言う。

「仮に吉沢さんが吸うとしても、相手に了解を得てから吸うのがマナーでしょう」

「わかったわかった」

釜淵が眉間にしわを寄せ、ハエを追い払うように片手を振る。

「お前に子供ができたら、口うるさい親になるな」

捨て台詞《ぜりふ》のようにそうつぶやき、釜淵はカウンターから腰を浮かせた。カウンターの奥に向かって声を張る。

「おおい、ママ。例のお客さんだよ」

少しの間があり、階段を下りてくる足音がした。どうやらカウンターの奥に、二階へ通じる階段があるらしい。

カウンターと奥を仕切っているレースのカーテンが開き、女性が姿を現した。母親の静江より少し年上だろうか。髪を黒く染め、丁寧に化粧をしているが、顔の深いしわは歳を隠せない。柔らかな生地のドレスが、似合っていた。

女性は釜淵を睨み、しゃがれた声で文句を言った。

「開店前に煙草は吸うなって言ったでしょう。勝手に灰皿使うんじゃないよ」

そう言いながら、女性は壁にある換気扇の紐《ひも》を乱暴に引っ張る。がこん、と音がして換気扇の羽根がまわりはじめた。

釜淵は悪びれる様子もなく、香純に女性を紹介した。

「この人がここのママ。若いころに歌手を目指していたことがあって、歌がうまいんだ。なかでもシャンソンは絶品でね、ハスキーな声が合うんだ」

聞き飽きているのか、ママは釜淵の褒め言葉を無視し、香純を見やった。

「吉沢さん――だったかしら。響ちゃんの遠縁だって?」

地元で響子を、響ちゃん、と呼ぶ人にはじめて会った。自分と同じ呼び方をするママに、親近感を抱く。

香純は、響子と自分の祖父同士が兄弟だと説明した。

「私の母は高校を卒業してから地元を離れました。それからずっと埼玉で暮らしています。だから私は、生まれも育ちも埼玉です。小島町には小学生のときに法事で訪れただけで、響ちゃんともそのときに一度、顔を合わせただけです」

ママは響子と香純の関係をじっと聞いていたが、長い間のあと椅子を勧めた。

「立ち話もなんだから、座ったら」

香純と樋口は、勧められるままスツールに腰かけた。釜淵の隣に樋口が座り、香純はその横に腰を下ろした。

「――で、そのほとんど無関係に近い遠縁が、どうして響ちゃんのこと調べてるの」

ママの言葉には、いままで放っておいて、なぜいまになって関係者面して現れたのか、といった含みが感じられた。

同じように感じたのか、釜淵が横から割って入った。

「だから電話で言っただろう。三原響子が死刑になって、遺骨を菩提寺《ぼだいじ》に納めてもらいにきたんだよ」

「それは聞いた。住職に断られたんでしょ。まったく、あの婿は嫁の顔色ばかり窺ってびくびくしてさ。慈悲もなにもあったもんじゃない」

ママは苦々しげに吐き捨てると、後ろにある小型の冷蔵庫から、ウーロン茶を取り出した。中身をコップに入れてそれぞれの前に置く。

「どうぞ、あたしの奢《おご》り」

香純が恐縮していると、釜淵が大げさなくらい驚いた。

「さっきの婿住職に負けず劣らず、勘定に慈悲がないママがめずらしいね。俺のツケなんて給料前でも容赦なくぶんどるのに」

ママはすかさず言い返した。

「ツケを許してるだけありがたく思いなよ。こっちはいつ回収できなくなるか、びくびくしてんだから」

釜淵が子供のように口を尖らす。

「俺を信用してないのかよ。ツケを踏み倒したことないだろう」

ママは釜淵の手元にある煙草を、顎でしゃくった。

「いつぽっくりいくかわかんないからよ。ヘビースモーカーで大酒飲み。自分の身体のことなんかこれっぽっちも考えてないんだから。いくらあたしでも、仏さんからツケをぶんどったら寝覚めが悪いからさ」

「あの――」

じゃれあいのようなふたりの会話に、割って入ったのは樋口だった。

「あまり時間もないので、吉沢さんの話を聞いてもらっていいですか」

ママはばつが悪そうに肩をすくめると、素直に詫びた。

「ごめんごめん、釜ちゃんに会うと、つい文句を言いたくなっちゃってね。どこまで話したんだったかしら。菩提寺の婿住職が嫁の尻に敷かれてるってとこまでだったかな」

香純は姿勢を正し、ママに訊ねた。

「響ちゃんがこちらに勤めていたと、釜淵さんから聞きました。響ちゃんは、ママから見てどんな人でしたか」

「いい子だったよ」

ママは即答した。

「優しくてまっすぐ。だから、あんなことになっちゃったんだよ」

樋口の話では、響子がコスモスに勤めたのは愛理ちゃんを出産したあとからだった。夫の収入だけでは生活が苦しく、愛理ちゃんを母親の千枝子に預けて働きに出たとのことだった。香純がそう確認すると、ママは頭で計算しているのか、顔を上に向けて考える仕草をした。

「そう、愛理ちゃんが一歳のときからで、離婚したあともいたから、足かけ五年ここにいたね」

響子は愛理を二十歳で出産しているから、二十一歳から二十五歳までコスモスで働いたことになる。

香純はママが口にした、優しくてまっすぐ、との言葉が気になった。ふたりの言葉は、樋口に響子の人柄を訊ねたとき、無垢、との答えが返ってきた。

世間が響子に抱いている、鬼畜や悪魔といったものとはかけ離れている。

香純は率直に訊ねた。

「響ちゃんはふたりの子供の命を奪った殺人犯です。どうして優しくてまっすぐだったと思うんですか」

ママはあきれたように笑う。

「あんた、人を殺すやつのすべてが、人間じゃない鬼のような者だと思ってんの？そうだとしたら、人って生き物をなんにもわかってないね」

なにも言い返せず黙り込む。

助け舟を出したのは釜淵だった。身を乗り出し、得意の歌舞伎のような言い回しで、あいだに割って入った。

「まあまあ、そうきついこと言いなさんな。吉沢さんも、三原響子があんな大事件を起こしたなんて思えないから、いろいろ知りたがっているんだ。彼女もやりきれなくて、気持ちの置き所を探しているんだよ」

言われて少し言い過ぎたと思ったのか、険しかったママの表情が和らいだ。

「どう思うかは人それぞれだけど、あたしが響ちゃんをいい子だと思っていたのは本当だよ。そして、いい母親だった。愛理ちゃんのこと、とっても可愛がってたよ」

ママは響子が開店前に、ときどき愛理ちゃんを店に連れてきていたと言った。

「ちょうどそこに並んで座って、ジュースやお菓子を飲み食いさせてた。愛理ちゃんも響ちゃんのことが好きでたまらないって感じで、すごく仲がよかったよ」

ママが、そこ、といって顎で指した場所は、いま香純と樋口が座っているところだった。同じ椅子に響子が座っていたかと思うと、なんだか不思議な気持ちになる。

「響ちゃんが愛理ちゃんを疎ましく思っていたり、育児に悩んだりしていた様子はなかったんですか」

ママは首を横に振った。

「そりゃあ、たまには愛理ちゃんを叱っていたこともあったよ。子供ってのは好き放題するのが当たり前だからね。店の冷蔵庫を勝手に開けたり、ソファに靴のままあがったりしたら、叱るのが当然でしょう。幼稚園でほかの子供とケンカしたと聞けば心配もする。どこの家庭にもあることで、噂で流れたような虐待とかネグレクトとかはなかったよ。どこにでもいる、ごく当たり前の親子だった」

香純はますますわからなくなった。ごく当たり前の親子が、なぜあんな事件を起こしたのか。

香純の疑問を察したのか、ママはぽつりとつぶやいた。

「ごく当たり前じゃなかったのは、響ちゃんと縁があった男たちだよね。みんな、ろくなやつじゃなかった」

縁があった男たち――愛理ちゃんの父親と離婚したあとにつきあった男のことだろう。

樋口は、響子は離婚したあとに何人かの男とつきあっていた、と言っていた。それはすべて店の客だった。

釜淵は難しい顔で言う。

「ママは三原響子を悪く言わないが、もし悪いところがあったとしたら男運だな」

釜淵はママを責めるような目で見た。

「そんなやつらやめとけって、言ってやればよかったのに」

「言ったわよ」

ママは強い口調で言い返す。しかしすぐに声のトーンを落とし、顔を伏せた。

「男と女の仲なんて、どうしようもないんだよ。狡《ずる》い男ってのは、相手の弱いところを嗅ぎつけるのがうまくてさ。支配力と情を巧みに使って懐《ふところ》に入り込むんだよ。そこを強く突っぱねることができなかった響ちゃんは、優し過ぎたんだよね。でも――」

そこまで言って、ママは伏せていた顔をあげた。目に怒りがこもっている。

「あたしが言ってるろくでなしは、別れた旦那やつきあった店の客だけじゃないよ」

「ほかに誰がいるんだよ」

　釜淵が訊ねる。

　ママはきっぱりと言った。

「響ちゃんの父親だよ」

　香純は樋口の話を思い出した。

　響子の父親——健一は若いころから素行が悪く、高校を二年で中退した。そのあと東京へ出るがうまくいかず地元に戻り、配送会社に勤めた。そこで響子の母である千枝子と知り合い結婚するが、酒と女とギャンブルが好きな夫に千枝子はかなり苦労したようだった。

　釜淵はがっくりと肩を落とした。

「父親がろくでなしだったってのは、このあたりの住人なら誰でも知っているよ。気を持たせるような言い方しやがって」

　ママは釜淵を睨んだ。

「勝手に期待したのはそっちじゃない。それに、あたしはこの人と話してるんだよ。あんたじゃない」

　この人、と言われた香純は、慌てて話を繋いだ。

「たしか、響ちゃんの父親も、ママのお客さんだったんですよね」

ママはカールのかかった髪をかきあげて、頷いた。健一は、ママが自分の店を持つ前に働いていたスナック時代からの客で、コスモスにも幾度か訪れていた。

「あたしが若いころに勤めてたスナックはカサブランカって店でね。健一はそこの常連だった。しょんべん臭い若造なのに態度がでかくて、店の女の子に見境なく手を出してね。あたしはあいつが嫌いだった。ママも嫌がってたけど金払いがいいから、しょうがなく店に入れてたよ」

ママは香純を見て訊ねた。

「吉沢さん、響ちゃんの遠縁だよね。父親の健一と、会ったことある?」

香純は返答に困った。

響子に会った法事のときに、健一にも会っているはずだが、どんな顔をしていたか思い出せない。

香純がそう答えると、ママは吐き捨てるように言った。

「いつも人を見下すような目をしててさ。酔いが回ると店の女の子だけじゃなくて、見知らぬ客にまで説教をはじめるんだ。気分を悪くした客と言い争いになったこともあってね。他人にそうなんだから、一番あたりがきつかったのは身内だよ。奥さんの千枝子さんと娘の響ちゃんは、いつも健一に怯えてた」

　横から釜淵が、話に割って入る。

「三原健一が頭があがらなかったのは、父親の三原正二だけだろう」

　ママは、ああ、と気のない声で答えた。

「あたしは見かけたことくらいしかなかったけど、人格者だったようだね。健一もいろいろ悪態をついても、自分の父親のことだけは悪く言わなかった」

　樋口は横にいる香純を見た。話を補足する。

「響子さんが逮捕されたあとに取材したとき、三原の本家が反対していた健一と千枝子さんとの結婚を後押ししたのは、正二さんだったと聞きました。頭があがらない理由には、それもあったんでしょう」

　ママは重い息を吐いた。

「正二さんはよかれと思ってしたんだろうけど、それが裏目に出たね」

「どういう意味ですか」

　香純が問うと、ママは厳しい声で答えた。

「結婚を許してくれた父親に恩義を感じた健一は、千枝子さんと響ちゃんにいい嫁といい子を強いたんだよ」

健一のふたりに対する厳しさは、住人のあいだでも知られていた。

「あたしだったら、そっちの事情をこっちにぶつけないでよって思うけど、千枝子さんはそうじゃなかったんだよね。でもさ、大人はそれでいいよ。自分たちのことなんだから。いい迷惑なのは響ちゃんよね。親の都合で厳しく育てられてさ」

そこまで言って、ママはなにかに気づいたように香純を見た。

「響ちゃんが高校のときに、学校で問題を起こしたの知ってる?」

釜淵が言っていた、窃盗騒ぎのことだろうか。

香純がそう言うとママは、そう、と頷いた。

「じゃあ、被害に遭った生徒がどんなやつらだったかも知ってるんだね」

香純は釜淵を見た。

「釜淵さんから、響ちゃんをいじめていた生徒たちだったと聞きました」

釜淵は難しい問題を解いているかのように、頭を乱暴に掻いた。

「俺もある人物の想像を聞いただけだから正しいことはわからんが、いじめに対する仕返しってのはさもありなんだと思ったよ」

ママは釜淵を叱るように言う。

「なにがさもありなんだよ。本当だよ。響ちゃんがそう言ってた」

樋口がママの言葉に食いつく。

「それは信用できるんですか」

ママは、今度は樋口を睨んだ。

「あんた、いったいあたしをなんだと思ってんの。この商売に必要なのはね、人を見る目なんだよ。あたしはあんたが、まだ皮も剝《む》けないころからこの仕事してんだよ。なにも知らない子供が余計なこと言うんじゃないよ」

樋口の顔が一瞬にして赤くなった。口を閉じてうつむく。

釜淵はやり込められた部下を庇《かば》いもせず、遠くを見ながら火のついていない煙草を指先で器用に回した。

「そのあと、もともと厳しかった三原健一は、もっと娘に辛くあたるようになったらしいな」

ママは誰にともなくつぶやく。

「親から離れたくて地元を出て、幸せになりたくて結婚して、あったかい家庭が欲しくて子供を産んで、不幸になりたくなかったから離婚して、人生をやり直したくて別な男とつきあった。でも、なにもうまくいかなかった。ほんと、不憫な子だったね」

「どうして、そう思うんですか」

香純はママに訊ねた。

ママは意外そうな顔をした。

「響ちゃんは窃盗を犯し、さらにはふたりの子供の命を奪いました。どんな理由があっても、許されないことです。でもママは響ちゃんを、いい子で不憫な子だったと言います。そう思うのはどうしてですか」

ママは心からおかしそうに笑った。ひとしきり笑うと、香純を目の端で見た。

「ご立派。あんた、学校で優等生だったでしょ」

言葉は褒めているが、声には皮肉がこもっていた。

「なにが悪いわけでもないのに、うまくいかない人っているのよ。真面目で、逃げるのが下手で、不器用。もっと狡く生きればいいのにって思うけど、それができないんだよね。あたしはそんな人間、嫌いじゃないけど、見てて辛いよね」

ママは香純に、唐突に訊ねた。

「ねえ、呪いって信じる？」

真剣に訊ねられ、香純は戸惑った。考えながら答える。

「私は非科学的なものは信じていないけれど、人間の力ではどうにもならないもの——例えば縁とか運といったものが、世の中にはあると思います。でも、怨恨が実際に効力を持つかと訊かれたら、はい、とは答えられません」

ママは、香純の言葉を否定するように、顔の前で手を左右に振った。

「あたしが言ってるのは、丑三《うしみ》つ時に藁《わら》人形に五寸釘《ごすんくぎ》を打つようなもんじゃなくてさ、知らず知らずのうちに、自分の意思や価値観を支配されてしまうことよ」

ママは後ろの棚に背を預け、腕を組んだ。

「愛理ちゃんと栞ちゃんを殺したのは響ちゃんだけど、そう仕向けたのは身内とここの住人たちだよ」

店のなかに沈黙が広がる。

香純は釜淵と樋口を目の端で見た。いまのママの言葉を地元の誰かが聞いていたら、顔を真っ赤にして激昂《げきこう》するだろう。

口を開いたのは釜淵だった。努めて冷静を装っているが、出した声は上ずっていた。

「ママが三原響子を悪く思っていないのは知っていたが、そこまで言うのははじめてだな。なんでいまになってそんなこと言うんだ」

ママは自分のウーロン茶を飲み干し、新しく注《つ》ぎ足した。

「あたしはずっと言いたかったよ。犯人は響ちゃんだけど、あの事件はここに住んでいるみんなが引き起こしたことだってね。でも、こんなこと誰かの耳に入ったら、商売あがったりだろう。あたしだって食っていかなきゃなんないんだから、誰彼かまわず言えないよ。でも——」

ママは下に落としていた視線をあげて、香純を見た。

「遠くから響ちゃんのために来たこの人には、言わなきゃいけないと思ったんだよ」

重いつぶやきには、響子に対する深い情がこもっていた。

ママは釜淵と樋口を見やり、口調を一変させて厳しく言う。

「新聞記者は口が堅いはずだから大丈夫だと思うけど、ここでの話は聞かなかったことにしてよ」

言われて釜淵は、芝居がかった様子で肩をすぼめた。

「ここが潰れたら、ツケが利く店がなくなる。お前も余計なこと言うなよ」

お前、と言いながら、釜淵は隣にいる樋口の背中を勢いよく叩いた。

叩かれた背中が痛かったのか、言われなくてもわかっていると言いたいのか、樋口は不機嫌そうに頷いた。

香純はママに訊ねた。

「響ちゃんにとって、ここでの暮らしは辛いものだったんですか」

ママは小さく首を傾《かし》げた。

「さあ、響ちゃんがどう思っていたかはわかんないけど、生きやすくはなかったよね。うちで働いていたとき、あたしとふたりになると、ときどき哀しそうに言ってたんだよ。なにがいけないのかなって──」

「響ちゃんは、自分の両親をどう思っていたんでしょう」

重ねて問う。

躾に厳しい父親と、夫の顔色をうかがうだけの母親。そんなふたりを響子はどう見ていたのか。

ママはやるせない顔をして、息を吐いた。

「父親のことは怖がってたね。愛理ちゃんを産んで自分が親になってからも、父親の機嫌を損ねちゃいけないってびくびくしてたよ。母親のことは慕っていたね。あたしから言わせれば、旦那に怯えて我が子を守れない母親のどこがいいのかわからないけどさ」

ママはウーロン茶が入ったコップを、ゆっくりと揺らした。

「あたしが知る限り、響ちゃんが自分の両親を悪く言ったことはなかったね。父親が怒るのは自分が馬鹿だからだ。母親が困るのは、自分が悪いからだ。ぜんぶ自分のせいだって言うんだよ。あたしがどんなに違うって言っても、頑なにそう言い張るんだ」

「まるで洗脳だな」

しばらく黙っていた釜淵が、ぼそりとつぶやく。

釜淵の言葉に、ママは同意した。

「そう、いまでいうモラハラってやつ。ずっと責められると、相手が悪いのに自分が悪いって思っちゃうやつ。響ちゃんはもっと親を責めてもよかったのに、それをしなかった——いや、そうできなくなってたんだよね。子供のときから心を支配されて、自分をなくしちゃったんだ」

ママが口にした支配という言葉に、香純は響子が残した日記を思い出した。日記のなかになんども出てきた約束の二文字の意味を、ママなら知っているのではないか。

香純は背筋を伸ばし、ママをまっすぐに見据えた。

「ママは、響ちゃんが気にしていた約束がなんだったのか知りませんか」

「約束？」

繰り返すことで、ママが意味を問う。

香純は響子の遺品のなかにあった日記のことを話した。

「そのなかに、響ちゃんがずっと守っていた約束のことが書かれているんです。どんな約束だったかはわかりません。でも、響ちゃんは刑が執行される直前まで、その約束にこだわっていました」

ママはしばらく考えて答えた。

「あたしには心覚えがないね」

香純は諦めない。隣のスツールに置いていた自分のバッグから、ノートを取り出す。

響子の日記だ。あるページを開いて、ママに向かって差し出す。

「ここを見てください」

首を伸ばして、釜淵がノートを覗き込む。すぐさま、驚いた様子で急き込んだ。

「おいおい、もしかしてそれ、三原響子の日記じゃないのか」

「本当ですか？」

樋口が驚いた声をあげた。

香純は頷いた。

「響ちゃんが、拘置所でつけていた日記です」

香純は今日、ホテルを出る前に、日記をバッグに詰め込んでいた。

樋口が香純に訊ねる。

「このあいだ私がお願いしたときは断ったのに、どうして今日は持ってきたんですか」

樋口が言うこのあいだとは、松栄寺からかげろう橋に立ち寄り、ホテルに戻る途中の車内でのことだ。

樋口が怒っている様子はない。単純に、つい三日前に見せないと言っていた香純の気がなぜ変わったのか、知りたいだけのようだ。

香純は開いている日記に、目を落とした。

「あのときは樋口さんと会ったばかりで、正直、どこまで信用していいのかわかりませんでした。でも、あのあと釜淵さんに会わせてくれたり、ママと引き合わせてくれたり、真剣に響ちゃんのことを考えてくれているとわかったんです。それなら私も協力できることはしなければいけないと思いました」

樋口と香純のあいだにどのようなやり取りがあったかなど関心がないらしく、釜淵は開かれているページを見ながら、いまの話とまったく関係がないことを独り言ちる。

「三原響子は字がきれいだったんだな。俺の速記のような字とはえらい違いだ」

樋口が釜淵に顔を向ける。

「前に、拘置所から届いた響子さんの手紙を見せたじゃないですか。あのときも、同じことを言っていましたよ」

釜淵は思い出したらしく、はは、とごまかすように短く笑った。

「思い出した。お前が、あなたは昔いじめられていましたよね、って出したら、そんなことはありません、って返ってきたやつだよな」

内容は間違っていないが、釜淵が言うとひどく軽く聞こえる。

樋口も同じように感じたのだろう。不機嫌な顔になる。自分が思い悩んだ末に出した手紙を軽く扱われ、気分を害したようだ。

人の感情に鈍感なのか、部下の機嫌などいちいち気にしていられないのか、釜淵はなにも気がつかない様子で、香純が手にしているノートに手を伸ばした。

「それで——そこにいったい何が書いてあるんだ」

釜淵より早く、ママがノートを摑んだ。

開かれているページに目を落とす。

香純は説明した。

「そこに、書いてますよね。『わからないことだらけだけれど、約束は守っています。それだけが、いまの自分の支えです』と」

ママは焦点を合わせるように、目を細めてノートを顔から離した。

香純はママに、身を乗り出す。

「響ちゃんが刑の執行直前に言い残した言葉は『約束は守ったよ、褒めて』だったそうです。響ちゃんは最期まで約束にこだわっていた。そんなに大切な約束を交わした人なら、響ちゃんの本当の姿を知っているんじゃないかと思うんです。どんなことでもいい。なにか思い当たることはありませんか」

ノートをじっと見つめていたママは、目が疲れたのか目頭を指でつまんだ。ノートを閉じて、香純に返す。

「あの、よかったらほかのページも——」

見てください、そう続けようとした香純を、ママは手で制した。見なくても答えは同じだ、そう言いたいのだ。

香純はママの答えを待った。

ママは腕を組み、大きく息を吐いた。

「やっぱり、無理」

ママの言葉に、香純の心が萎《しぼ》んでいく。

「でもね」

ママは言葉を続ける。

「どんな約束だったのかはわからないけれど、約束を交わした相手なら見当がついたよ。響ちゃんが残した最期の言葉でね」

香純は下に向けていた顔を、勢いよくあげた。

「誰ですか」

ふたりのやり取りを黙って聞いていた釜淵が、なにかに気づいたように鋭い目をママに向けた。

「母親か」

ママはわざとらしい拍手をした。

「あたり。間が抜けてるようでも、やっぱり新聞記者だね。勘がいいよ」

釜淵は口をとがらせて言い返す。

「ひと言多いんだよ。褒めるなら素直に褒めろ」

ママは引かない。釜淵の言い分を突っぱねる。

「あんたは甘やかすと図に乗るからね。店のツケもそうだろう。ちょっと甘い顔を見せると、すぐに上乗せしてくる」

釜淵はばつが悪そうに、下を向いてしまった。勘が鋭いベテランの新聞記者も、ママには敵《かな》わないのだ。

「どうして、約束の相手が母親だと言い切れるんですか」

樋口が、ママと釜淵を交互に見ながら訊ねる。

ママに言いくるめられて立つ瀬がなかった釜淵は、自分が上に立てる相手が見つかったとばかりに大きく出た。

「そんなこともわかんねえのか。お前もまだまだだな」

ママは釜淵に、ぴしゃりと言う。

「あんたがしゃべると話が前に進まないよ。黙ってな」

叱られた釜淵は、肩をすくめて大人しく口を閉じた。

ママは樋口に向き直った。

「このあたりに、響ちゃんと固い約束をするような者はいなかった。それは樋口さんも知ってるでしょう」

樋口は同意する。

「たしかに、私が知る限り、響子さんには友人と呼べる相手はいませんでした。でも、一時的につきあった男性とか、娘の愛理ちゃんとか、ほかの人である可能性はありませんか」

ママは大きく首を左右に振り、樋口の意見を鼻であしらった。

「男と約束? そんなのあるわけないよ。響ちゃんはね、男に騙《だま》され続けたの。みんな、響ちゃんの人がいいことにつけこんで、都合のいいように利用してさ。響ちゃん、別れるたびに、もう男は信用しない、って言ってたよ。結局、誰も響ちゃんを幸せにはしなかった。別れた男との約束なんて健気《けなげ》に守るわけがないだろう」

香純は心で頷く。ママの言うとおりだ。

樋口も素直に敗北を認めたが、すぐ反撃に出た。

「ママの言うことはもっともです。でも、娘はどうなんですか。ママは、響子さんは愛理ちゃんを可愛がっていた、と言いましたよね。それならば、大切な娘と大事な約束を交わしたということは考えられませんか」

ママはきつい目で樋口を睨んだ。

「なによ、その人の揚げ足をとるような言い方」

「まあまあ」

釜淵が、喧嘩腰のママを宥めた。

「こいつの悪い癖なんだ。熱心になるあまり、つい変な言い方をしてしまう。こいつ、あの事件が起きた当初の担当で、ずいぶん事件にかかわったんだ。だから三原響子のことになると、つい力が入っちまう。悪気はないんだ。大目に見てやってくれよ。それに、三原響子とこいつは、同じ小学校に通った仲でね。見ず知らずってわけじゃないんだ」

ふたりが同じ小学校だった話は知らなかったらしく、ママは意外そうな顔で樋口を見た。

「あんた、響ちゃんのこと知ってたの」

樋口はどこまで話すべきか迷っているらしく、曖昧に答える。

「知っているというほどではありませんが、知らなかったわけではなく——」

はっきりしない樋口を、釜淵がせっつく。

「早く言えよ。遅いのは床のなかだけでいいんだよ」

品のない言葉に、樋口が釜淵を睨む。

こんどはママが、ふたりのあいだに割って入った。

「上司と部下の喧嘩ならよそでやってよ。で——約束を交わした相手が娘じゃないかって話だけど」

ママが話を本題に戻す。

「あんた、この人の話よく聞いてた？　響ちゃんが最期に遺した言葉はなんだった」

樋口は問いの真意を測りかねているらしく、同意を求めるように答える。

「約束は守った——ですよね」

「そのあと」

ママは短く言う。

樋口は少し考えて、あ、と短い声をあげた。

「褒めて、です」

ママが香純に確認する。

「響ちゃんは最期に、褒めて、って言ったんだよね」

刑務官はたしかにそう言った。間違いない。

香純が頷くと、ママは改めて樋口を見た。

「親が子供に、褒めて、なんて言う？」

横から釜淵が、ママの言い分を補強する。

「褒めてもらいたいって気持ちは、たいがい下の者が上の者に抱くもんだ。お前もそうだろう？　お前は俺に褒めてほしいだろうが、俺はお前に褒めてほしいなんて思わねえもんな」

話の引き合いに出された樋口は、不機嫌そうにつぶやいた。

「その譬えが適切とは思えませんが──」

ママが話を引き継ぐ。

「確かにあたしの考えがすべてのケースに当てはまるわけじゃないよ。でも、自分のせいで死んでしまった娘に、詫びこそすれ褒めてなんて言えないよ。少なくともあたしはね」

香純はママの言い分に納得した。

たしかに、響子が愛理ちゃんに、褒めて、と言うとは考えづらい。約束を交わした相手が母親の千枝子ならばしっくりくる。

でも——。

再び香純の頭を、失望がよぎる。

千枝子はもうこの世にいない。本人に訊くことはできないのだ。

自分でもがっくりと肩が落ちるのがわかる。

わざわざここまで足を運びながら、手ぶらで帰らなければならない香純を不憫に思ったのだろう。ママは香純に、助言した。

「寿子さんに訊いてみたら？」

思いもよらない言葉に、香純は驚いて顔をあげた。寿子は、三原の本家の嫁だ。

「このあたりの人なら、千枝子さんが三原家で肩身の狭い思いをしていたのは知ってる。それは寿子さんも同じだよ。同じ立場なら、ふたりでいろいろ話していたかもしれないと思ってね」

「無理です」

香純は即答した。

「私の母が、響ちゃんの遺骨や遺品の件で連絡をしたんですが、どっちも受け取らない、三原の墓にも入れない、と断られました。きっと、響ちゃんに関するすべてのものと縁を切りたいんだと思います。その人が、私の話を聞いてくれるとは思えません」

「だめだよ」

ママが強く言う。

「たしかに頼んでもすんなり頷かないと思うよ。でも、ここで諦めたら、もう響ちゃんのことはわからないままだよ。ずっと胸にしこりを抱えるのが嫌だから、ここに残ったんでしょう。だったら納得するまで調べればいいじゃない。そうしないと、後悔するよ」

力のこもった言い方に、香純は息をのんだ。釜淵も樋口も、じっとママを見ている。三人の視線に気づいたママは、自分でも熱が入ったことが意外だったらしく、気まずそうに目を伏せつぶやいた。

「あとになって、あのときああしていれば、と思っても、もうどうにもならないことがある。後悔してずっと苦しい思いをするなら、そのときに辛い思いをしたほうがいいんだよ」

ママは伏せていた目をあげて、香純を見た。

「響ちゃんを知ることができる機会は、いましかないよ」

香純は覚悟を決めた。

そうだ。自分は本当の響子を知るために、ここに残ったのだ。納骨の相談に訪れたいまなら、これが最後だからと話してもらえる可能性がある。いまのタイミングを逃したら、どんな理由を持ち出しても無理だ。

「私、寿子さんに会います」

「会う？　電話じゃないのか？」

釜淵が甲高い声をあげた。

香純は頷いた。

「電話だと、切られてしまったら終わりです。会うことさえできれば、一方的な形で話が終わることはないと思います」

香純はママを見た。

「私、後悔したくありません」

厳しかったママの表情がわずかに緩む。

ママは自分の腕時計に目を落とし、三人を見やった。

「そろそろ店を開けなくちゃ。準備するから、帰ってちょうだい」

香純は自分の腕時計で時間を確認した。六時五十分だった。

樋口と香純はスツールから立ち上がったが、釜淵は座ったままだった。

「なによ、帰らないの？」

ママが訊くと、釜淵はカウンターに置いたままになっている煙草を手にした。

「今日はもう仕事は終《しま》いだ。ここで飲んでくよ」

ママは不機嫌そうな顔をした。

「今日もツケじゃないだろうね。けっこう溜まってるよ」

釜淵は煙草を口にくわえた。

「冷蔵庫が壊れちまって、今月はピンチなんだよ。来月の給料が入ったら払うからさ」

ママが軽く舌打ちをくれる。

「テレビと冷蔵庫は半年、ガスコンロと洗濯機は三か月ごとに壊れるなんて、あんたのところの家電は不良品ばっかりだね」

ママはそれ以上の追及はせず、ライターに火をつけて釜淵に差し出した。

火をもらおうとした釜淵は、香純がまだそばにいることに気づき、煙草を火から遠ざけた。

「なんだい。今日はここまでだよ。樋口に送ってもらいな」

「もうひとつだけ、訊きたいことがあるんです」

香純はママを見た。

「響ちゃん、どうしてここを辞めたんですか」

思いもよらない質問だったらしく、ママは意外そうな顔をした。

「人は苦しいとき、その悩みが解決はしなくても、自分の辛さをわかってくれる人がいるだけで救われることがあります。響ちゃんにとってママは、自分の気持ちをわかってくれる数少ない人だったと思います。ママの話を聞いていて、ママがそばにいれば響ちゃんはあんな事件を起こさなかったかもしれない、そう思ったんです」

ママは香純から目をそらし、悔いるように唇を噛んだ。ぽつりと言う。

「身体がもたなくなったの」

どういう意味か。

ママは逆に、香純に訊ねた。

「響ちゃんが、精神科に通ってたことは知ってる?」

響子が逮捕された当時の週刊誌の記事で、そのような内容を読んだ覚えがある。精神科に通院していたことから、起訴される前と起訴されたあとの二回、精神鑑定が行われた。結果はいずれも、事件に対する責任能力に問題はないとされ、響子は死刑の判決を下された。

香純が頷くと、ママは話を続けた。

「響ちゃん、かなりの薬を飲んでてね。抗うつ剤や安定剤、睡眠導入剤。ほかにめまい止めやら漢方薬やら。その薬が合えばいいけど、そうじゃないと副作用が辛いのよ。身体がだるくて吐き気がして、一日中布団から出られないこともある。寝てるあいだも楽じゃない。毎晩のように、嫌な夢を見るのよ」

ママは自分が知っているように語る。

「みんな、響ちゃんが愛理ちゃんの面倒を見なかったと思ってるけど、違う。手をかけたくても、自分の身体が辛くてできなかったんだよ」

響子は店に勤めているあいだ、愛理ちゃんを実家に預けていた。店が終わると実家に愛理ちゃんを迎えに行き、朝一緒に起きて学校へ送り出す。

「寝るのは遅いし、だんだん増えていく薬の副作用はひどいし、響ちゃん、朝起きることもできなくなってね。愛理ちゃんを遅刻させたり、朝ご飯も用意できなかったり、学校行事にも行けなかったり。このままじゃ愛理がかわいそうだし、自分がいても店にはいいことないから、そう言って辞めていったんだよ」

店にいいことがないとは、どういう意味だろう。

香純が訊ねると、ママはボトルが並んでいる背後の棚を見やった。

「薬を服用中は、作用が大きく出ちゃうことがあるから、お酒は控えなきゃいけないの。酒を飲むのが辛いっていう響ちゃんに、酌をして話し相手になっていればいいって言ったんだけど、客が飲んだ分は自分の給料にも跳ね返ってくるでしょう。少しでもお金になるならって無理して飲んでたんだけど、薬の量が増えるごとに、身体が酒を受けつけなくなって、辞めるころにはほとんど飲めなくなってたんだよ。これじゃあ自分の給料は安いままだし、店にとっても酒が飲める女の子のほうが儲《もう》かるからって、来なくなった」

話が途切れたとき、釜淵が不満げな声をあげた。

「おいおい、俺はそんな話、聞いてないぞ。ママは俺に嘘ついてたのかよ」

ママは釜淵を睨んだ。

「人聞きの悪いこと言うんじゃないよ。あたしは嘘はついてない。話さなかっただけ」

釜淵が頭を抱える。

「そんなの方便だ」

「なんの話ですか」

訊ねた樋口を、釜淵は悔しそうな目で見た。

「事件が起きたあと、地元で三原響子に関する話がいろいろ飛び交っただろう。そのなかに、三原響子がコスモスを辞めたのは、ママから追い出されたからだって噂があったんだ。店に立ち寄ったときにママに本当なのか訊いたが、さあね、とか、どうだろうね、みたいに答えをはぐらかされて、本当のところはわからなかったんだよ。いま、吉沢さんに話したようなことは、これっぽっちも言わなかった」

釜淵は自分の目の前で、指でわずかな隙間を作った。

ママは香純に話した理由を説明する。

「もう響ちゃんはいないんだ。なにを言っても意味ないだろう。でも、吉沢さんは響ちゃんの縁者だし、いましか本当のことを言うときはないと思ったんだよ。それに――」

ママは自分の足元に視線を落とした。

「言っても、みんなどこまで信じるかわかったもんじゃない。誰もが目に見えるものだけで決めつけて、その裏にある事情なんて考えもしない。目に見えないものにこそ、大事なことが詰まっているのにさ」

店の中に沈黙が広がる。

なにか言わなければと思い、香純が口を開きかけたとき、店のドアが開いて中年の男が顔を出した。

「看板、ついてないけどやってるかい」

ママはすばやくカウンターから出て、入り口の脇にいる香純を背で庇うように立った。男に向かって言う。

「まあちゃん、いらっしゃい。いま、開けようと思ってたところ。入って」

店の常連のようだ。まあちゃんと呼ばれた男は、店にホステス以外の女がいるのがめずらしいらしく、ママの背中にいる香純を覗き込もうとする。

ママはそれを阻むように、まあちゃんを強引にカウンターのスツールに座らせた。香純を振り返らないよう、相手をはじめる。

「今日は早いね。さっちゃんと喧嘩でもしたの？」

ママはまあちゃんと話しながら、見えないところで香純と樋口に、手で犬を追い払うような仕草をした。早く店を出ろ、という意味だ。

まあちゃんから変に興味を持たれて、いろいろ訊かれたら面倒だ。店に残るという釜淵を置いて、樋口と香純は急いで外へ出た。

香純はコートの襟をかき合わせた。夜気が冷たい。

駐車場に向かう道すがら、樋口が香純に訊ねた。

「さっきの話、本気ですか」

隣を見ると、樋口が心配そうに香純を見ていた。

「寿子さんに会うという話です。吉沢さんも自分で言っていましたが、むずかしいと思いますよ」

それはわかっている。寿子が香純を歓迎するはずはない。香純は前方に視線を戻した。

「コスモスでも言いましたが、私、後悔したくないんです。寿子さんにお願いしてみます」

「方法は？　まずは電話で頼みますか、それとも、何も連絡せずいきなり本家に行きますか」

そこは香純も迷うところだった。

電話で頼んでも、断られたら終わりだ。かといって、突然、本家を訪れても、なんの連絡もなく訪れた非礼を責められて、門前払いをされるかもしれない。

電話でもいきなりの訪問でも、会ってもらえる可能性が低いのは同じだが、前者ならば、言葉を選んで説得すれば受け入れてもらえる希望はある。しかし、後者の場合、目の前で玄関の戸を閉められたら、引き下がるよりほかない。

それに、いきなり行っても、そのとき寿子が家にいるとは限らない。ちょっとそこまで出かけているなら別だが、一度は治った足の調子が悪くなり、また、入院していたら、会えない人をずっと待つことになる。

香純がそう言うと、黙って話を聞いていた樋口は、重くつぶやいた。

「会えたとしても、吉沢さんはかなり嫌な思いをするかもしれません」

香純は樋口を見た。

樋口は地面を睨むように歩いている。香純を案じてくれる樋口に、心で感謝する。

香純は歩きながら、暗い空を見上げた。吐く息が白い。歩きながら言う。

「それは覚悟のうえです。まずは、母に連絡して本家の電話番号を教えてもらいます。それから、寿子さんへ電話します」

本家の電話番号を、香純は知らなかった。

電話番号を訊けば、静江は必ず理由を訊ねるだろう。

いろいろな言い訳を考えたが、嘘をつくのはやめた。これ以上静江に隠し事をするのは嫌だったし、響子のことを知りたいと思う気持ちを理解してもらいたかった。

「理由を知ったら、絶対、反対すると思うけれど、なんとか説得してみます」

樋口は躊躇いがちに、香純に言う。

「もし、なにか役に立てることがあれば言ってください。本家に行くときも、私が一緒のほうがいいというなら同行します」

根が優しいのか、響子への関心が強いのか。きっとその両方だろう。

香純は首を横に振った。

「お気持ちはありがたいけれど、寿子さんにはひとりで会いに行きます。ほとんど他人だけれど、もとを辿れば私は三原の縁者です。身内以外の人には話せないことも、もしかしたら話してくれるかもしれません」

もっともだと思ったのだろう。樋口はそれ以上何も言わなかった。

樋口は、香純の夕飯の心配もしてくれた。もしどこで食べるか決めていないなら、このあいだ行ったハラッツェで軽く食べないか、と誘ってくれたが、香純は丁重に断った。

忙しい樋口を、これ以上つきあわせるのは気が引けたし、なによりすぐにでも静江に事情を伝えたかった。

車がホテルに着き香純が助手席から降りると、樋口は窓を開けて上半身を香純のほうへ傾けた。

「三原の本家の場所、わかりますか」

二十年以上前に、一度訪ねただけの場所など覚えているはずもない。寿子に会えるとなったら、本人に教えてもらうつもりでいた。

そう答えると樋口は、自分が連れていく、と言った。

「都合が合わなくてできないときは、詳しい地図をメールで送ります。だから、寿子さんに会えることになったら教えてください」

本当のところ、会えることになっても、寿子に家の場所を教えてもらうのはどうかと思っていた。寿子にとって香純と会うことは、自分にできる精一杯のことだろう。そこにさらに手を煩《わずら》わせるようなことを頼むのは、気が引けた。

香純は樋口の善意に甘えることにした。

「わかりました。そのときはお願いします」

樋口と別れ部屋に戻ると、香純はすぐに静江に電話をした。

香純からの連絡を待っていたのだろう。電話はすぐに繋がった。

心配そうに、いつ戻るのか、と訊ねる静江に、香純は本家の電話番号を訊いた。

「どういうこと?」

静江が驚きの声をあげる。

香純が事情を伝えると、静江は猛反対した。

「あなたがそっちにまだいるって言ったときから、なんかあるなとは思っていたのよ。これといった観光名所があるわけでもないところにしばらくいるなんて、響ちゃんのことが関係してるに決まってるじゃない。でも、少し感傷的になっているだけかな、と思って問い詰めなかったのよ。まさか、本家に行こうとしていただなんて——」

続く言葉は、憤《いきどお》りと困惑で出てこないようだった。

「嘘ついてごめんなさい。言えば、反対されると思ったから——」

「当たり前でしょう」

静江が厳しい声で、香純の言葉を遮った。

「寿子さんも菩提寺の和尚さんも、響ちゃんの遺骨や遺品の受け取りを拒んだでしょう。みんな響ちゃんに関わりたくないのよ。それはあなたもわかるでしょう。もう、響ちゃんのことはいいから、帰ってらっしゃい。遺骨は、教誨師の和尚さまに弔ってもらいましょう」

静江は、遺骨を引き取らないという寿子を説得するために、香純は本家へ行くつもりだと思ったらしい。

「違うの。遺骨のことで本家に行くんじゃないの」

静江が怪訝《けげん》そうに訊ねる。

「じゃあ、どうして行くのよ」

香純は、響子がこだわっていた約束の話をした。

最期まで守り切った約束は何なのか、誰と交わしたのか、どうしても知りたいと伝えるが、静江は譲らない。説得を続ける。

「そんな約束なんて、どうでもいいじゃない。わかったからってどうなるっていうのよ。響ちゃんも愛理ちゃんも、亡くなったお子さんも戻ってこないのよ」

「そんなことわかってる」

強い口調で言い返す。電話の向こうで、静江が身構える気配がした。

香純は声をもとに戻して、話を続ける。

「自分が意味のないことをしてるってわかってる。でも、どうしても知りたいの。こっちに来ていろいろな人と話をして、多くの人が思っている殺人犯の響ちゃんは、本当の姿じゃないんじゃないかって思ったの。それを知る鍵は、響ちゃんがこだわっていた約束にあるような気がして――」

「本当の姿じゃないって――じゃあ、あなたが思う本当の響ちゃんって、どんな人なの？」

恐る恐るといった感じで、静江が訊ねる。

「ものすごく淋《さび》しい人」

厳しい父親と夫に逆らえない母親のもとで育ち、物心がついたときからいじめられていた。信頼できる友人も、自分を守ってくれる相手もいない。ずっと孤独を抱えながら、ついには死んでしまった。

静江は香純の話を、黙って聞いている。

「私、響ちゃんの人生が淋しいだけだったなんて思いたくないの。必死に守った約束のなかに、響ちゃんが求めたなにかがある。それはきっと、響ちゃんの唯一の救いだった。それを見つけたいの」

香純の思いを黙って聞いていた静江が、静かに口を開いた。

「自分のなかの響ちゃんを、救いたいのね」

静江の言葉に、香純は唇をきつく結んだ。

自分のなかの響ちゃん――。そうだ。なにを見つけられても、それは自分がそう思うだけで、なにが幻想でなにが真実なのかわからない。

でも――。

香純は腹に力を込めた。スマートフォンを強く握る。

「いましていることが、自己満足でしかないってわかってる。でも、いいの。私は自分を納得させたい。そうしなければ、私はずっと響ちゃんのことを考え続けてしまう。それに――」

香純の耳に、響子が事件の犯人だと知ったときの静江のつぶやきが蘇る。

――あなたじゃなくてよかった。

香純は言葉を続けた。

「それに――もしかしたら私が響ちゃんだったかもしれない。そう思うと、どうして響ちゃんがあんなことをしたのかとても知りたくなるの。響ちゃんと私を分けたものはなんなのかを――」

電話の向こうは、静かだった。

あまりの静寂に、電話が切れてしまったのではないかと思う。

「もしもし、お母さん？」

香純が呼びかけると、力のない声がした。

「なにを言っても、無駄みたいね」

静江が折れた。

香純はほっとすると同時に、わがままを許してくれた静江に、申し訳ない気持ちになる。

潔いのか切り替えが早いのか、沈んでいた静江はいつもの調子に戻って、てきぱきと香純に指示を出した。

「いまから本家の電話番号を言うから、メモして」

香純は慌てて、ベッドサイドにあるメモ用紙を引き寄せた。メモと一緒に置いてあったボールペンで、静江が口にする電話番号を書き留める。

香純は電話番号を復唱し、間違いないことを確かめてペンを置いた。

「ありがとう」

香純が礼を言うと、静江はしみじみとした口調で言う。

「あなたがなにかに、こんなに関心を持つなんてねえ」

咄嗟に意味を測りかねた。静江は言葉を続ける。

「あなたは昔から、誰かを困らせるほど、なにかに熱中するようなことはなかった。子供のころに習っていた水泳も、誰かに勝とうとか、もっと泳げるようになろうとかなかったし、友達に関しても私が知る限りトラブルはなかったけれど、ものすごく仲がいい子もいなかった。仕事もそう。なんとなく就職して、なんとなく辞めて、なんとなく別な仕事に就く、そんな感じよね」

言われてみればそうだった。親や先生、友達、付き合った彼氏など、誰かの反対を押し切ってまで、自分の考えを押し通したことはなかった。

静江は明るい声で言った。

「なにかあったらすぐに連絡して。あと、くれぐれも無茶しないでね」

香純はもう一度、礼を言い、電話を切った。ベッドに腰かけたまま、静江から教えてもらった電話番号を眺める。

耳の奥で、さきほどの静江の言葉が蘇る。

――あなたがなにかに、こんなに関心を持つなんてねえ。

静江の言うとおり、いままでこんなになにかを追い求めたことはなかった。

どうして自分は、こんなに響子のことが気になるのだろう。

考えても答えは出なかった。

寿子と会えば、なにかわかるだろうか。

香純は手にしているメモを丁寧にふたつに折って、バッグにしまった。

※

車で夜道を走っていた樋口は、路肩に車を停めて助手席の香純を見やった。

「ここからは歩いて行ってください」

香純は頷き、助手席のドアを開けた。降りかけて、樋口を振り返る。

「あの——本当にいいんですか」

樋口は頷いた。

「私が言い出したんです。気遣いは不要です」

たしかに樋口が言い出したことだが、どれくらい時間がかかるかわからないのに、待たせておくのは気が引ける。

香純が動けずにいると、樋口はフロントガラスの前方を指さした。

「あそこに電柱がありますよね。そこを左に折れてください。畑に挟まれた細道をしばらく行くと、つきあたりに大きな家があります。そこが三原の本家です」

香純は樋口が指した先を見やった。

暗い路上を、電柱の街灯がそこだけ切り取るように丸く照らしている。

「なにかあったら電話をください。いつでも受けられるようにしておきますから」

自分のスマートフォンが入っている上着の胸ポケットを、樋口は軽く叩く。

ここまで連れてきてもらって、いまさら引き返せない。

香純は覚悟を決めて、車を降りた。

今朝、ホテルで朝食を済ませると、三原の本家に電話をかけた。響子が頑なに守った約束の手がかりを、寿子から聞き出したいと思ったからだ。

電話はしばらく通じなかった。呼び出し音が二十回を超えて、一度、切ろうとしたとき電話が繋がった。

スマートフォンの向こうから、か細い声が聞こえた。

「はい、三原です」

「突然、ご連絡してすみません。私、吉沢香純と申します。響子さんの遺骨と遺品を引き取った、吉沢静江の娘です」

香純が静江の娘だと知ると、寿子の声が一変した。強い口調で、香純に言う。

「なんど言われても、響子さんのものを引き取るのは無理です」

響子の遺骨や遺品の引き取りを、再度頼むために香純が電話をかけてきたと思ったらしい。

「そのことではありません。実は響子さんのことで寿子さんに訊きたいことがありまして――」

寿子は、香純の話を途中で遮った。早口で言う。

「なにを言われても無理です」

寿子が電話を切ろうとする気配がして、香純は急いで引きとめた。

「待ってください。話だけでも聞いてください。お願いです。今回だけですから」

電話の向こうに、沈黙が広がる。やがて寿子は、電話に出たときと同じか細い声で訊き返した。

「今回だけ――ですか」

香純はすぐさま、そうです、と答えた。

響子に関して連絡を取るのは、これが最後だ。だから、どうか話を聞いてほしい、と懇願する。

寿子は迷っているようだった。

香純は電話を切られる前に、早口で用件を伝えた。響子は拘置所に収容されているあいだ、ずっとある約束を頑なに守っていた。その約束とはなんだったのか、誰と交わしたのか知りたい、と説明する。

粘ったが、寿子の答えは同じだった。つっけんどんに、自分はなにも知らない、と言い、電話を一方的に切った。

電話が切れたスマートフォンを手に、香純は肩を落とした。

頼みを断られるのは覚悟していたが、わずかな希望を抱いていた。寿子にきっぱりと拒否されたいま、響子がこだわっていた約束を知るすべはない。

香純はホテルの部屋の隅に置いている、響子の遺骨を眺めた。

納骨も断られ、約束を辿ることもできなくなってしまった。もう帰るしかないのだろうか。

気が抜けたように、しばらくぼんやりしていると、スマートフォンが着信した。

液晶画面に、三原の本家の電話番号が表示されている。慌てて電話に出ると、寿子からだった。

寿子は小さな声で、今回だけなら話を聞いてもいい、と言う。今日の夕方六時に本家に来られるか、と訊ねられ、香純はすぐに、はい、と答えた。

寿子が口にする家の住所を、急いでそばにあったメモ用紙に書き留める。寿子は、あまり人目につかないよう来てほしい、と言い添えて電話を切った。

寿子が思い直してくれたことに感謝する。

樋口から電話が入ったのは、香純がスマートフォンのアプリで、本家の場所を確認していたときだった。寿子の件がどうなったのか気になり、連絡をしてきたのだ。

香純は寿子とのやり取りを伝えて、今日の午後六時に本家へ行くと言うと、樋口は本家まで送ると言い出した。その時間なら退社の時刻を過ぎているから、仕事に差し支えはない。それに、本家は相野町のはずれで、わかりづらい場所にある。車は本家から少し離れた場所に停めるから、そこから歩いていけばいい。話が終わるまで同じ場所で待っている、と言う。

アプリで確認すると、樋口の言うとおり、本家は町はずれにあった。住所に該当する場所のほとんどが畑だ。近くに目印になるような建物もない。

タクシーは使えない。地元の者ではない香純がタクシーで本家に乗り付けては、運転手が変に関心を抱くかもしれない。あとで地元の者に話が広がり、寿子に迷惑がかかる可能性がある。

あとは、相野町のバス停までタクシーで行き、アプリの地図を頼りに歩いて探すしかない。しかし、慣れない土地で道に迷い、約束の時間に遅れてはまずい。

いろいろ考え、樋口の厚意に甘えることにした。

樋口は夕方の五時半に、ホテルの駐車場へやってきた。車に乗り込んだ香純に、話が終わるまで待っているから帰りの心配はしなくていい、と再度、言う。

香純は慌てて、樋口の申し出を断った。寿子との話は、どれくらいかかるかわからない。ほんのわずかかもしれないし、一時間かかるかもしれない。そのあいだ、樋口を車で待たせるのは申し訳ないと思った。

香純がいくらそう言っても、樋口は引かなかった。あのあたりは、空車のタクシーは滅多《めった》に通らない。小島町行きのバスも、八時前に最終が出る。間に合わなかったら、帰りの足がなくなる。それに、寿子との話がどうなったのか自分も気になるから帰りも送らせてくれ、と樋口は言う。

どちらも引かず言い合っているうちに、車は三原の本家の近くに着いた。

樋口は路肩に車を停めてエンジンを切った。

ここで待っている、と言う。

なにを言っても、樋口は考えを変えない。寿子との約束の時間も迫っている。香純は樋口の説得をあきらめ、帰りも頼むことにした。

車を降りた香純は、樋口に言われたとおり電柱を左に折れ、両側を畑に囲まれた細道を進んだ。しばらく行くと、つきあたりに大きな家屋が見えた。

黒い瓦屋根の二階建てで、広い敷地の隅には納屋のような建物が見える。母屋はいくつもの部屋があるはずなのに、灯りがついているのは一階のひと部屋だけだった。

敷地の砂利道に置かれている踏み石を渡り、香純は玄関の前に立った。古びた木製の表札に、三原とある。

香純は深呼吸をして、チャイムを押した。メロディは軽やかだが、音が掠《かす》れていて寂しげに聞こえる。

ほどなく、家の奥から小さな足音がして、玄関の引き戸が静かに開いた。隙間から、年老いた女性が顔を出す。

「はい──」

今朝、電話で聞いた声だ。この人が寿子だ。

香純は姿勢を正した。

「今朝、電話をした吉沢香純です」

寿子の表情がこわばる。三和土にあったサンダルをつっかけると、香純を押しのけ玄関から外の様子を窺った。

あたりにひと気がないことを確認したのだろう。寿子は香純をなかへ押し込むと玄関の戸をぴしゃりと閉めた。

「あがってください。さあ、どうぞ」

寿子は香純を玄関のそばにある部屋に通した。茶の間だった。座卓の前にある座布団を、香純に勧める。

「そこにどうぞ。いまお茶うけを持ってきますから」

茶の間を出ていこうとする寿子を、香純は急いで引きとめた。

「どうかお構いなく」

香純の言葉を無視し、寿子は茶の間を出ていく。

ひとりになった香純は、あたりを眺めた。

本家だけあり、三原の家は広かった。茶の間の奥には続きの仏間があり、ふたつの部屋は広い縁側で繋がっていた。

仏間の長押《なげし》のうえには、代々の親族と思える者たちの遺影が飾ってあった。男性も女性も、みな厳めしい表情をしている。

香純は小学生のとき、法事で三原の本家を訪れている。いまから二十三年前だ。部屋に置いてあるテレビや、茶の間と仏間を隔てている襖などはさほど古くはないが、家そのものはかなりの年季が入っていた。柱や廊下は日に焼けて黒ずみ、壁にはカレンダーをかけていたと思しき日焼けのあとがくっきりと残っている。優に築四十年は超えているだろう。建て替えた様子はない。香純が訪れた本家は、この家に間違いない。

それなのに、香純はそのときのことを思い出せない。あの玄関を入り、この茶の間に座ったはずなのに、記憶にない。唯一、脳裏に残っているのは、夏の庭に佇む響子の姿だけだった。

やがて、寿子が茶の間に戻ってきた。手にしている盆には、おしぼりとくし形切りのりんごがあった。

「めずらしいものではありませんが」

寿子は座卓を挟んで座り、おしぼりとりんごを香純の前に置いた。

「あの——ほんとうにお構いなく」

香純は恐縮しながら言う。

寿子はなにも言わず、茶櫃《ちゃびつ》から急須や湯呑を取り出しふたり分の茶を淹れた。慣れた手つきに香純は、もてなしというより義務的な感じを受けた。

寿子は香純に、茶を差し出しながら訊ねた。

「ここへは迷わず来られましたか」

樋口に送ってもらったとは言えず、曖昧に答える。

「ええ、まあ」

寿子が香純に詫びる。

「こんなわかりづらいところに足を運んでもらって、すみません。私、普段の買い物ぐらいしか外に出ないし、人に会うこともないんです。吉沢さんと会ってるのを誰かに見られたら、いろいろ面倒だから——」

寿子が口にした、いろいろ、という言葉に、寿子のこの土地での生きづらさが詰まっているように感じる。

香純は改めて、寿子を訪れた理由を説明した。

「電話でもお話ししたとおり、響子さんは最期まである約束にこだわっていました。その約束がなんだったのか、どうしても知りたいんです。寿子さんが響子さんの件に関わりたくないのはわかっています。でも、お話を聞けるのはいましかないと思い、無理を承知でお願いしました。なにか、思い当たることがありませんか」

寿子は少しの間のあと、小さい声で答えた。

「申し訳ないんですが、いくら考えても私にはわかりません」

香純は自分の考えを述べた。

「響子さんが約束をしていた相手は、おそらく母親だと思います」

寿子は意外そうな顔をした。

「千枝子さん——ですか」

香純は頷く。

「響子さんの最期の言葉は『約束は守ったよ、褒めて』でした。褒めてという言葉を使うのは、先生や親、職場の上司など、目上の人に対してだと思います」

響子には、親しくしていた友人や知人はいなかった。だとしたら、響子が残した、褒めて、は親に向けられたものではないか。

「父親の健一さんは、響子さんを厳しく育てたと聞きました。それは、ときに躾の域を超えていた。健一さんの気持ちはわかりませんが、少なくとも響子さんは、理不尽な躾をする父親に、心を寄せることはなかったと思います」

「それで、約束の相手は千枝子さんだと——」

香純は頷いた。

寿子はしばらく、なにか考えるように黙っていたが、やがて逆に香純に問うた。

「どうして、私のところに来たんですか」

香純は戸惑った。

寿子を訪ねようと思った理由は、コスモスのママに言われたからだ。千枝子と同じく三原家で肩身の狭い思いをしていた寿子ならなにか知っているかもしれない、そう言われてのことだが、香純が密かに響子のことを調べ歩いていると知ったら、きっといい気持ちはしないだろう。

言い淀《よど》んでいる香純から、おおよその理由を察したらしく、寿子は寂しそうにつぶやいた。

「千枝子さんと私は、似た者同士でしたからね」

寿子は仏間に目をやり、長押のうえの遺影を見た。

「三原家は代々このあたりの地主で、多くの小作人を使っていました。嫁は奉公人のようなもので、夫はもちろんのこと、舅、姑には絶対に逆らえません。そんなことをしたら、家から追い出されます。自分が出戻ったら、親や兄弟に迷惑がかかる。だから三原家に嫁いだ者は、みんな、嫌な目に遭っても耐えました。特に、私と千枝子さんは我慢することが多かった」

寿子は朗読のように、淡々と話す。

「私の祖父は、三原家に仕えていた小作人でした。曽祖父もそうだったと聞いています。父は時代がかわり小作人と呼ばれませんでしたが、三原家の山で働かせてもらっていたから立場は同じです。千枝子さんの実家もそうです」

千枝子の実家も、たしか同じ相野町だったはずだ。

香純がそう言うと、寿子は頷いた。

「千枝子さんの実家は末野といい、やはり昔から三原家の小作人でした。千枝子さんの父親も、時代がかわり小作人ではなくなりましたが、三原の土地を借りて米や野菜を作っていたから、三原の家に対する立場はかわりません。私と千枝子さんの家は、ずっと三原の家に頭があがらなかった。その家の娘がかつての地主の家に嫁ぐ。それがどれほど大変だったか――」

寿子の口は止まらない。長年の恨み辛みを吐き出すように、語り続ける。

「朝は誰よりも早く起きて、夜は誰よりも遅くに床に入る。具合が悪くても、滅多なことでは休ませてもらえない。どうしても起き上がれなくて休んでいると、ただ飯食いの役立たずと罵《ののし》られる。まるで物乞いのような扱いでした。それでも、がんばっていればいいことがあると思って尽くしたけれど、最後まで労いの言葉ひとつもかけてもらえませんでした」

そこまで言って、寿子は辛そうに目を伏せて香純に詫びた。

「すみません。三原家とは関係のない吉沢さんに、こんな話を――」

香純は無言で首を横に振った。

寿子は三原家とは他人同様の香純に話したことを謝罪するが、無関係な香純にだからこそ話せたのだろう。そして、誰かに聞いてもらうならいましかない、と思う気持ちもわかる。香純が今日、ここに来なかったら、きっと長年の恨み辛みは墓場まで持っていったはずだ。

「いまのような話を、千枝子さんとしたことはあったんですか」

寿子の答えは、いいえ、だった。

「こんなこと、話したことはありません。どこから三原の家の者の耳に入るかわからなかったし、話したところでせんないことです。それに、どんな事情があったって、自分が納得して嫁いだんだから、なにも言えません。きっと千枝子さんも、同じように思っていたんでしょう。だから、なにも口にしなかったんです」

話を聞いた香純の胸に、苛立ちが込み上げてきた。

たしかに、寿子も千枝子も、自分で決めて三原家に嫁いだのだろう。だからといって、粗末に扱われていいはずはない。

「ご主人は、寿子さんを守らなかったんですか」

寿子は驚いたように訊き返した。

「守る？」

香純は頷いた。

「寿子さんとご主人がどのように知り合ったのか、どのような経緯で夫婦になったのかはわかりません。でも、どのような事情があろうと、縁あって一緒になった相手を大事にしないなんて、私には許せません。千枝子さんの夫、健一さんもそうです」

寿子の顔に怯えが走った。聞いてはならない名前を耳にしたような感じだ。

香純の怒りは収まらなかった。

寿子が胸に秘めてきた三原家への恨みをいましか口にできないように、香純の三原家に対する怒りはいましか伝えられない。そう思うと、言葉が止まらなかった。

「健一さんは千枝子さんだけでなく、娘の響子さんも自分の強い支配下に置いていたと聞きました。健一さんが響子さんにしたことは、本人にとっては躾だったかもしれない。でも、私はそれは違うと思います。力で相手を押さえつけることが、家族を束ねることではありません」

狭い土地で、千枝子と響子が縮こまりながら暮らしている姿が浮かぶ。

誰が助けなくても、響子のことは父親である健一が庇うべきだった。寿子のことも、そばにいる夫が味方にならなければいけなかった。それなのに、健一と、寿子の夫である修は、自分の妻子を最後まで守ることはなかった。

香純の話を寿子は黙って聞いていたが、やがてぽつりとつぶやいた。

「すみません」

香純は戸惑った。自分は寿子を責めたのではない。どうして寿子が詫びるのか。

寿子は痛みをこらえるような目で、香純を見た。

「私も、主人や健一さんと同じです」

香純は否定した。

「そんなことはありません。寿子さんと千枝子さんは、長いあいだ辛い思いに耐えて――」

香純の言葉を、寿子が遮る。

「私も、千枝子さんを守らなかった」

香純は息をのんだ。

「――ただでさえ肩身が狭いのに、娘があんな事件を起こしてしまって――あれからの千枝子さんは、もう見ていられなかった」

寿子の目が潤んでくる。

「地元の住人の千枝子さんに対する態度はひどいものでした。千枝子さんを見つけると聞くに堪えない言葉を投げつけ、車や家には、死ね、とか、出ていけ、とか、そんならくがきが絶えなかった。健一さんは千枝子さんを守るどころか、まわりの人たちと一緒になって、千枝子さんを責めました。娘があんなことをしたのはお前の育てかたが悪いからだ、と言って、ときには手をあげていたみたいです。健一さんはときどき、夫のところに金の工面に来ていましたが、そんなことを言っていました」

香純は膝の上で、拳を強く握った。

子供の問題を、母親ひとりに背負わせ、自分にはなにも非はないような主張をする健一を、香純は許せなかった。

きっと、健一には健一の事情があっただろう。しかし、それが千枝子を一方的に責め、暴力をふるう免罪符にはならない。

寿子は、肩を落として項垂れた。

「たしかに響子さんは、ひどいことをしました。とても許されるものではありません。響子さんが犯人だと知ったときは、信じられませんでした。いろんな話が耳に入っていたけれど、まさか子供のころから知っている響子さんが犯人だなんて思わなかった――いいえ、思いたくなかった。町の人たち、家に押し掛けてくるマスコミ、話を聞きに来る警察、ぜんぶが怖くて、あの事件にかかわるものすべてから目を背けました。でも――」

寿子が声を詰まらせる。

「千枝子さんの気持ちをわかってあげられたのは、私だけだったと思います。もとから三原家で肩身が狭い思いをしていたのに、自分の子供が犯罪者になってしまったなんて、どれほど居場所がなかったか――。同じ立場だった私には、痛いほど千枝子さんの辛さがわかってたのに――」

寿子の肩が小刻みに震える。

「事件のあと、三原の家からは響子さんの件には一切かかわるな、と言われていました。特に、千枝子さんに対する怒りは大きく、三原家の恥晒しと罵りました。三原の家の者に逆らえない私は、言うことをきくしかなかった。でも、舅や姑、夫、健一さん、そして千枝子さんが亡くなったあと、あれでよかったのか、と考えるようになりました」

寿子の声はさらに小さくなっていく。

「なにもできなくても、ひと言だけでも声をかけてあげれば千枝子さんは救われたんじゃないか、千枝子さんはどれほどの辛さを抱えて亡くなったのか、そう思うといたたまれなくて――だから今日、吉沢さんと話をすれば、少しは千枝子さんの供養になるんじゃないかと思って、それで――」

そこまで言うと、寿子はなにかを振り払うように、首を強く左右に振った。

「いいえ、すべて言い訳です。誰になにを言われたからじゃない。私が千枝子さんに冷たくしたんです。家の者や夫が亡くなったいまでも、私は響子さんの遺骨と遺品を受け取らない。私はひどい人間です」

違う。香純は心で叫んだ。寿子のせいではない。寿子は受け取らないのではなく、受け取れないのだ。この世を去った三原家の者たちと、この土地が持つ重く暗い繫がりが、寿子にそう強いているからだ。

寿子はうつむいていた顔をあげて、香純を見た。

「いまお話ししたとおり、私と千枝子さんは三原家での立場は同じだったけれど、まったくと言っていいほど関わりはなかったんです。その私が、響子さんが誰と約束をしていたかなんてわかるはずがありません」

わずかな望みを抱き三原の本家を訪れたが、寿子はなにも知らなかった。千枝子とほとんど交流がなかった寿子にこれ以上訊ねても、なにも出てこないだろう。

――ここまでか。

香純は膝に目を落とした。

なにかに突き動かされ響子について調べたが、結局はなにもわからなかった。響子が最期まで抱いていた望みはなんだったのか、もう誰にもわからない。

香純は座布団から降り、後ろに下がった。畳のうえで寿子に頭をさげる。

「今日はお話しいただきありがとうございました。もう、お暇《いとま》します」

そばに置いていたバッグを手にし、茶の間を出る。

玄関で靴を履いていると、後ろで寿子の声がした。

「待ってください」

振り返ると、寿子が辛そうな表情で立っていた。なにか忘れ物でもしただろうか。

香純は寿子の言葉を待った。しかし、なかなか言わない。待たせている樋口が気になり、香純は先を促した。

「あの――なにか」

寿子は顔をあげると、固い決意を含んだ声で言う。

「青木《あおき》さん――青木圭子《けいこ》さんです」

香純は眉根を寄せた。知らない名前だ。いったい誰のことか。寿子は言葉を続ける。

「千枝子さんの葬儀のときに、親族以外でただひとり来られた方です」

一昨年に他界した千枝子の葬儀は、寿子が執り行った。千枝子の夫である健一も、寿子の夫で本家の跡取りだった修も他界し、営めるのは寿子しかいなかったからだ。

「葬儀といっても名前ばかりで、実際は松栄寺さんにここで読経してもらっただけです。参列者は、私と末野の家からひとり、そして、その青木さんだけでした」

末野からの参列者は、千枝子の姉の縁者で、ほぼ他人同然の者だった。当然、千枝子とは面識がなく、葬儀の場でも表情ひとつ変えなかったらしい。末野から誰も出ないとあっては三原家に顔向けできない、そう思ったのだろう、と寿子は言った。

香純は寿子のほうへ身を乗り出した。

「青木さんという方は、千枝子さんとどのようなご関係なんですか」

「私も葬儀のときに会っただけなので、よくわかりません。ただ、私が高校のときに友達だった子と同姓同名だったから、名前だけは憶《おぼ》えていました」

「その方の住所や連絡先はわかりますか」

青木という人に会えれば、なにかわかるかもしれない。寿子は首を左右に振った。

「葬儀に関係するものはすべて処分しました。あの事件とかかわるのはこれが最後にしたいと思ったからです」

香純は落胆した。やはり響子を辿る糸はここで途切れるのか。

「でも――」

寿子は言葉を続けた。

「芳名帳《ほうめいちょう》だけは残っています。松栄寺に」

葬儀の参列者の名前と住所などを記した記録簿のことだ。

「本当ですか」

香純は思わず大きな声をあげた。寿子が頷く。

「葬儀のあと、松栄寺のご住職にお礼を言いに行ったときに、健一さん、千枝子さん、響子ちゃんに関するものはすべて処分する、と伝えると、芳名帳だけは寺で預かる、とおっしゃいました。檀家の墓を守ることはその家の由緒を残すということであり、住職にはその責任がある、と言うのです。最初は断りましたが、頭を下げてお願いされては、頷くしかありませんでした」

「じゃあ、ご住職に頼めば、その芳名帳を見せていただけるんですね」

青木に辿り着けるかもしれない。しかし、寿子の返事は香純が望んだものではなかった。

「それは、難しいように思います」

「どうしてですか」

寿子は詫びるように項垂れた。

「ご住職に芳名帳を渡すときに、絶対に誰にも見せないでほしい、と頼んだんです。事件当時、町の人たちはテレビや週刊誌の人たちにかき回されて嫌な思いをしました。でも、千枝子さんの葬儀のころは時間が経ち、もとの静かな町に戻っていたのですが、これからさき、いつどこで事件が掘り起こされるかわからない。そのときに、響子ちゃんだけでなく母親の知人まで巻き込んでは申し訳ない、と思ったんです。あのとき、誰にも見せないでほしい、と言った私から、いまさら吉沢さんに見せてほしい、とは言えません。それに、あなたに協力したと町の人に知られたら、私は爪はじきにされてしまう。残された時間、静かに暮らしたいんです。だから――」

寿子はゆっくりと顔をあげて香純を見た。赤い目が、香純を見つめる。

「ここまでで、許してください」

香純は胸をつかれた。

唇をきつく嚙む。

寿子の目には、深い悔いの念が滲んでいた。冷たく突き放した千枝子に対する謝罪や、響子の遺骨や遺品を受け取らないことに対する詫びなど、寿子は多くの罪の意識を抱えながら生きてきたのだろう。

香純は一礼し、三原家をあとにした。樋口の車に向かう途中、涙があふれた。どうして寿子があんなに悲しまなければならないのだろう。寿子だけではない。千枝子も響子も、亡くなった愛理ちゃんも栞ちゃんも、その家族もみんな悲しい。なぜ、こんなに苦しまなければならないのか。いったい、誰が悪い。寿子や千枝子を蔑んだ三原の家の者たちか。妻や我が子を守らなかった寿子の夫の修や健一か。それとも、誰でもないほかのなにかか。

樋口の車が見えたところで、香純は立ち止まった。コートの袖で目元を拭い、いま来た道を、振り返る。道の奥に小さく灯る、三原の灯りを見つめた。

寿子はその日が来るまで、自分に課せられた務めのように、ずっとなにかに許しを乞うて生きるのだろう。

青木圭子。

香純は心でつぶやいた。寿子の精一杯の気持ちを、無駄にしたくない。響子がこだわっていた約束の中身が知りたい。なにがあっても、青木に会いたい。

香純は踵を返し、樋口が待つ車に向かって歩き出した。

翌日の午後、香純はひとりで松栄寺を訪れた。

柴原住職には今朝、電話で会う約束を取り付けていた。最初、柴原はなにかしらの理由をつけて断ったが、これが最後だから、と香純が言うと渋々頷いた。

前に通された和室で柴原と向かい合うと、香純はすぐ本題に入った。

「千枝子さんの葬儀の芳名帳を見せてください」

考えてもいない頼みだったのだろう。柴原は、とんでもない、といった様子で首を激しく横に振った。

「そんなことはできません。芳名帳は檀家さんの大切な記録です。それに、いまは個人情報の管理が厳しい時代です。絶対にお見せできません」

香純は食い下がる。

「無理を言っているのはわかります。でも、そこをどうか――」

「いやいや、そればかりはできません」

香純は膝のうえに置いている手を、強く握った。

「私は、どうしても響子さんのことが知りたいんです。響子さんがなにを思い、なに縋《すが》り、なにを求めていたのか。そして最期はどんな気持ちで逝ったのか――芳名帳は、それを知ることができる最後の鍵です」

柴原は頑なに拒む。

「あなたの気持ちはわかるが、こればかりはどうにも――」

香純は座布団からさがり、土下座した。

「私からの、本当に最後のお願いです。どうか芳名帳を見せてください」

重い沈黙が続き、やがて柴原住職が部屋を出ていく気配がした。顔をあげると、自分だけが和室にいた。

これ以上話すことはない、という意味か。香純は肩を落とした。記憶のなかの、夏の庭に佇む響子が、次第に薄れていく。もう、響子にはたどり着けない、そう思うと悲しみと切なさが胸にこみ上げてきた。

響子を追う旅は、ここで終わりだ。香純が畳から立ち上がりかけたとき、襖が開いて柴原が戻ってきた。柴原はもとの席に腰を下ろすと、座卓に和綴《わと》じのノートのようなものを置いた。表に、ご芳名録、俗名三原千枝子、とある。

「これ――」

香純は柴原の顔を見た。柴原が深く息を吐く。

「最初は混乱して、どうしてあなたが、千枝子さんの芳名帳がここにあることを知っているのか、思い至らなかった。だが、冷静になってわかりました。寺に千枝子さんの芳名帳があると知っているのは、ひとりしかいません。いえいえ、それ以上は言わないでください。あなたがどこの誰から聞いたのか、私は知らないことにしておいたほうがいい」

柴原は慈悲がこもった眼で、香純を見た。

「あの事件で町の人々が辛い思いをしてきたのを、私はこの目で見ています。だから、檀家さんや三原家が、響子さんの遺骨を墓に入れたくない、と言うのもよくわかる。でも、私も坊主の端くれです。生前、どんな悪行を働いても仏になったら罪はない、そういう思いもあります。それに私は、千枝子さんと響子さんが不憫でねえ。別にふたりを擁護するわけじゃありませんよ。でも、この仕事柄、いろんな人の話を聞くと、なかにはふたりのことをあることないこと悪く言う人がいまして。そんな人は、こっちがなにを言っても陰口をやめません。中身なんかどうでもいい。言うこと自体を面白がっているんですから」

そこで言葉を区切り、柴原は立ち上がった。

「さて、出かけている妻がそろそろ戻る時間です。不行儀ですが、私はこれから手洗いに行きます。ほんの二、三分で戻ります。それまでにお帰りください」

座卓には芳名帳が置かれたままだ。なにも気づかない形で香純の頼みを聞き入れてくれた柴原に、心から感謝する。柴原が出ていくと、香純は急いで芳名帳を開いた。

そこにはふたりの名前しかなかった。末野照美《てるみ》と青木圭子だ。

芳名帳には、名前と住所しか書かれていないと思ったが、寿子は貰った香典の額や、供物の名前、電話番号などをメモしていた。本家の嫁として、冠婚葬祭の記録はきちんとつけていたのだろう。

バッグから手帳を取り出し、青木の連絡先を急いで書き留めると、柴原に言われたとおり、そのまま部屋を出た。外に出て、本堂に向かって深く頭をさげる。手帳が入っているバッグを大切に抱え、寺をあとにした。

※

下間住職を見た響子は、のどが詰まった。目頭が熱くなる。

誰も知らない異国の地で、ばったりと身内に出会ったら、こんな気持ちになるのではないか。

その場に立ち尽くす響子の後ろで、鉄製の扉が閉まった。鈍く重い音があたりに反響する。

住職はいつもと変わらない穏やかな表情で、響子に椅子を勧めた。

「おかけなさい」

強い暗示をかけられたように、椅子に吸い寄せられる。

歩き出したとたん、足がもつれた。倒れそうになる響子を、付き添ってきた刑務官が脇から支える。

椅子に座ると、尻に気持ち悪さを覚えた。ズボンが濡れている。自分が失禁していたことを思い出した。

「すみません。こんな見苦しい格好で――」

住職は、静かに首を横に振った。

「気にすることはない。生まれたときは、誰だって垂れ流しだ」

死刑当日、死刑囚は独房を出たあと、みっつの部屋をとおる。

ひとつは教誨室。いま、響子が連れてこられた部屋だ。刑が執行される前に、教誨師と面会をするための場所だ。

教誨室のあとは、刑の準備をする前室。そこで世話になった拘置所の関係者に最後の別れをする。最後が執行室だが、死刑囚が目にすることはない。前室で目隠しをされるからだ。

教誨室の備え付けの棚には、仏像が置かれていた。仏具も一式ある。香炉では線香が焚《た》かれ、白い煙が天井に向かって伸びている。

響子が仏像を見つめていると、住職が話しはじめた。

「こちらは三原家の宗派――曹洞宗のご本尊、釈迦牟尼仏《しやかむにぶつ》だ」

住職は仏像の説明をはじめる。詳しいことはわからなかったが、馴染みのない名前の仏が、自分がずっとお釈迦様と呼んできたものと同じであることは理解できた。

住職には申し訳ないと思うが、響子は神や仏を信じていない。目に見えないものに、幾度か祈りを捧《ささ》げたことはある。しかし、なに者も響子を苦しみから救い出してはくれなかった。救済するどころか、我が子を失う辛さと人の命を奪う殺人鬼という名を響子に与えた。

神や仏がいるならば、なぜこんな試練を与えるのか。愛理や栞ちゃんはどうして死ななければならなかったのか。拘置所の独房で、目に見えないものに何度も問うたが、答えは得られなかった。

いま、目の前にある仏像もそうだ。これから死にゆく響子を目の前にしても、なにも心に語りかけてはこない。ただ、そこにいるだけだ。

仏像を見つめたまま動かない響子に、住職が訊ねた。

「なにか、話したいことはないかな」

響子は少し考えて、視線を住職へ向けた。

「教えてもらいたいことがあります」

「私で答えられることなら」

「私は、どこへ行くのでしょう」

住職の口元が、わずかに引き締まった。問いの真意を訊ねるように、響子をじっと見つめている。響子が言う、どこへ、が物理的な場所と魂の行方のどちらを指しているのか、考えているようだ。

響子が住職に訊きたいのは、この世のことではなかった。死後と呼ばれるあの世のことだ。あの世があるなら、愛理と栞ちゃんに会いたい。会って、怖い思いをさせてごめんなさい、と謝りたいのだ。

黙っている住職に、響子は言葉を変えて訊きなおした。

「私は、愛理や栞ちゃんに会えるでしょうか」

問いの真意を察したのか、住職は深く頷いた。

「人間はみな、同じところから来て、同じところへ帰る」

「私もですか」

自分は、ふたりの子供を死なせてしまった。罪深い咎人《とがにん》が、なんの罪もない愛理と栞ちゃんと同じところへ行けるのだろうか。

住職は少し沈黙し、静かに答えた。

「仏教では、殺生《せっしょう》罪というものがある。命はすべて平等で、虫一匹でも殺せば地獄へ落ちると言われている」

響子はうつむいた。

住職の言うとおりならば、殺生罪を背負った自分は地獄へ落ちる。愛理や栞ちゃんに会えない。

「だが──」

住職は、言葉を続ける。

「お釈迦様は慈悲深く、罪を背負った者も見捨てはしない。一番の罪は、自分が悪い行いをしていると思わないこと。己を善人だと信じ切り罪悪を犯し続ける限り、魂の苦行は続く。しかし、自分の罪を認め、ひたすら正しい道を求めれば、やがて魂は救われる。その先に、愛理ちゃんも栞ちゃんもいる」

響子は下に向けていた顔をあげた。

住職が、穏やかな目で響子を見ていた。

会話が途切れたとき、後ろにいた刑務官が響子に声をかけた。

「立てますか」

心臓が大きく跳ねた。

膝が小刻みに震える。止めようとしても止まらない。

刑を受ける覚悟はできているのに、身体が恐怖で動かない。

立てずにいる響子を、ふたりの刑務官が両脇から抱えた。

引きずられるように、教誨室から出される。

窓がない細い廊下を歩いていくと、目の前にドアがあった。

ドアの前に立っていた男が、響子を見つけると待ち構えていたように扉を開ける。

なかの広さは、教誨室の半分ほどだった。天井が高いため、もっと大きく見える。

前室と呼ばれている場所だ。

部屋には、制服やスーツ姿の男たちがいた。全部で七人。響子が知っている者は、四人だ。

真ん中の一番姿勢がいい男は、拘置所長だ。その横の一番太っている男は、拘置所の総務部長。左端の背が高い男は処遇部長で、右端の細身の男は、医官だった。あとの三人は記憶にない。拘置所の職員と検事たちだろう。
摑んでいる響子の腕を、刑務官たちが離した。両脇で直立の姿勢をとる。
響子の前に、拘置所長が立った。
収容者番号と名前を呼び、響子に向かって言う。
「法務大臣より、刑の執行命令が来ました」
淡々とした声が部屋に響く。口をきく者は誰もいない。静まり返った部屋のなかで、
自分の動悸だけが身体の奥から聞こえてくる。
響子は部屋にいる者を眺めた。
みんな無表情だ。神妙な面持ちで響子を見つめている。
響子は所長に、別れの言葉を述べた。
「長いあいだ、お世話になりました」
続いて、総務部長や処遇部長たちにも言う。
「いろいろ、ありがとうございました」
頭を下げたつもりだったが、実際には身体がこわばって動かなかった。
拘置所長たちが順に、響子に短く声をかけていく。
男たちの言葉を遠くで聞く響子は、胸が苦しくなった。言い表せない気持ちが、身

体の底から込み上げてくる。

死に対する恐怖のせいではない。逃げ出したい衝動でもない。胸に迫るこの感情はなにか。

苦しさに耐えながらじっとしていると、処遇部長が静かに訊ねた。

「残したい言葉があれば、聞こう。伝えたいことがあるなら、書いた手紙を預かろう」

響子は首を横に振った。

大事な人たちはもうこの世にはいない。残したい言葉も、伝えたいこともない。ありません、そう答えようとした。しかし、響子の口から零《こぼ》れ落ちたのは別な言葉だった。

「可哀《かわい》そう」

処遇部長が、虚を衝《つ》かれたような顔をした。

響子自身も驚いた。そして、意図せず口をついて出た言葉に、いま自分が抱いている感情がなんなのか気づいた。

可哀そうなのだ。

これから死刑を執り行う拘置所長や総務部長、処遇部長、響子の心に寄り添ってくれた下間住職、娘の愛理、栞ちゃん、殺人犯の親になってしまった父と母、みな響子と出会っていなければ、辛い思いをしなくて済んだ。自分が、みんなを傷つけてしまった。

処遇部長は言葉を失ったように立ち尽くしていたが、やがて目を閉じて深い息を漏らした。

「そうだな。人間はみな、可哀そうだな」

そう、自分は前から知っていた。人間はみな可哀そうな生き物だ。そう気づいたきっかけはなんだったのか、響子は記憶を辿る。

思い出した。あれは響子と愛理、母の千枝子と三人で夕暮れのかげろう橋を渡っていたときだ。

響子は薬のせいで身体がだるく、歩くことすらままならなかった。愛理がどうしても川に行きたいと駄々をこねるから、千枝子についてきてもらった。

隣にいた千枝子は、橋の欄干から川を見下ろしている愛理を見ながらつぶやいた。

――どうしてこんなになっちゃったんだろうね。

それは響子が一番知りたいことだった。幸せになるためにがんばってきたはずなのに、どうして辛いことばかりなのか。どこで道を間違えたのだろう。

長い沈黙のあと、千枝子はぽつりと言った。

——あの子が……あんたもこんなに……。

千枝子の声は、冷たい夕風に途切れながら、響子の耳に暗く響いた。

前室で立ち尽くす響子の耳に、そのときの千枝子の声が鮮明によみがえってくる。

ああ、そうだ。あの言葉だ。あのときすでに、自分が大罪を犯すことは決まっていたのだ。

膝が震え、床に頽《くずお》れそうになる。両側にいた刑務官がすぐさま響子の腕をとり、身体を支えた。

頭のなかに、様々な光景が浮かび、ものすごい速さで消えていく。

出産間近だった安子の大きな腹、自分を苛《いじ》める子供たちの笑い顔、健一の怒りの形相、付き合った男たちの蔑むような目、千枝子の泣き顔、そして、川に落ちていく愛理の驚いた顔——。

喉からうめき声が漏れ、全身に汗が噴き出した。

すべてを吐き出したい衝動に駆られる。響子の意思とは関係なく、身体が生を求めて暴れだした。闇雲《やみくも》に、手や足を振り上げる。

部屋の空気が一気に乱れ、両脇にいた刑務官のひとりが、響子を羽交い締めにした。暴れる身体は、拘束衣を着せられたようにぴくりとも動かない。

身体の自由を奪われることで、さらに混乱する者もいるだろう。しかし、響子は逆だった。屈強な力に取り押さえられた身体は、どうあがいても逃れられないと観念したらしく、全身から一気に力が抜けた。

深い呼吸をしながら、響子は心で自分に語りかけた。

——ここまでくれば、大丈夫。もう心配ないよ。

刑務官に支えられながら、響子はつぶやいた。

「約束——」

処遇部長が訊き返す。

「約束？」

響子は下に向けていた顔をゆっくりとあげ、見えない天を仰いだ。

「約束は守ったよ。褒めて——」

第五章

秋田県の大館《おおだて》駅で電車を降りた香純は、駅から出て市役所行きのバスに乗った。

平日の昼時は乗客が少なく、席はガラガラだった。香純は昇降口のすぐそばの席に座った。

運転手が走行ルートを告げ、バスを発進させる。

香純は窓の外を流れる街並みを眺めながら、大館市に来ることになった経緯を回想した。

松栄寺をあとにした香純は、芳名帳に書かれていた青木圭子の携帯番号に電話をかけた。長い呼び出し音のあと、電話は留守電に切り替わった。

咄嗟にどう吹き込めばいいかわからなかった。焦りながら、自分の名前と身元、三原響子の母親の千枝子に関して訊きたいことがある、と残して電話を切った。

青木から折り返しの電話があったのは、香純がホテルに戻ってからだった。急いで電話を受けると、スマートフォンの向こうから朗らかな声がした。

「もしもし、吉沢香純さん？」

古くからの友人に話しかけるような、気さくな話し方だ。

ベッドに身を横たえていた香純は、急いで起き上がり両手でスマートフォンを握った。

「はい、さきほどお電話さしあげた吉沢香純です。三原響子さんの——」

遠い親戚です、そう伝えようとした香純より先に、青木が言葉を続けた。

「留守電を聞いたけれど、響子ちゃんの遠い親戚なんですってね。お父さん、お母さんどっちの縁？」

香純は青木に、響子の父親の健一と自分の母親の静江が従兄妹同士であり、健一の妻の千枝子は香純にとって従伯母《いとこおば》にあたる、と説明した。

「私は母と一緒に埼玉で暮らしていますが、わけあって小島町に来ています。いま、宿泊先のホテルです」

青木は、ああ、と長い声を漏らした。

「思い出した。千枝子さん、夫のほうの遠い身内が埼玉にいるって言ってた。でも、どうしてこの電話番号わかったの？」

香純は返す言葉に詰まった。正直に言えば、柴原住職と寿子が責められかねない。香純はふたりの名前を伏せて、怪しげなルートで連絡先を手に入れたわけではない、と説明した。

「詳しいことは言えませんが、青木さんにご迷惑がかかるようなことはありません。失礼なことをしているとわかっています。お叱りを受けるのも当然だと思います。でも、どうしても青木さんに伺いたいことがあって、連絡させていただきました」

青木は意に介さない様子で、話を先に進めた。

「それで、私に訊きたいことってなに？」

そこまで言って青木は、なにかに気づいたように声に出して息を吐いた。

「ああ、ごめんなさい。つい、いつもの調子で質問攻めにしちゃった。せっかちはよくないってわかってるんだけど、仕事の癖が抜けないのよね。それで、どうして私に電話をしてきたんだったかしら」

やはり青木は、質問で話を繋げる。

香純は、自分が小島町に来ることになった経緯を端的に説明した。

「響子ちゃんがこだわっていた約束――」

事情を聞いた青木は、確認するようにつぶやく。

香純は、はい、と答えた。

「約束の相手はきっと千枝子さんです。千枝子さんと親しかった青木さんならなにかご存じなんじゃないかと思ってお電話しました」

香純は祈るような気持ちで、青木に訊ねた。

「私、響子さんが最期までこだわっていた約束がなんだったのか知りたいんです。なにか、思い当たることはありませんか」

さきほどまで淀みがなかった青木の言葉が、ぴたりととまる。

なにか考えるような長い沈黙のあと、青木は香純に訊き返した。

「話したくないって言ったら？」

香純は息をのんだ。

やはり青木はなにか知っているのだ。

香純はスマートフォンを、強く握った。

「お願いです。教えてください。響子さんが最期まで守った約束はいったい――」

青木の強い声が、香純の話を遮る。

「その最期まで守り切った約束を、どうして暴くの」

思いもよらない言葉に、香純は身を硬くした。悪いことをしているような言い方に戸惑う。

「暴くなんて、そんなつもりじゃ――」

ない、そう言いかけて香純は口をつぐんだ。

響子について調べている香純に、まったく悪意はない。しかし、ほかの者はどう感じているだろう。松栄寺の住職、その妻、寿子たちはみな、触れられたくない傷をえぐられるような思いかもしれない。響子もそうだ。おそらく、隠しとおした約束を人に知られたくはないはずだ。

青木の厳しい言葉は続く。

「もう本人はいないのに、いまさら響子ちゃんが守った約束を知ってどうなるの。そんなこと、誰も望んでいない。あなたがしていることは自己満足よ」

鋭い言葉は、香純の心をえぐる。

青木の言うことは正しい。いまさら約束を知ったところで、意味はない。自分の気が済むだけだ。

香純は腹に力を入れた。

──でも。

下を向いていた顔をあげ、見えない青木に目を凝らす。

「青木さんのおっしゃるとおり、私がしていることは自己満足です。でも、私は知りたいんです。響子さんがなにを見て、どう感じて、少しでも幸せだと思ったことはあったのか──」

香純は詰まりそうになる声を、必死に絞り出した。

「響子さんの刑が執行されてから、残された日記を読んだり、地元で響子さんを知っている人に会ったりしているうちに、誰も本当の響子さんを知らないんじゃないかと思うようになったんです。誰からも理解されず、菩提寺からも遺骨の引き取りを拒まれる。いくら響子さんがひどいことをしたとしても、あまりに不憫で、ひとりくらい響子さんを知ろうとした者がいてもいいんじゃないか、そう思ったんです」

香純は救いを求める思いで、青木に頼んだ。

「お願いです。何かご存じだったら、教えてください」

少しの間のあと、スマートフォンの向こうから青木の声がした。

「いま、小島町にいるのよね。こっちに来れない？」

「こっちって——」

青木が皮肉めいた口調で言う。

「携帯番号を知っているなら、住所もわかってるでしょう？」

芳名帳に書かれていた住所は、秋田県大館市だった。もしかしたら住所が変わっているかも、と思ったがいまも同じ場所に住んでいるらしい。

唐突な申し出に驚きつつ、はい、と即答する。

厳しい声から一転し、電話をかけてきたときのような明るい声で青木は誘う。

「青森と秋田って聞くと遠い感じがするけれど、弘前市から大館市までは案外、近いのよ。電車の特急で三十分くらい。車でも一時間かからない。大館市って県北にあるから、県庁所在地の秋田市に行くより青森のほうが近いんだ。どう？」

問われた香純は、逆に訊き返した。

「会ってもらえるんですか？」

青木からは明確な答えではなく、肯定ととれる言葉が返ってきた。

「私がそっちに行ってもいいんだけど、仕事の関係でなるべくこっちを離れたくないの」

「行きます」

香純は躊躇《ちゆうちよ》なく答えた。

「いつ、どこに行けばいいか教えてください」

香純が訊ねると、スマートフォンの向こうで青木が動く気配がした。

「ちょっと待ってね。明日が夜勤でその次が続きの日勤だから——」

どうやら、仕事の勤務状況をなにかで確認しているらしい。

納得するような、うん、という声のあとに、青木は会う日時を指定してきた。

「明後日《あさって》の正午、大館市役所の正面玄関で待ち合わせできるかな」

香純は即答した。

「わかりました。行きます」

青木は、なにかあったら携帯に連絡するように言い添えて、電話を切った。


目的地の大館市役所前には、駅からバスに乗り十五分ほどで着いた。バスを降り、腕時計を見る。約束の正午までまもなくだ。

香純は、目の前にある市役所の建物を眺めた。青木と会うまでの二日間、香純はふたつの思いを抱えて過ごした。やっと響子がこだわっていた約束がわかるかもしれない、という期待と、ここでわからなかったら一生知らないままだ、という不安。相反するふたつを抱え、落ち着かない時間を過ごした。こんな気持ちも、今日で終わりだ。

香純はバッグからスマートフォンを取り出し、樋口に電話をかけた。樋口と、大館市に着いたら連絡を入れると約束をしていた。

着信を待っていたかのように、電話はすぐに繋がった。

聞きなれた声が訊ねる。

「無事に着きましたか」

「いま、待ち合わせ場所の市役所のそばにいます」

樋口は安堵と無念がこもったような息を吐いた。

「自分も行きたかったんですが――」

青木との電話を切ったあと、香純は樋口に連絡をした。電話に出た樋口に、明後日、青木に会うために大館市に行く、と伝えると樋口は同行を申し出た。

香純は丁重に断った。小島町に来てから、ずっと樋口を振り回している。このうえ、遠方まで足を運ばせるのは申し訳ない。それに、青木には同行者の話はしていない。

秋田にはひとりで行く、と伝えた。

樋口はしばらく粘っていたが、香純の気持ちは変わらないとわかったらしく折れた。

タイミングを見て連絡を入れる、と香純は約束した。

香純は市役所の周囲を眺めながら、電話の向こうの樋口に言う。

「いまから、青木さんと会ってきます。また連絡します」

そう言って電話を切る。

市役所の敷地にある駐車場を横切り、歩道に沿って歩いていくと、少し先に正面玄関が見えた。

出入口の前に、ひとりの女性が立っていた。髪は短く、動きやすそうなジャージの上下を着ている。女性は手持ち無沙汰といった様子で、どこを見るでもなく佇んでいた。

きっと青木だ。

香純がそう思うと同時に、女性が香純に気づいた。女性が香純に笑顔で手を振る。

「吉沢さん？　吉沢香純さんよね」

香純は青木に駆け寄った。

「青木さんですね。吉沢です。今日はお時間をいただきありがとうございます」

香純が頭を下げると、それを合図のように市役所からチャイムが鳴った。正午を告げる鐘の音だ。

「あの、ここにお勤めですか」

市役所の正面玄関を待ち合わせ場所にするのは、市役所の仕事に従事しているからだと思った。

青木は唇を突き出し、ブー、と口を鳴らした。

「はずれ。ここを指定したのは一番わかりやすい場所だし、この近くにあなたに見せたいものがあったから」

見せたいものとは、なんだろう。響子に関するものだろうか。

「それっていったい――」

香純が話している途中で、青木は歩き出した。香純を振り返り、手招きをする。

「私、時間がないの。昼休みが終わるまでに仕事に戻らないといけないんだ。口で言うより見せたほうが早いからついてきて」

青木は大股で市役所の敷地から出ていく。

慌ててあとを追うと、青木は市役所のすぐそばにある公園のような場所へ入っていった。

細い道を歩いていくと、広い場所に出た。丸く仕切られたスペースの中央に噴水がある。噴き出す水が、晴れた陽の光を浴びてきらめいている。

青木は噴水のそばで足をとめると、香純を見て誇らしげな顔をした。

「これ、これを見せたかったの」

「これ、ですか」

香純は目の前の噴水を見やった。特に変わったところはない。どこにでもある噴水のように見える。

ピンとこない香純に、青木は口を尖らせた。

「違う、噴水じゃなくてまわり。桜よ、桜」

言われてあたりを眺めた。噴水を遠巻きに眺めるように、周囲に桜の樹が植えられていた。

香純は目を細めた。

桜が咲きはじめていた。春の柔らかな日差しを受け、ゆったりと風に揺れていた。

青木は桜を眺めながら言う。

「ここ、城跡なの。この時期、咲くなんてめずらしいから、吉沢さんに見せたかったんだ」

短い言葉に、青木の人柄が窺えた。どんな人間かもわからない相手に、美しいものを見せたいと思う青木を好ましく思う。この人になら、誰もが心を開くだろう。おそらく千枝子もそうだった。

「座ろうか」

青木は噴水から少し離れたベンチに、香純を誘った。

公園は少し高台にあり、ベンチがある場所からは市内が見渡せた。

ベンチに並んで腰かけ、束《つか》の間《ま》、風に吹かれる。いつ話を切り出そうか考えていると、先に青木が口を開いた。

「私、質問が多いでしょう。人によっては責め立てているように聞こえるみたいで、嫌がられるの。気を悪くしたらごめんなさいね」

青木は相手に訊ねる癖を、介護の仕事をしているからだ、と説明した。

「市内の介護施設で長く働いているんだけど、もの忘れが多いおじいちゃんおばあちゃんを相手にしていると、あれやった、これやったって確認することが多くてね。誰にでも訊く癖がついちゃった」

青木の仕事は、三交代で来月のシフトもすでに決まっている。今日は夜勤明けの日勤で、夕方には家に帰れるが、急に人手が足りなくなり呼び出されることもあると言う。

「呼び出しを断ることもできるけれど、そうもいかなくてね。少ない人数で働くヘルパーも大変だけど、もっと大変なのは入所者よ。汚れたおしめを長い時間そのままにされたり、具合が悪いのにすぐに来てもらえなかったり。それを思うと、呼び出しを断ることができなくて、電話が鳴ると寝不足でも駆けつけちゃう」

青木の実家は小島町で、千枝子とは通っていた美容院が同じだったため、そこで知り合った。なんとなく馬が合い、同い年ということも手伝って友人としてつきあうようになったという。

「じゃあ、いまも実家がある小島町にはよく行っているんですか」

青木は首を横に振る。

「二十年前に、ひとり暮らしだった母親が亡くなったとき、家は処分したの。私、きょうだいがいないからあとを継ぐ人がいなくてね。でも、年に一度は両親の墓のお参りはしている」

青木の両親の墓も、松栄寺にあった。

「遠くから葬儀に駆けつけるなんて、よほど仲がよかったんですね」

青木はいたずらが見つかった子供のように、ぺろりと舌を出した。

「松栄寺の住職に、もし千枝子さんになにかあったら知らせてほしい、ってお願いしていたの。しばらく連絡がないと思って調べたら、もうとっくに亡くなっていた、なんて嫌だったから」

多忙な青木を思い、香純は目的の話を切り出した。

「電話でお話しした、響子さんがこだわっていた約束ですが――」

そこまで言って、香純は身体が固まった。

青木の顔から笑みが消えた。真剣なまなざしで、香純の目を見る。

「愛理ちゃんを殺したのは、誰だと思う？」

青木は訊ねた。

香純は戸惑った。愛理を殺したのは響子だ。それは裁判で認定されている。

青木はゆっくりと言う。

「愛理ちゃんを殺したのは、千枝子さんよ」

青木が発した言葉の意味を飲み込んだとき、香純の背を怖気がかけあがった。

「そんな――」

香純は首を横に振った。

「裁判で、愛理ちゃんを殺したのは響子さんだと認定されました。そして響子さんは死刑になった。それなのに、千枝子さんが愛理ちゃんを殺しただなんて――祖母が孫を手にかけただなんて、そんなこと信じられません」

青木は動揺する香純を観察するようにじっと見ていたが、やがて硬くしていた表情を崩し、香純に同意した。

「そうね、信じられないよね」

香純は祈る思いで訊ねる。

「いまの話、嘘ですよね」

青木は腕を組み、ううん、と唸った。

「嘘ではないけれど、正しくもないかな」

青木は組んでいた腕を解き、ゆったりと構えた。

「物事には、原因と結果がある。結果が、響子ちゃんが愛理ちゃんを死に至らしめたことだとしたら、原因は千枝子さんってこと」

まさか、千枝子が響子に、愛理を殺せと命じたのか。

香純がそう言うと、青木は可笑《おか》しそうに笑った。

「違う違う。いくらなんでも、考えが飛躍しすぎ」

真剣に考えている香純を面白がっているような態度に、すこし苛立つ。

顔に出たのだろう。青木が詫びる。

「ごめんなさい。ふざけているわけじゃないの。ただ、こんな感じじゃないと話すのが辛いから――」

人は強い苦しみや哀しみに遭遇したとき、感情に押しつぶされないよう無理に明るく振る舞うことがある。青木にとって千枝子の話は、それほど辛いものなのか。

青木の表情が、わずかに翳《かげ》った。視線を空のほうに向け、誰にともなく言う。

「誰も悪くないの。みんな、幸せになりたかっただけ」

青木はゆっくりと香純を見た。

「あの日――響子ちゃんが愛理ちゃんを死なせてしまった日の一週間前、千枝子さんはふたりと一緒にかげろう橋に行ったの」

響子が愛理を殺害したとされる場所だ。

「愛理ちゃんはかげろう橋が大好きでね。橋に行くとうえから魚を見つけたり、木の枝を落として流れている様子を見たりして楽しんでいたんだって」

その日も、小学校から帰った愛理は、響子にかげろう橋に行きたいと訴えた。しかし、響子は体調が悪く起きあがるのも辛かった。

あの手この手で我慢させようとしたが、愛理は泣いて言うことをきかない。宥めることにも疲れ果て布団に横になっていると、千枝子が訪ねてきた。用事で近くまで来たから立ち寄ったという。

千枝子が宥めても、愛理が泣き止《や》む様子はない。

響子は千枝子に、かげろう橋へ愛理を連れていくからついてきてほしい、と頼んだ。川に行くまで愛理は泣き続ける。川を見れば気が済むだろうから、少しだけつきあってくれ、と言った。

当時、千枝子はめまいや耳鳴りがひどかった。歳を重ねた女性の多くが経験する、自律神経の乱れによるものだ。本当は、いますぐ家に帰り布団に横たわりたかったが、具合が悪い娘と泣き止まない孫をそのままにしてはおけず、ふたりを車に乗せてかげろう橋へ向かった。

川につくと、いましがたまで泣きじゃくっていた愛理はぴたりと泣き止み、嬉しそうにはしゃいだ。橋の真ん中まで駆けていき、うえから川を見下ろす。ようやく見える視界に目を凝らし、魚の姿を探しはじめた。

「相野町に行ってきた吉沢さんならわかるだろうけど、四月になってもあそこはまだ寒いでしょう。夕暮れどきは、コートが必要な日もあるくらい冷えるの」

その日はとても寒い日で、薄手の羽織ものしか着てこなかった千枝子は、凍《い》てつく川風に身を震わせていたという。

「千枝子さんも響子ちゃんも、いつにもまして体調が悪かったみたいでね。ふたりとも早く帰りたかったんだけど、愛理ちゃんはなかなか帰ろうとしない。そのうち、響子ちゃんは立っていられなくて地面に座り込んでしまったの」

　青木は、香純に訊ねた。

「吉沢さん、お子さんは？」

　香純は首を横に振った。

　青木には、娘がひとりいる。結婚して家を出て、同じ大館市内で暮らしている。

「子供を持ってみて、親って本当に損だなって思った。いいにつけ悪いにつけ、親は子供が幾つになっても心配なのよね」

　それは千枝子も同じだった、と青木は言う。

「同じどころか、千枝子さんは響子ちゃんを心配してばかりだったね。それは響子ちゃんが愛理ちゃんを産んでからもそうだった。我が子が親になっても、千枝子さんから見れば響子ちゃんは自分の子供だからね」

　ふたりは、青木が実家を処分したあと、直接会うことはほとんどなかったが、電話はよくしていたという。千枝子が病気で入院したと知ってからは、なんどか見舞いにも行っていた。

「千枝子さんは電話でよく、孫も可愛いし、自分の子供も可愛い。響子ちゃんのせいで愛理ちゃんが辛い思いをしていると愛理ちゃんが可哀そうになるし、愛理ちゃんが響子ちゃんを苦しめていると響子ちゃんが可哀そうになる、そう言ってた。私にも孫がいるから、千枝子さんの気持ちはよくわかる。我が子も孫も、同じくらい大切なの」

千枝子は、響子があんなことをしたのは自分のせいだ、とずっと悔いていたという。青木が病院に見舞いに行くたびに、そう言って泣き崩れていたらしい。

我が子が過ちを犯したら、多くの親は千枝子と同じように自分を責めるだろう。どこで育て方を間違ったのか、なにが悪かったのか自問自答するに違いない。

たしかに、人格形成と育った環境は無関係ではない。親やそばにいる大人のかかわり方が、子の成長に大きく関係するとは思う。だからといって、子の過ちが親の責任であるとは思わない。

香純がそう言うと、青木は頷いた。

「私もそう思ってた。だから、千枝子さんに会うたびに、あなたのせいじゃないって言い続けた。そうしていれば、いつか千枝子さんも自分を責めなくなるんじゃないかと思ったから。でもね、違ったの。千枝子さんが自分を責めていたのは、私が考えていたような理由じゃなかったの」

子の過ちは親の責任と思ってのことではないというならば、いったいなにがそこまで千枝子を苦しめたのか。

青木の顔から、おどけた感じが一切なくなった。神妙な面持ちで自分の足元を見る。

「私が千枝子さんに最後に会ったのは、彼女が亡くなるひと月ほど前だった。そのころには悪い病気が全身に広がってて、もとから華奢《きゃしゃ》だった身体はさらに痩せてた。腕なんか、ちょっと力を入れたら折れそうなくらい細くなってた」

点滴に繋がれたままの千枝子は、ベッドのうえで青木の手を摑んだ。

「病人とは思えないくらい強い力で、びっくりした。きっと、最後の力を振り絞ったんだと思う。焦点が合わない目で必死に私を見つめて、ようやく聞き取れる声で言ったの。あのとき自分があんなことを言わなかったら、愛理は死ななかった。琹ちゃんも生きていられた。娘は殺人者にならずに済んだって」

香純は身構えた。

あのときとは、事件が起きる一週間前のことだろう。そのとき、千枝子はいったいなにを言ったのか。

青木はここにきて、言うべきか言わざるべきか悩むように黙ったが、意を決したように顔をあげ声を張った。

「あの子がいなかったら、あんたもこんなに苦しまなかったのかね。愛理もあんたも辛いね。可哀そうだね——そう、千枝子さんは響子さんに言ったの」

周囲の音が、一切、消えた。

耳の奥に、かげろう橋で聞いた川の音が蘇ってくる。

その音に紛れて人の声が聞こえた。

ささやくようだった声は次第に大きくなり、やがてはっきりと聞き取れるほどになった。

自分のなかにいる千枝子が、青木の言葉を繰り返す。

——あの子がいなかったら、あんたもこんなに苦しまなかったのかね。

「そんな——」

誰にともなく、香純は言う。

「それじゃあまるで、愛理ちゃんは生まれてこなかったほうがよかったみたいじゃないですか」

「そうよね、そう思っちゃうよね」

青木は同意する。

「響子ちゃんもそうだった。でも、千枝子さんにそんなつもりはまったくなかったの。ただ、ふたりの辛そうな姿を見て漏らしただけ。千枝子さんが、自分のなにげなく口にしたひと言を、思いもよらない形で響子ちゃんが受け止めていたと知ったのは、愛理ちゃんが遺体で見つかったときだった」

愛理ちゃんが死亡する一週間前——三人でかげろう橋に行ったとき、辛そうな顔で地面に座り込む響子を見て、千枝子は愛理に家に帰るよう促した。しかし、愛理は言うことをきかない。まだ帰らない、と言い張る。

千枝子が少し強く言うと、愛理は癇癪《かんしゃく》を起こして暴れはじめた。地面に落ちている小石を握り、千枝子に向かって投げてくる。

千枝子は愛理から離れ、響子のそばに立った。寒気はますますひどくなる。立ち眩《くら》みがして、橋の欄干にすがった。愛理の悲鳴にも似た泣き声が、痛みはじめた頭に響く。

千枝子の胸に、暗く重いものが込み上げてくる。それは地面からにじみ出てくる汚泥のように、幾度となく取り除いてもなにかの拍子に襲ってくる感情だった。

人はその感情を、なんと呼ぶのだろう。悲観、絶望、失意、そのどれでもないなにかだろうか。

やり場のない気持ちが、千枝子の口をついて出た。

そのときは、自分が口にした言葉が、のちの悲劇につながるとは思ってもいなかった。

変わり果てた姿で愛理ちゃんが発見されたとき、千枝子はすぐに響子がなにかしたのだ、と直感したという。

幼い孫が、ひとりで川に行くはずがない。愛理が行方不明になった日、おそらく愛理は一週間前と同じように、響子に川に行きたいと駄々をこねた。泣き止まない愛理を車に乗せて、響子は川へ向かう。

「愛理ちゃんの葬儀が終わって、あれは事故だと警察が断定したあと、千枝子さんはあの日なにがあったのか、響子ちゃんに訊いた。響子ちゃんは最初、具合が悪くて寝ていたらいつのまにか部屋にいた愛理ちゃんがいなくなっていた、と言い張っていたんだけど、千枝子さんが問いただすと、自分が愛理ちゃんを橋に連れて行ったことを認めたの」

千枝子は響子に、愛理を橋から突き落としたのか、と詰め寄った。

響子の記憶は、そこだけ抜け落ちていた。愛理が欄干の隙間から川を覗き込んでいたところは覚えているが、そのあとは愛理が驚いた顔で橋から落ちていくところからしか記憶にないと言う。

千枝子は響子になんども、愛理に対する殺意の有無を確認した。殺そうと思ったのか、そうでないならばどうして助けを呼ばなかったのか。

響子の答えはすべて同じだった。愛理を殺そうと思ったことはないし、殺した記憶もない。すぐに助けを呼ばなかった理由もわからない。気づいたら愛理がいなくて、時間が経ってから警察へ捜索願を出していた。ただ、愛理がいると自分だけでなく千枝子も苦しむ、そう思ったことはある、とだけ話した。

「千枝子さん、ベッドのうえで涙を流してた。自分があんなことを言ったから、娘は孫を殺してしまった。そして、我が子を失った悲しみから人の子の命まで奪ってしまった。響子を凶行に走らせたのは自分だって――」

些細な行き違いが、悲劇を生むことがある。

ほんの少しだけ時間がずれていたら、その日の天気が違っていたら、あのときあの記事を目にしなかったら――そんなわずかな偶然で物事は起きる。

響子が愛理をかげろう橋に連れていった日が雨だったら、愛理が好きな本が手元にあったら、響子の体調がいつもより楽だったら――もう意味がない考えが頭をよぎる。おそらく千枝子も、同じようなことを考えただろう。人の目に怯えながら、ずっと自分を責め続けていた。

やるせない思いでうつむいていた香純は、ある疑問が浮かび顔をあげた。

自分が千枝子だったら、と考える。

子供がいない香純にとっては想像でしかないが、自分が親だったら罪を犯した娘を擁護すると思う。自分が口にしたひと言が娘を追い詰めてしまった、と裁判で証言するのではないか。それで娘の罪がなくなるわけではない。しかし、娘に対する非難を少しでも軽くし、自分もともに罪を背負う気持ちになるのではないか。

「どうして、千枝子さんはそのことを、青木さんにしか話さなかったんでしょう」

香純は青木に訊ねた。

「親なら子供を庇おうとするのではないでしょうか。どうして千枝子さんは、そうしなかったんですか」

青木はゆっくりと、顔を香純に向けた。

「約束したから」

響子が最期まで守った約束だ。

香純は青木に身を乗り出した。

「それはなんですか。千枝子さんと響子さんは、いったいどんな約束を交わしたんですか」

青木の答えを待つ。

香純を見つめていた青木の瞳が、かすかに揺れた。ぽつりと言う。

「いまの話を誰にも言わないように――そう千枝子さんは響子ちゃんに口止めしたの。もし、そのことが人に知れたら、自分は三原の家から離縁される。小島町にもいられなくなる」

膝のうえに置いていた手が、怒りで震えた。

千枝子は娘を庇うどころか、保身に走った。

肉親とはいえ、誰もが自分が可愛い。だが、誰の擁護も得られず、ひとりで罪に耐えなければいけなかった響子を思うと、千枝子に強い怒りを覚える。

筋違いとわかっていても、香純は青木に怒りをぶつけずにはいられなかった。

「それはあまりにひどすぎます。自分のせいで娘が殺人者になったと思っていたのなら、どうして響子さんを庇ってあげなかったんですか。自分の立場が悪くなるから、都合の悪いことを口止めするなんて、自分のことしか考えていなかったんじゃないですか」

保身に走った母親のために、最期まで約束を守り抜いた響子が香純は不憫でならなかった。

自分を睨む香純を、青木は憐れむような目で見つめ、小さく首を横に振った。

「違う」

なにが違うのか。

「千枝子さんは自分のために口止めしたんじゃない。響子ちゃんのためだったの」

香純は眉根を寄せた。口止めがどうして響子のためになるのか。

「どういう意味ですか」

香純の問いに、青木はゆっくりと答えた。

「響子ちゃんを、自分と同じお墓に入れるためよ」

思ってもいなかった答えに、香純は言葉を失った。ようやく絞り出す。

「お墓に、入れるため――」

青木は頷いた。

「千枝子さんは、相野町で生まれ育ち、小島町で暮らした。北国のふたつの小さな町しか知らない彼女にとって、その狭い土地がすべてだったの。いろいろな土地を知っている人にはわからないかもしれないけれど、あそこに住んでいた私には、地元を失う怖さがよくわかる」

青木は離れた故郷に思いをはせるように、遠くを眺めた。

「千枝子さんにとって地元を追われるということは、帰る場所を失うことだった。それは響子ちゃんの帰る場所がなくなることでもある。ふたりの子供を響子ちゃんが殺めたと知ったとき、千枝子さんは響子ちゃんにどんな判決が下されるか悟った。響子ちゃんは生きて地元に帰れないとわかったの」

青木は長い息を吐いた。

「響子ちゃんの人生がどれほど辛いものだったか、誰よりも千枝子さんは知っていた。娘は生きているあいだ、苦しいことばかりだった。自分が地元を追われてしまったら、死んでもなお行く当てがなく辛い思いをする。それではあまりに可哀そうだ。せめて自分と同じ墓に弔ってほしい、そう思ったの。だから、自分が言ったことは絶対に人に言ってはいけない、そう響子ちゃんに口止めしたの。約束を守れば同じ墓に入れる、なにも心配はいらない、帰っておいでって――」

香純は短く訊ねた。

「千枝子さんは、本当に響子さんが同じ墓に入れると思っていたんですか」

青木はしばらく黙っていたが、やがてつぶやいた。

「そう願っていたのは本当よ。響子が戻ってきたら、力いっぱい抱きしめてあげたい、そうなんども言ってたもの」

風が吹いた。

桜が揺れる。

香純はうえを見た。

空が霞《かす》む。

誰もが自分を責めた。

響子も、千枝子も、栞ちゃんの遺族も我が子を守ってやれなかったことをきっと悔いた。

誰もこんな事件が起きることを望んでいなかった。

事件を起こした響子もそうだ。

ふたりの子供の命を奪った響子に、罪はある。悪意はなかったからといって、許されるものではない。そして響子は、自分の命をもって罪を償った。

哀しみがひたひたと胸に広がる。

響子が犯人であることは事実だ。だが、事実と真実は違う。青木の話のなかにこそ、響子が起こした事件の真実がある。

見つめる空が、さらに滲む。

人は誰もが、帰る場所を探しているのかもしれない。それは生まれ故郷かもしれないし、愛《いと》しい者がいる場所かもしれない。人それぞれ違うけれど、誰もが自分が帰る場所を求めて生きている。

隣を見る。

青木もうえを見上げていた。

香純も空に目を戻す。

薄い雲が、風に流されていく。

香純は無言で、空に消えゆく雲を眺めた。

※

響子の言葉に、処遇部長は怪訝そうな顔をした。

下間住職も、響子が口にした約束とはなにか、と目が訴えている。

響子は、愛理が川に落ちた日のことを思い返した。

一週間前に千枝子と訪れたときのように、川風は冷たかった。すでに陽は大きく傾き、あたりには闇が迫っている。

強い風が吹き、しゃがみこんだ響子はきつく目を閉じた。

乱れた髪が顔にまとわりつき、気持ちが悪い。

屈《かが》めた身体を元に戻し、前を見た。

橋の真ん中に愛理がいた。欄干を摑み、川を見下ろしている。よほど嬉しいのだろう。小さくジャンプをするように、身を弾ませている。

その姿が子ウサギのようで、響子は愛理がたまらなく愛しくなった。

はしゃぐ愛理を見ながら、出産したときを思い出す。

生まれたばかりの命はあまりに小さく、抱くのが怖かった。しかし、その姿に反して泣き声は大きく、生命のたくましさを感じたことを覚えている。

育児は考えていた以上に大変だった。

昼も夜もなく、ただ目の前の命を育てることに必死になった。

夫はあてにならなかった。ミルクも与えず、おしめも替えない。抱いてあやすことも嫌がる。愛理を愛せるのは自分だけだと思った。

川を見下ろしている愛理の後ろに立ち、大好きな白いうなじを見つめた。

愛理が振り返り、響子を見上げた。小さな白い歯を見せ、笑う。

響子は愛理を抱きしめた。

愛理を産むまで、自分が誰かをこんなに愛せるとは思わなかった。

この子のためなら、なんでもできる。

愛理を抱きしめていた響子は、異様な臭いに気がついた。腐ったなにかに酢をかけたような、吐き気をもよおす臭い。それは愛理からしてくる。

響子は愛理の全身を見た。

服は食べこぼしと思われる染みだらけで、靴はボロボロだった。髪は汚れて、濡れたようにべっとりとしている。

響子はわが目を疑った。

なぜ、愛理はこんなに汚い格好をしているのか。

必死に考える。

愛理を風呂に入れたのはいつか、愛理が着ている洋服を洗ったのはいつか、愛理に手料理を食べさせたのはいつか。

記憶は曖昧だが、一週間前に千枝子と会ったとき、愛理の服が汚れているから替えるように言われたことは覚えている。しかし、身体が辛く、先延ばしにしていた。

風呂もそうだ。汗ばむ時期でもないから、まだいいだろうと思っていた。

食事も作るのが億劫で、スーパーでまとめ買いした菓子パンや総菜、それらがないときはスナック菓子を食べさせた。

愛理が不満を口にすることはなかった。風呂は普段から好きではなかったし、食事も好きなものを好きなだけ食べられて、むしろ嬉しそうだった。服も、愛理が好きなキャラクターがプリントされたものを好んで着ていた。

愛理が困っている様子はないのだから、それでいいと思っていた。風呂に入れるのも洗濯も体調がいいときにすればいい、料理もそのうち愛理が好きな献立を作ってあげるつもりだった。

自分と愛理が、ほかの親子と違っているなどと思ったことはない。

それなのに。

響子は目の前にいる我が子を、食い入るように見た。

やせ細り、汚れて、みすぼらしい。

響子は愛理に詫びた。

「ごめんね、愛理――」

いったい自分はなにをしていたのか。毎日、愛理を見ているのに、自分のことしか考えられず、本当の姿が見えていなかったのだ。

愛理は響子の腕のなかで、苦しそうに身をよじった。

「痛い」

気づかず、強い力で抱きしめていたらしい。響子は慌てて、愛理から腕を解いた。

「痛かったね。大丈夫？」

響子は、強く抱きしめたはずみで、愛理の身体のどこかを痛めなかったか確かめた。

セーターの袖をまくり、細い腕を見た響子は動きが止まった。

腕の外側に、黒い痣《あざ》がいくつかある。転んでできたようなものではない。

「これ、どうしたの」

響子が訊ねると、愛理の顔色がかわった。

目を背け、めくられているセーターの袖を急いで下げる。

響子は愛理の顔を両手で挟み、自分のほうを向かせた。

「答えて、愛理。腕の痣はどうしてついたの」

愛理は必死に目をそらそうとしていたが、やがて、ぽつりと言った。

「つねられたの」

「誰に」

「ケンちゃんとマコトくんたち——」

愛理と同じクラスの児童だ。たち、ということはほかにもいるのだろう。

「喧嘩でもしたの？」

訊ねると愛理は、言おうか言うまいか迷うように黙っていたが、やがてぽつりと言った。

「愛理は汚いって──」

響子は強い衝撃を受けた。

愛理がいじめられているのは、自分のせいなのか。身の回りの世話が行き届かないから、愛理が辛い目に遭っているのか。

響子は項垂れ、愛理に詫びた。

「ごめんね──」

愛理は母親がなにを詫びているのかわからない、といった様子で響子を黙って見上げている。

身体や心を他人から傷つけられる苦しみは、響子がよく知っている。

響子は覚悟を決めた。

自分が愛理を守る。

響子はその場にしゃがみ、愛理と目の高さを合わせ訊ねた。

「あなたをいじめた子の名前、ぜんぶ教えて。学校の先生に言って怒ってもらうから」

愛理の反応は、響子が思っていたものとは逆だった。明るくなるはずの愛理の表情は、さらに暗く沈み、やめて、というように首を横に振る。

「どうして？」

理由を訊ねると、愛理は泣きそうな顔で答えた。

「もっといじめられるから」

響子は胸を衝《つ》かれた。

そうだ。自分がそうだった。

母親が口出しすることで、響子へのいじめはひどくなった。

他愛《たわい》もないからかいは、やがてエスカレートし、いじめという軽い三文字で表されるようなものではなくなった。

千枝子を責めるつもりはない。自分が親になり我が子が同じ目に遭っているいま、千枝子の気持ちが痛いほどわかる。

自分を見上げる愛理に、幼いときの自分が重なる。

愛理は私だ。この子は、自分と同じ人生を歩むのか。

嫌だ。

辛い人生を、この子に歩ませたくない。愛理には幸せになってほしい。

それなのに――

響子は愛理の頭を撫でた。

手にべっとりと、脂がつく。

愛理はこんなに汚くて、不幸だ。

耳元で、ごう、と風が鳴った。

風の音に混じり、耳の奥で声がする。

一週間前、千枝子がここで口にした言葉だ。

――あの子がいなかったら、あんたもこんなに苦しまなかったのかね。愛理もあんたも辛いね。可哀そうだね。

千枝子の声が、遠のいてはまた近づく。

――可哀そう。

私は可哀そう。

愛理も可哀そう。

――辛いね。

愛理も辛い。

私も辛い。

──あの子がいなかったら、あんたもこんなに苦しまなかったのかね。
愛理が生まれなければ、私は苦しまなかった。
愛理を産まなければ、この子は苦しまなかった。
千枝子の声に、父親の怒声が混じる。
──馬鹿、まぬけ、クズ。
かつて自分をいじめたやつらの声もする。
──ゴミ、来るな、死ね。
風の音と無数の声が、頭のなかを駆けめぐる。
頭を抱えうずくまる。
小さな手が肩に置かれた。
愛理だった。
哀しそうな顔で、響子を見ている。
──愛理。
我が子に手を伸ばした。
目の前から、愛理の姿が消えた。
そのあとのことは、よく覚えていない。

めまいと頭痛がひどくなり、意識が遠くなった。

いまこの時が、夢か現実かがわからなくなる。

消えた愛理はどこへいったのか。

名を呼ぶが返事はない。

もしかしたら自分は夢を見ていて、家に帰れば愛理がいるかもしれない。

急いで家に戻ったが、愛理の姿はなかった。

近くの公園や、通っていた小学校の校庭など、愛理がいそうな場所を探した。しかし、愛理は見つからない。

警察に連絡をして、愛理を探してほしいと頼んだ。

交番の警察官や地元の者たちが集まり、ともに愛理を探したが見つからなかった。

変わり果てた愛理が見つかったのは、次の日だった。

冷たくなった愛理の軀《むくろ》に取りすがり泣いた。

もう愛理の声が聞けない。愛理の笑顔も見られない。そう思うと涙が止まらなかった。

千枝子からは、ある言葉を口止めされた。

——あの子がいなかったら、あんたもこんなに苦しまなかったのかね。

かげろう橋で千枝子が言った言葉だ。

そのことを誰にも言ってはいけない。約束を守ればなにがあってもあんたは故郷へ帰れる。愛理や私がいる、故郷のお墓に入れるんだよ。そう千枝子は言った。

千枝子がどうして口止めするのかわからなかった。しかし、千枝子の怖いくらい真剣な顔に黙って頷いた。

その約束を、十年守ってきた。

愛理がいなくなってはじめて味わったのは、耐えがたいほどの孤独だった。

心を許せる友人や、支えあう相手がいなかった響子は独りの辛さを知っている。しかし、愛理を失った喪失感はそれらの比ではなかった。

なぜ、愛理がここにいないのか。なぜ、こんなことになってしまったのか。どうしたら、幸せになれたのかを自問自答し続けた。

もがき苦しむなかで、栞ちゃんを見つけた。

栞ちゃんに、いなくなった愛理を見た。ほんのひととき、愛理がいた時間を感じたくて家に連れて行った。

このとき栞ちゃんが拒んでいたら、栞ちゃんはいまでも元気に過ごしていただろう。

しかし、栞ちゃんは大人しく家についてきた。

本を読ませ、お茶やお菓子を食べさせたら帰すつもりだった。

どうしてあんなことをしたのか、いまでもわからない。

好きだったうなじに触れたくて手を伸ばすと、栞ちゃんが怯えた。気がつくと栞ちゃんは死んでいた。


響子は目隠しをされた。

後ろ手に手錠をかけられると同時に、幕が開かれるような音がして、そのまま少し歩かされ止められた。おそらく執行室に連れてこられたのだろう。

誰かに足を紐で縛られる。

首にロープがかかった。

刹那《せつな》、古い映画のフィルムのように、脳裏を郷里の景色が流れていく。

頂に雪が残る連山。

咲き乱れる菜の花。

むせるような土と雨のにおい。

青空に浮かぶ夏雲。

夏の夜の満天の星。

金色に染まる稲穂。
静かに降りつもる雪。
胸に温かいものが流れ込んできた。
深く息を吐く。
――やっと、帰れる。
足元の床が抜け、響子の記憶はそこで閉じた。

エピローグ

かげろう橋についたのは、夕暮れが迫りかけたころだった。
山向こうの空はまだかすかに明るいが、山に囲まれた町は薄墨のなかに沈んでいる。
あたりは静かだった。
風に揺れる樹々の音と、水が流れる川音しかしない。
「すみません、ついてきてもらって」
橋の真ん中に佇む香純は、隣にいる樋口に詫びた。
樋口は川の向こうを眺めながら、首を横に振る。

「声をかけてもらってよかった。見送る人が吉沢さんひとりでは、寂しすぎます」

香純は腕に抱えているものに、目を落とした。

響子の骨壺だ。

青木と別れて、小島町についたのは昨日の午後三時近くだった。ホテルの部屋に着くと、樋口に電話をかけた。

青木との話を伝えているあいだ、樋口は無言だった。時折、短い返事をしたり、重い息を吐くだけだ。それが逆に、樋口が抱くやるせなさを感じさせた。

事情を伝え終えた香純が、明日仕事が終わったらある場所につきあってほしい、と頼むと樋口は、五時半過ぎにホテルへ行く、と答えた。

翌日、樋口は時間どおりに、ホテルへ来た。

車のなかで、ふたりは無言だった。

戸惑いや躊躇いによるものではない。なにも話さずとも、相手の胸の内はわかっている、そんな沈黙だった。

樋口は響子の骨壺を見ながら、香純に訊ねた。

「本当に、いいんですか」

香純は頷く。

「これが、響ちゃんが一番望んでいたことだから——」

樋口は少しの間のあと、納得したような顔で前を向いた。

大館市から戻る電車のなかで、香純は響子の遺骨をかげろう橋で散骨すると決めた。響子が千枝子との約束を最期まで守った理由は、故郷に帰るためだ。ふたりが望んだように同じ墓に入れなくても、この土地に戻れるならば響子も少しは浮かばれるのではないか、そう考えた。

海や山に骨を撒《ま》く散骨は、行政への手続きや許可は必要ない。しかし、河川は水源になっている場合があるため配慮が必要だった。香純は粉骨した一部を大気に撒き、残りを川岸に埋めることにした。

ホテルから電話で散骨の話をすると、樋口は少し考えるような間のあと、小島町にある火葬場を教えてくれた。そこでは火葬だけではなく、遺骨を細かく砕く粉骨も請け負っているという。おそらくそう時間はかからないだろう、とのことだった。

礼を言い切ろうとすると、樋口は香純を引きとめた。

ひとつだけ訊きたい、散骨したら目に見える形で拝めなくなるがそれでいいのか、と香純に問う。

香純は、いい、と即答した。

人は昔から、目に見えないものを形として表してきた。神や仏を偶像に見立て、死者の魂を弔うために墓石や墓碑を建て、人の心のよりどころとしてきた。

響子の遺骨も、下間住職のところに無縁仏として弔ってもらえば形として残る。しかし、響子を郷里から引き離すだけだ。

真に響子の成仏を願うなら、彼女の望みを叶えるべきだ。愛理や千枝子と同じ墓には入れられないが、生まれ育った土地に帰してあげることが一番の供養だ。

香純がそう言うと樋口は短く、それがいいかもしれませんね、と言い電話を切った。教えてもらった火葬場に連絡すると、受け取ってから二時間ほどで粉骨できる、との答えが返ってきた。翌日、響子の骨は白い粉になった。

橋の上に佇む香純は、骨壺のふたを開けた。

なかに、白い粉になった響子がいる。

ここに来てからのわずかな時間のあいだに、響子の人生をともに駆け抜けたような気がする。

ふたを受け取った樋口は、骨壺を眺めながらつぶやいた。

「哀しいですね」

香純は樋口を見た。

聞きなれているのに、樋口が言うとはじめて耳にする言葉のように感じる。

「哀しい――」

香純が復唱すると、樋口は念を押すように繰り返した。

「事件から十年近く経っているのに、とても哀しいです。むしろ、いまのほうがその気持ちが強いかもしれない。どうして事件が起きたのか、どうすれば防ぐことができたのか考えています」

香純は記憶をさかのぼった。

夏の庭ではじめて会ったときから、香純は響子の哀しさがわかっていたのかもしれない。だから、これほど辛く切なく、どうしても故郷へ帰らせてあげたかったのだろう。

香純は響子の遺骨を、かげろう橋から撒いた。

白い粉が、あたりに舞う。

響子が故郷へ帰っていく。

香純は空になった骨壺を抱きしめ、心で響子に訊く。

愛理ちゃんと会えた？

栞ちゃんに謝れた？

千枝子さんに褒めてもらえた？

響子が消えた先を眺めていると、樋口が静かに言う。

「響子さん、故郷に帰って来られましたね。香純さんのおかげです」

隣に顔を向けると、樋口が香純を見ていた。

優しい言葉に、胸が苦しくなる。言葉が出てこなくて、頷くのがやっとだった。

目頭が熱くなり、うえを向く。

香純は目を閉じた。

すべての者の鎮魂を願う。

安らかに。

穏やかに。

ゆっくり眠ってほしい。

静かに目を開ける。

薄墨の空に、細い月が浮かんでいた。

謝辞

本書を執筆するにあたり、数多くの皆様に長時間にわたってお話をうかがい、貴重な資料等をご提供いただきました。共同通信社の佐藤大介さんに連載開始から単行本校了まで監修をいただけたこと、大変心強かったです。故・大谷恭子弁護士には小説誌「ＳＴＯＲＹ　ＢＯＸ」連載開始前に、安田好弘弁護士には連載終了後の単行本加筆作業前にお目に掛かってお話をうかがい、数々のアドバイスをいただきました。また、大槻展子弁護士、浦部明子弁護士にも、大変お世話になりました。ノンフィクション・ライターの小野一光さんには、貴重な資料をご提供いただきました。装画の高井雅子さん、装幀の岡本歌織さんには連載開始から単行本化までご尽力をいただきました。この場を借りて、改めて深く御礼申し上げます。

令和六年十月　　柚月裕子

〈主要参考文献〉

『教誨師』堀川惠子（講談社文庫）
『死刑の基準「永山裁判」が遺したもの』堀川惠子（講談社文庫）
『ドキュメント 死刑に直面する人たち――肉声から見た実態』佐藤大介（岩波書店）
『ルポ 虐待――大阪二児置き去り死事件』杉山春（ちくま新書）
『連続殺人犯』小野一光（文春文庫）
『死刑囚 永山則夫』佐木隆三（講談社文庫）
『木橋』永山則夫（河出文庫）
『検証 秋田「連続」児童殺人事件』北羽新報社編集局報道部編（無明舎出版）
『法廷ライブ 秋田連続児童殺害事件』産経新聞社会部（産経新聞出版）
その他、書籍、新聞記事、雑誌記事、ＷＥＢサイトなどを含め、多くの資料を参考とさせていただきました。感謝いたします。
なお、本書の文責はすべて著者にあることを明記いたします。

※本作品はフィクションであり、登場する人物・団体・事件等はすべて架空のものです。

解説

堀川惠子

懐かしい光景を見た気がする。頁をめくるたび、私自身の息苦しく切ない記憶を重ねてしまったのは偶然ではなさそうだ。

その事件は、半世紀前に起きた。東京、京都、北海道、名古屋で、市民四人が次々に拳銃で撃ち殺された。世間を震撼《しんかん》させた「連続射殺魔」は、捕まってみれば十九歳になったばかりの痩せっぽちの少年であった。

のちに死刑囚として獄で人生を歩むことになるその少年は、本書の舞台と同じ青森県に育った。「この町さえなければ」と、少年が振り返る田舎町には、リンゴ栽培のほか主要な産業はなく、冬になれば一面、静寂と根雪に覆われる。

少年は、戦争引揚者たちの集まる簡素な長屋に暮らした。壁は新聞紙を貼り付けたベニヤ板一枚。床は土の上に段ボールとビニールを敷いただけ。くみ取り式便所の真隣で、強烈な汚物の臭いが充満する二間に八人の母子が同居した。そんな長屋の住人を、町の人たちは蔑みの眼で見つめた。そして長屋の住民は、同じ軒下のさらに弱い住民を蔑んだ。その最下層に、少年の家族は置かれていた。

家族の中で、少年は虐待の的となる。気を失うまで兄に「リンチ」され、近所のバス車庫の車輛の下で寝起きする日々。母親は彼を毛嫌いし、無関心をきめこんだ。学校では臭いと虐《いじ》められ、教室から彼の机と椅子がいつ消えたのか誰も気づかなかった。

少年は誰からも愛情を与えられることなく、あらゆる人間関係の磁場から孤立した。のちに引き起こす事件は、家族への復讐であった。

少年の死刑執行から十年余が過ぎて、私は取材のため何度かこの青森の町に足を運んだ。かつて彼の暮らした長屋は公園となり、当時を思い起こさせるものはほとんど見当たらない。それでも忌まわしい事件の記憶は人々の脳裏に刻みこまれていた。

少年の名前を口にするだけで、朴訥《ぼくとつ》で優しい町の人たちの眼差しが凍りつく。どこを訪ねても門前払い。息の詰まるような閉そく感。小さな共同体に暮らし、そこで生を閉じていくであろう人たちが慎重に築いた「結界」を、よそ者は乱暴に踏み越えてしまう。

一日も早く取材を終えて、この町から出たい、訪ねるたびそう思った。だから死刑が執行された響子の遺骨を抱え、その故郷を訪ね歩いた香純の気持ちはとてもよく分かる。香純は、私であった。

響子が幼いわが子に手を下す殺人の現場は、橋の上に設定されている。物語の中で「かげろう橋」という切ない響きで呼ばれる橋だ。

町を背にして、その大橋のたもとに立つと、地元で「津軽富士」と呼ばれる岩木山《いわきさん》が眼前にそびえたつ。岩木山、鍋森山《なべもりやま》、巌鬼山《げんきさん》の三つの峰がギザギザとしたユニークな稜線を描き、力強く、優しくこちらを見下ろしている。

「あのうしろに海があるのだ」

雄大な光景に、少年は憧れの気持ちを抱いてやまなかった。

少年にとって「木橋《きはし》」は「境界」だった。ここではない違うどこかへ、人生をやり直すことのできる希望へとつながる橋――。しかし事件を起こすに至るまで、少年も、そして響子も、この橋を渡りきることはできなかった。

本書の通奏低音をなすのが、虐待の連鎖である。

虐待とは、殴ったり蹴ったりといった分かりやすい行為だけを指さない。それは日常生活のそこかしこに潜む、ちょっとした暴言や無視、小さな暴力の積み重ねでもある。

人生に失敗した父は、そのうっ憤を晴らすかのように娘の響子を平手打ちにする。娘を名前ではなく「馬鹿」と呼ぶ。母親は夫を恐れ、周囲の目に脅《おび》えて生きている。娘より、自らを守ることを優先させる。愛情と紙一重の響子への異様な過干渉は、響子の人生を縛りあげ、あらゆる不条理に対する「なぜ」という問いかけを封印した。母親の過干渉は家の中だけに留《とど》まらない。学校では、響子へのいじめをエスカレートさせる原因となる。そこでも響子は、「なぜ」を発することができない。誰とも関係を築けぬまま親となり、悲劇への階段を一歩一歩のぼっていく。

のちに響子の事件を追う新聞記者が、自身も響子と同じ小学校でいじめられていたことを香純に打ち明けるシーンがある。いじめた側はそれを簡単に忘れてしまう。だが、いじめられた側は一生、魂に傷を抱えたまま生きていく。いじめ、という、軽めの語感とは対照的に、それは集団による精神的リンチであり、虐待の極みだ。作家の筆致は執拗《しつよう》なまでにいじめに対する糾弾の手を緩めない。

香純が町で出会った「ママ」だけが異色である。響子が働いていた、田舎町の場末のスナック。店を切り盛りするママは、虐《しいた》げるもの、虐げられるものの境界に立っている。小さな町で生きのびるため言葉を封印して生きている。その重い口から発せられた言葉は真理を突いている。

「なにが悪いわけでもないのに、うまくいかない人っているのよ。真面目で、逃げるのが下手で、不器用。もっと狡く生きればいいのにって思うけど、それができないんだよね」

「響ちゃんはもっと親を責めてよかったのに、それをしなかった——いや、そうできなくなってたんだよね。子供のときから心を支配されて、自分をなくしちゃったんだ」

厳しい環境に生まれ育ち、必死で努力を重ねて今をつかんだ人ほど、弱者に冷たい。落ちこぼれてしまうのは、努力が足りないから、自己責任だ、と口をそろえる。だが少年の裁判で、精神鑑定にあたった医師は訴えた。世の中には「頑張れない人」がいるのだということを。

頑張るには、エンジンが必要だ。エンジンをかけるには、ガソリンを注がねばならない。ガソリンとは愛情である。誰かに無条件で愛された記憶は、その人が生きるための力となる。誰かに抱きしめられた記憶は、苦境に陥ったとき、その人を支える原動力となる。そのガソリンが注がれぬままの人生。「たったひとり」に恵まれぬ人生がある。

香純が、物言わぬ響子の遺骨に問いかける。

——誰かを心から愛したことはありますか、心から誰かに愛されたことはありますか。

日本の殺人事件の約半数が家族間で起きる。家庭という密室には、出口がない。愛することも、愛されることもない数多の人生が、氷山の一角のように、ときに事件となって水面に顔を覗かせる。

本書の最終盤、響子は橋の上に立ち、愛するわが子と真正面から向き合う。響子の目に初めて映った信じがたい光景、そして容赦なく橋に吹き付ける川風の音に、私は作家の叫びを聴いた気がした。

少年はのちに独房のなかで筆をとった。

生まれてから罪を犯す日まで、幾度も目にしたあの木橋の光景を小説に描こうとした。洪水に見舞われ、濁流のなかを必死に耐える木橋の物語の折々に、少年のとぎれとぎれの記憶が挿入される。

——母に捨てられた厳寒の日。寒さに震え、飢えに苦しんだ日々。路上で野垂れ死んだ父、殴りつけてくる兄たちの薄ら笑い。学校でのいじめ、町の人々の冷たい眼差し。

　獄中で、少年は初めて自らに「なぜ」と問いかけた。なぜ、自分は捨てられたのか。なぜ、母は自分に冷たかったのか。なぜ、あんなに苦しまないといけなかったのか。

　筆が止まりかけたとき、彼のそばには妻がいた。ガラス板で永遠に仕切られた接見室で、妻は彼に寄り添い、励ました。塗炭の苦しみは、「木橋」という物語として昇華した。印税は妻の手によって被害者遺族へと届けられた。

　手を握ることすら叶わぬ妻と、彼は木橋をわたった。一度は人を愛し、誰かのために生きる夢を見た。

　晩年、大人になった少年は、人生でもっとも憎んだ母を赦した。

　響子に、母の呪縛から解き放たれる日は訪れなかった。

　ふたりの死刑は、執行された。


（ほりかわ・けいこ／ノンフィクション作家）

本書のプロフィール

本書は二〇二二年十一月に小学館より単行本として刊行された作品を加筆改稿し文庫化したものです。


本書のテキストデータを提供いたします。

視覚障害・肢体不自由などの理由で必要とされる方に、本書のテキストデータを提供いたします。

こちらの二次元コードよりお申し込みのうえ、テキストをダウンロードしてください。